Tod auf dem Kreuzbergl

Andrea Nagele arbeitet als Psychotherapeutin und lebt mit ihrem Mann und ihren Kindern in Klagenfurt am Wörthersee.

ANDREA NAGELE

Tod auf dem Kreuzbergl

KRIMINALROMAN

emons:

Bibliografische Information der Deutschen Nationalbibliothek
Die Deutsche Nationalbibliothek verzeichnet diese Publikation in der Deutschen Nationalbibliografie; detaillierte bibliografische Daten sind im Internet über http://dnb.d-nb.de abrufbar.

MIX
Papier aus verantwortungsvollen Quellen
FSC® C083411
FSC
www.fsc.org

Umschlagmotiv: © mauritius images/imageBROKER/Bernard Jaubert
Umschlaggestaltung: Tobias Doetsch
Gestaltung Innenteil: César Satz & Grafik GmbH, Köln
Lektorat: Marit Obsen
Druck und Bindung: CPI – Clausen & Bosse, Leck
Printed in Germany 2015
ISBN 978-3-95451-485-4
Originalausgabe

Für Karo,
ohne die diese Geschichte nicht entstanden wäre

Prolog

Ljubica steht an der Haltestelle und ärgert sich. »Mist, jetzt ist der blöde Bus weg.« Sie sieht die roten Schlusslichter im Morgennebel verschwinden.

Es beginnt zu nieseln. Aus ihren blonden Locken dreht sie einen Zopf und zieht die Kapuze des hellblauen Pullovers darüber. Sie hat weder Regenjacke noch Schirm dabei. Ungeduldig starrt sie die St. Ruprechter Straße hinunter. Die Autos fahren wegen des Regens langsam an ihr vorbei.

Sie ist die Einzige an der Haltestelle. Der Schulrucksack hängt schwer auf ihrem Rücken. Um die schmerzenden Stellen zu entlasten, zieht sie die Schultern hoch. Dann hält sie erschrocken die Luft an. Hektisch durchkramt sie die Taschen ihrer Bluejeans. Hoffentlich hat sie ihr Asthmaspray nicht zu Hause vergessen! Doch, da ist es. Beruhigt atmet sie aus.

Die Anfälle häufen sich in letzter Zeit. Wenn sie im Unterricht zu röcheln beginnt und die anderen Kinder sie anstarren, ist ihr die Krankheit peinlich.

Ihre Eltern haben sich vor ein paar Monaten scheiden lassen. Obwohl sie seit der Trennung nur einige Häuserblöcke voneinander entfernt leben, sieht Ljubica ihren Vater kaum noch. Meli, ihre beste Freundin, redet nicht mehr mit ihr. Heute, in der letzten Stunde, wird Meli der Klassenlehrerin sagen, dass sie nicht mehr weiter neben ihr sitzen will. Das hat Ljubica von Sarah erfahren.

»Meli ist eine blöde Kuh!«, hatte sie zu Sarah gesagt. Dabei findet sie das gar nicht. Enttäuscht und traurig ist sie. Seit der ersten Klasse teilt sie mit Meli die Bank.

Wo bleibt der nächste Bus? Ungeduldig wirft sie einen Blick auf ihre rosa Armbanduhr. Jetzt wird sie viel zu spät zum Unterricht kommen. Ob sie laufen soll? Aber es ist weit bis zur Schule, und der Regen ist stärker geworden.

Die Wolken hängen schwer über den Dächern der Häuser. Sie glänzen schwarz vor Feuchtigkeit. Der Morgennebel hat sich verzogen. Ljubica friert unter dem Pullover. Regennass klebt er an ihr. Bald beginnen die Ferien, dann fährt sie mit ihrem Vater in Urlaub. Das hat er zumindest versprochen.

»Hast du den Bus verpasst? Komm, ich bringe dich zur Schule!«, hört sie jemanden aus einem Auto gegenüber der Haltestelle rufen.

Der Mann kommt ihr bekannt vor. Zu Unbekannten darf sie nicht ins Auto steigen. Doch wenn er aus der Nachbarschaft kommt, ist er kein Fremder, spukt es Ljubica durch den Kopf.

Mit einem Mal fühlt sie sich erleichtert. Jetzt kann sie sich doch noch unbemerkt in den Turnsaal schleichen. Nach kurzem Zögern überquert sie die Straße. Die Wagentür öffnet sich auf der Beifahrerseite, sie schlüpft ins Innere und lässt sich auf den Ledersitz fallen. »Danke.« Schüchtern dreht sie den Kopf zum Fahrer.

»Das mach ich gern. So ganz allein an der Bushaltestelle könnte dir alles Mögliche geschehen«, sagt der Mann und lächelt freundlich.

Das Brummen des Motors und das Prasseln der Tropfen gegen die Scheibe üben eine beruhigende Wirkung auf Ljubica aus. Rund um sie verschwimmt die Welt im Regen. Ihr fällt ein, woher sie den Mann kennt. Er ist ihr einige Male auf dem Spielplatz begegnet.

»Meine Eltern haben mir verboten, mit Fremden zu reden. Doch ich weiß, wer du bist. Sie werden schon nichts dagegen haben, wenn ich mitfahre«, sagt Ljubica stolz. Vertrauensvoll tippt sie ihm auf die Schulter.

Der Mann zuckt zusammen. Er stößt ihre Hand weg und bremst scharf ab. Ruckartig bleibt das Auto stehen.

Er dreht sich zu ihr und umklammert ihre Oberarme mit seinen großen Händen. »Ich mache nichts falsch.«

»Au!«, schreit Ljubica auf und will sich losreißen.

Aber er hält sie zu fest und lächelt überhaupt nicht mehr.

Da spürt sie das beunruhigend vertraute Kribbeln in ihrer Kehle. Verzweifelt versucht sie, sich aus der Umklammerung zu befreien. Sie muss sofort an ihr Spray gelangen. Schreien geht nicht, denn der Mann hält ihr jetzt auch noch den Mund zu.

Das Kitzeln in ihrem Hals wird immer unerträglicher. Es fühlt sich an, als hätte sie ein Hasenfell verschluckt. Obwohl ihre Nase frei ist, bekommt sie kaum noch Luft.

Ljubica spürt einen heftigen Druck in ihrer Brust. Ein greller Blitz zuckt vor ihren weit aufgerissenen Augen. Danach ist da nur noch tintenschwarze Dunkelheit. Unbeholfen wehrt sie sich gegen den zähen Strudel, der sie immer tiefer und tiefer mit sich hinunterzieht und ihr die letzte Luft nimmt. Nach einer Weile gibt sie ermattet auf und überlässt sich dem Sog ins Niemandsland.

Ljubica läuft über eine bunte Sommerwiese.

Zitronengelbe Schmetterlinge torkeln in der Mittagssonne durch die Luft. Der Himmel ist blau und spannt sich wolkenlos über die Landschaft. Es duftet nach Honig und Rosen. Plötzlich schiebt sich eine schwarze Wolke vor die Sonne, der Tag wird zur Nacht. Und kalt ist es auf einmal, bitterkalt.

Mit einem Schrei auf den Lippen schreckt Ljubica hoch. Aber sie kann ihren Mund nicht öffnen. Die große Hand ist immer noch da. So fährt der Schrei zurück in ihren Hals und droht, sie zu ersticken.

Sie hat keine Ahnung, wo sie sich befindet. Es fällt ihr schwer zu denken. Unheimlich ist es hier und dunkel. Ljubica will nach Hause. Aber da sind diese stahlharten Arme, die sie fest umschlungen halten und jede Bewegung verhindern.

Ein scharfer Schweißgeruch umgibt sie.

Ihr Spray!

Immer hektischer wird ihr Kampf gegen die Umklammerung. Eiskalter Schweiß perlt auf ihrer Stirn.

Sie braucht ihr Spray!

Angst schießt durch ihren Körper. Unkontrolliert beginnt sie zu zappeln. Dann bleibt ihr die Luft abermals weg. Das fellige Ding in ihrem Mund bringt sie wieder und wieder zum Würgen. Magensäure kommt hoch, durchdringt das Hasenfell und breitet sich ätzend in ihrer Mundhöhle aus.

Sie will sich wehren und kann nicht. Die Arme sind wie Stahlklammern.

Ljubica spürt die Gefahr.

Das Grauen überwältigt sie und reißt sie in einen tiefen Abgrund. Alles dreht sich. Sie wirbelt tiefer und tiefer.

Papa, Mama und Meli tanzen über die Wiese. Aber es ist jetzt dunkel dort.

Sie beginnt zu weinen. Die Tränen fließen und vermengen sich mit dem letzten Hauch Luft.

Dann ist da nur noch samtige Schwärze, durch die ein glänzender Nachtfalter taumelt.

***

»Wuff!«, bellt Ariel und zerrt sein Herrchen ungestüm mit sich.

Rupert Pinter beschleunigt seinen Schritt und hält dann abrupt inne.

Das wird ja immer schöner!

Der freche Dackel übernimmt die Führung, anstatt sich dem Willen seines Herrchens zu fügen. Wer ist denn hier nun der Boss?

Rupert zieht an der Leine, und Ariel rennt würgend gegen das Halsband an. Irritiert hebt er den Kopf und schaut mit angelegten Ohren anklagend zu seinem Herrchen hoch. Rupert muss schmunzeln.

»Dann mach ich dich eben los.« Brummend öffnet er den Verschluss des roten Lederhalsbandes. Sofort schießt Ariel kläffend in das lichte Grün des Mischwaldes hinein.

Es ist ein lauer Abend Anfang Mai. Es riecht nach feuchter Erde und zarten Frühlingsblumen. Tief atmet Rupert die frische Luft ein und spaziert gemächlich den von Tannennadeln und Blättern übersäten Forstweg auf dem Kreuzbergl entlang. Sein Hausarzt hatte ihm geraten kürzerzutreten. Doch es war Rupert schwergefallen, diese Empfehlung umzusetzen. Er hatte die Geschwindigkeit seines hektischen Arbeitslebens im Ruhestand einfach beibehalten. Seine Frau und sein Sohn nahmen, im Unterschied zu ihm, den ärztlichen Rat sehr ernst. Zu Weihnachten haben sie Rupert deshalb einen Dackel geschenkt.

»Ariel, bei Fuß! Komm sofort hierher!«, ruft er gereizt in den

Wald hinein. Längst möchte er den Heimweg antreten, doch von seinem Hund ist nichts zu sehen. Zu Hause erwarten ihn ein zarter Braten und ein guter Schluck Rotwein. Mit raschen Schritten marschiert er den Weg entlang. Tagsüber wimmelt es hier von Spaziergängern und Joggern, jetzt scheint außer ihm kein Mensch mehr unterwegs zu sein.

Wo bleibt dieser eigensinnige Dackel bloß?

Die Farbe der Bäume ist in diesem Teil des Waldes um einiges dunkler. Es riecht jetzt nach Pilzen und ein wenig modrig.

»Ariel!«, ruft er abermals, diesmal eine Spur zornig.

Aus der Ferne vernimmt er ein Jaulen. Es verstummt so abrupt, wie es begonnen hat.

»Du blöder Hund wirst doch nicht in eine Falle gelaufen sein?« Er lauscht in den Wald hinein.

Die Stille verunsichert ihn. Rupert legt an Tempo zu. Abseits des Weges umfängt ihn die Feuchtigkeit wie ein dünner Regenmantel, und der Moschusgeruch wird stärker. Die Bäume scheinen enger aneinanderzurücken und bilden mit den Sträuchern und Büschen eine undurchdringbare Wand.

»Nervensäge, das hat man nun davon«, schimpft er verhalten. »Ich geb dich ins Tierheim, wenn du nicht sofort kommst. Bei Fuß, aber dalli!« Die Rufe verhallen ohne Reaktion.

Das hat ihm gerade noch gefehlt. Er soll sich doch nicht aufregen! Genau davor hat sein Arzt ihn gewarnt.

Unwillig schiebt er das Gestrüpp beiseite. Das tiefe Grün wird heller. Er gelangt an eine kleine Lichtung. Einige schräge Sonnenstrahlen malen dicke Streifen auf das kurze grüne Gras.

Da ist sein Dackel! Mitten auf der Lichtung läuft er auf und ab.

»Ariel!«

Doch der Hund macht keine Anstalten, sich ihm zu nähern. Aufgeregt umkreist er etwas. Als er ihn bemerkt und schrill zu kläffen beginnt, macht Rupert Pinter einen zornigen Schritt nach vorn.

Was treibt das Tier da?

Ariel zerrt an vertrockneten Zweigen, die auf dem Boden liegen. Als Rupert näher kommt, erkennt er, dass sich unter dem Geäst eine Falle verbirgt. Sicher ist die Grube von Jägern ausgehoben worden. Das Tier hat die Witterung der Beute aufgenommen.

»Braver Hund.« Rupert ist besänftigt. Dackel sind Jagdhunde, das liegt in ihrer Natur. »Marsch jetzt, los! Wir gehen nach Hause, genug der Abenteuer für heute.«

Der Dackel beachtet ihn nicht. Unermüdlich gräbt er, zieht und zerrt an den Ästen.

Der unangenehme Moschusgeruch ist nun stärker geworden.

Rupert versucht, den Hund am Halsband wegzuziehen, doch er rutscht auf dem feuchten Boden neben der Grube immer wieder weg. Ariel schnüffelt und jault, ist jetzt ganz nahe bei seinem Herrchen. Das tarnende Gestrüpp ist durch die hartnäckige Arbeit des Hundes lichter geworden, und so fällt Ruperts Blick unweigerlich in die Tiefe.

Er kneift die Augen zusammen. Da unten ist kein Tier gefangen. Auf dem Boden der Grube liegt eine Puppe im weißen Kleid, mit zerbrochenen Gliedern, ausgebreitet auf einem hell schimmernden Tuch.

Nein, halt.

Rupert wird klar, was er sieht. Entsetzt zieht er die Luft durch seine Nase ein.

Ein kleines, hell gelocktes Mädchen liegt dort unten, keine Puppe. Sie ist auf ein Leintuch gebettet, umgeben von verwelkten roten Rosen. Mit einem Kranz aus Margeriten im Haar. Der Anblick ist rührend und schrecklich zugleich.

Rupert Pinter spürt, wie sein Herz schmerzhaft zu rasen beginnt. Eine lähmende Übelkeit überfällt ihn.

Er macht einen Schritt zurück und schnappt nach Luft. Mit bebenden Fingern greift er nach dem Handy. Sein Atem geht stoßweise und vermischt sich mit dem Hecheln des Hundes, als er die Nummer des Notrufes wählt.

»Helfen … Sie mir … bitte. Ich … mein Name ist … Rupert Pinter. Ich stehe … mitten … im Kreuzberglwald und habe gerade eine Kinderleiche … gefunden.« Rupert Pinters Atem rasselt.

»Moment«, hört er eine weibliche Stimme. »Wir schicken

sofort einen Wagen. Bleiben Sie in der Nähe und warten Sie bitte. Wo genau befinden Sie sich?«

»Ein wenig abseits, ich …«, er blickt sich suchend um, »unter der Schießstätte. Da ist ein kleines Wiesenstück zwischen den Tannenbäumen.«

Er hört undeutliches Gemurmel, so als würde die Polizistin mit jemandem im Hintergrund sprechen.

Rupert will nichts wie weg. Er bückt sich zu Ariel, der jetzt still zu seinen Füßen kauert. »Wo sind wir da nur hineingeraten?«, murmelt er und krault den Hund schwer atmend hinter dem Ohr.

»Sind Sie noch dran?«, fragt die Polizistin.

»Ja, ja. Natürlich … Mein Dackel ist bei mir. Er hat … das kleine Mädchen … gefunden.«

»Chefinspektor van Hals ermittelt in der Angelegenheit eines verschwundenen Kindes. Ich werde ihn informieren. Eine Streife ist schon auf dem Weg zu Ihnen. Wenn die Kollegen das Fahrzeug unter dem Schweizerhaus parken, sind sie spätestens in zwanzig Minuten da. Schaffen Sie das so lange?«

Rupert nickt mit einem gequälten Ausdruck im Gesicht und sagt schnell: »Sie sollen sich bitte … beeilen. Die Aufregung … Ich bin nicht mehr der Jüngste …«

Schwerfällig lässt er sich auf die feuchte Wiese sinken und hockt sich neben seinen Hund. Ein kühler Wind trocknet den Schweiß auf seiner Stirn und bringt die Gerüche des Waldes mit sich. Angestrengt vermeidet er den Gedanken an das aufgebahrte Mädchen in der Grube.

Eins

1

»Komm her, mein Schatz.«

Gerald baut sich vor ihr auf. Der samtige Ton seiner Stimme täuscht Waltraud nicht. Dennoch stellt sie sich vor, wie er ihr zärtlich übers Haar streicht und sie sanft an sich zieht. Umschlossen von seinen Armen will sie das Schreckliche vergessen. Seine Fingerkuppen sollen über ihre Rückenwirbel wandern und erst bei der kleinen Falte knapp über ihrem Slip haltmachen. »Mhmm«, schnurrt sie erwartungsvoll und gibt sich einen Moment der Sehnsucht hin, bevor Gerald sie in die Wirklichkeit zurückholt.

Seine Hände sind auf ihr, reißen, zerren an ihrem Shirt. Sein Bieratem durchdringt ihre Abwehr, knallt in ihre rosa Welt. »Stell dich nicht so an!« Seine Zähne krallen sich in ihre Lippen.

Waltraud weiß, dass sie jetzt höllisch aufpassen muss und keinen Fehler machen darf. »Tscheri«, flüstert sie an seinem Hals vorbei.

Ihre Hände wandern seinen Körper entlang. So kann sie das Zittern ihrer Finger unterdrücken. Bewegung. Sie presst ihn an sich, ihre Hand gleitet unter sein Hemd, ihre Finger spreizen sich über seinem Nabel.

Brutal stößt er sie von sich.

Waltraud taumelt gegen einen Stuhl. Fängt sich, will ausweichen, aber Gerald ist schon über ihr. Er reißt sie an sich und windet ihre Haare um seine linke Hand, ballt sie zur Faust. Grob zerrt er ihren Kopf nach unten, nestelt an den Knöpfen seiner Jeans.

Sie darf sich den Schmerz nicht anmerken lassen. Es würde ihn nur noch weiter aufstacheln. Hoffentlich skalpiert er mich nicht, denkt sie. Ein Indianer reitet mit grimmigem Gesicht an ihr vorbei und schwenkt einen blonden Zopf durch die Nacht, während ihre Lippen gegen die Metallknöpfe knallen. Sie ist die Squaw.

Unvermittelt reißt Gerald sie hoch, ihr Haar immer noch

um seine Faust gewunden, und bläst ihr ins Gesicht. Sie fühlt sich wie eine Marionette, die vor ihm baumelt. Berühren ihre Füße noch den Boden? Ihr wird schwindlig, das Herz rast, als wolle es dem Körper entfliehen und davonlaufen. Hinein in die Nacht. Mit der Rechten stößt er sie von sich weg. Die Haare hat er losgelassen, sie spürt ein scharfes Brennen auf der Kopfhaut. Die Stehlampe schwingt auf sie zu, und krachend geht Waltraud zu Boden.

Gerald ist jetzt über ihr und drückt ihren Kopf zur Seite. Sie schließt die Augen. Palmen, Kirchen, schneebedeckte Felder, Kathi als Baby. Ungeordnet rasen die Schnappschüsse ihres Lebens an ihr vorbei. Gerald stößt sein Knie in ihren Bauch und legt seine Hand um ihren Hals. Bitte bring mich nicht um, fleht sie stumm und erstarrt.

Sie spürt den Schmerz, bevor sie das Klatschen hört. Rechts, links hämmern seine Handflächen auf ihre Wangen. Zum Glück kriegt sie wieder Luft. Sie schmeckt Blut in ihrem Mund. Wahrscheinlich ist ihre Oberlippe aufgeplatzt. Während Gerald ihren Kopf gegen die Holzdielen knallt, kriecht Waltraud aus ihrem Körper. Vorsichtig, sodass er es nicht merkt, schleicht sie sich davon.

Zusammengekauert hockt sie in einer Ecke des Schlafzimmers und verfolgt das Geschehen. Zum Glück ist das hier nicht das richtige Leben. Die arme Frau dort auf dem Boden röchelt, also ist sie noch nicht tot. Der Mann hat sie umgedreht und fährt mit einer leeren Bierflasche über ihren nackten Rücken und setzt zu einem Stoß an. Sie ist selbst schuld, dass ihr das passiert. Hätte sie sich doch getrennt von dem Schwein, als er sie das erste Mal so hernahm. Die Frau tut Waltraud nicht leid.

Im Moment spürt Waltraud nur ihren knurrenden Magen. Sie beschließt, sich ein Spiegelei mit knusprigem Schinken zu braten.

Waltraud weiß nicht, wie viel Zeit vergangen ist. Sie setzt sich auf und beugt sich über Gerald.

Wie unruhig er selbst im Schlaf noch ist. Unregelmäßig hebt und senkt sich seine behaarte Brust. Sein Atem pfeift durch die halb geöffneten Lippen. Sie riecht den Alkoholdunst, der über ihm hängt, und noch etwas anderes, Dunkleres. Blut. Ihr Blut.

Wie lange hat sie auf diesen Moment gewartet, wie sorgsam alles geplant! Eine ganze Packung Schlaftabletten, zu einem feinen Pulver zerstoßen, gewissenhaft im letzten bitteren Bier aufgelöst. Doch nicht einmal die Medikamente vermögen ihm einen entspannten Schlaf zu bescheren. Unerwartet schlägt er seine Augen auf. Schon reißt er sie wieder an den Haaren zu sich. Sie weiß, was jetzt kommt. Doch anders als sonst sind seine Bewegungen träge. Die Mittel zeigen Wirkung. Als er sich auf sie werfen will, gelingt es ihr, die hinter ihrem Rücken verborgene rechte Hand abwehrend vor ihre Brust zu halten. Gerald stürzt direkt hinein ins lange, silbern glänzende Messer.

Er schreit auf, bäumt sich, will sie fassen.

Waltraud fühlt eine ungeahnte Kraft in sich, drängt ihn weg und stößt zu, wieder und wieder, bis sie erschöpft über ihm zusammenbricht. Irgendwann rollt sie sich zur Seite und liegt nun mit offenen Augen seltsam besänftigt da. Ihr Nachthemd ist nass. Nass von Blut. Geralds Blut. Alles Grauen hat nun ein Ende.

Schweißgebadet schreckt Waltraud hoch.

Wo ist das Messer?

Bebend vor Angst knipst sie das Nachttischlicht an. Da ist kein Messer. Und auch keine Blutlache. Nichts außer ihren eigenen roten Spuren auf dem Leintuch. Gerald schläft neben ihr. Grunzende Laute blähen seine Nasenflügel auf. Er lebt.

Als ihr Atem ruhiger wird, legt sie sich zurück auf das durchschwitzte Kissen. Bekümmert streicht sie über ihre Augen, wischt die Tränen an den Gesichtsrand.

Mord.

Wäre es denn überhaupt Mord, wenn sie Gerald im Kampf um ihr eigenes Leben erstäche? Oder wäre es Notwehr? Um den Vorsatz geht es, fällt ihr ein, und um den Affekt.

Neben ihr schnarcht Gerald laut und gurgelnd.

2

Erster Tag

Michael massiert mit sanftem Druck seinen Nacken. Seit dem Aufstehen plagen ihn Rückenschmerzen. Er muss falsch gelegen haben.

Mit Schmerzen verbindet er immer noch seine Frau Elisabeth. Sie war lange Zeit krank. Als sie vor zwei Jahren starb, glaubte er, keine einzige Minute ohne sie weiterleben zu können. Der Zorn, von seiner Frau allein zurückgelassen worden zu sein, hatte ihn dann aber am Leben gehalten. Und Maisy. Früher hatte er wenig Zeit mit seiner Enkeltochter verbracht. Kleine Kinder und Tiere sind ihm unheimlich. Erst seit Elisabeths Tod beschäftigt er sich regelmäßig mit der Kleinen und passt auf sie auf. Er genießt diese Herausforderung, die seinem Leben wieder einen Sinn gibt.

Als Vertreter für Landmaschinen war er in den Jahren seiner Berufstätigkeit unter der Woche nur selten zu Hause. Noch dazu bereitete es ihm damals einen nicht unbeträchtlichen Spaß, mit den Bauern abends in den Gasthäusern bei einem guten Schluck Karten zu spielen. Vielleicht war seine ständige Abwesenheit ja verantwortlich für den heute schwierigen Charakter seines Sohnes Thomas.

Zerstreut räumt er die Reste des schnellen Frühstücks weg. Er bückt sich, um den Abfalleimer unter dem Abwaschbecken hervorzuziehen. Ihm ist, als lege sich dabei eine Eisenklammer um seinen Rücken. Er trocknet seine Finger am Geschirrtuch und angelt nach der Tageszeitung. Während er die Schlagzeilen überfliegt, eilen seine Gedanken weiter.

Schon unzählige Male hatte er seiner Schwiegertochter geraten, Thomas zu den Kongressen zu begleiten. Es ist seit langer Zeit das erste Mal, dass sie wieder mitfährt. In seinen Augen übertreibt es Marisa mit ihrer Fürsorge gegenüber Maisy. Sie sollte sich mehr um ihren Mann kümmern.

Behutsam legt Michael ein frisches Set auf den Tisch und bereitet Maisys Frühstück zu. Er ist inzwischen so häufig im Haus seines Sohnes, dass er sich hier mühelos zurechtfindet.

»Ich bin von allein aufgewacht.« Seine Enkelin springt die Stufen herunter und stürmt in die Küche.

»Trifft sich gut, mein Schatz«, antwortet Michael zufrieden, hebt sie hoch und schwenkt sie durch die Luft. »So. Und jetzt gibt's Frühstück.«

Am frühen Nachmittag muss die Kleine zum Zahnarzt, danach wird er mit ihr am Lendkanal entlang zum Reptilienzoo spazieren. Kinder und Tiere, denkt er und lächelt.

Früher hätte ihn da niemand hinbekommen. Inzwischen ist er bereit, kleine Zugeständnisse zu machen. Morgen, gleich nach dem Ballettunterricht, wollen sie zum mittleren Kreuzberglteich und Boote aus Baumrinde ins Wasser zwischen die Seerosen setzen.

Während Maisy ihren Kakao schlürft, betrachtet Michael sie nachdenklich. Mit ihren dunklen Locken, den meerblauen Augen und ihrer fröhlichen Unbeschwertheit hat sie erheblich mehr Ähnlichkeit mit ihrer Mutter als mit ihrem Vater.

»Die Sommersprossen auf deiner Nase hast du jedenfalls von mir«, sagt er laut.

»Danke.« Sie lacht.

»So und jetzt beeil dich, wir marschieren los und besorgen uns im Supermarkt etwas Gutes für später zum Mittagessen.«

»Pizza!«, ruft sie strahlend.

Michael sieht seine Enkelin forschend an und überlegt kurz. »Ich habe an etwas Gesünderes gedacht. Aber wenn du dir das so wünschst, gibt es heute eben Pizza.«

Er freut sich auf die gemeinsame Zeit mit Maisy und darauf, dass er endlich dazu kommen wird, die unerledigten Handwerksarbeiten im Haus seines Sohnes zu erledigen.

»Nein!«, ruft er aus, als er bemerkt, dass seine Enkeltochter träumerisch Honig auf dem Teller zu verteilen beginnt und die Finger hineintunkt.

Maisy sieht ihn schelmisch an und steckt den Zeigefinger in ihren Mund. Ein großer Klecks landet dabei auf ihrem T-Shirt.

»Das schmeckt, Opa!« Begeistert schleckt sie ihre Finger der Reihe nach ab.

»Mit Wasser allein wird das nicht sauber. Zieh dich schnell um, und dann geht's los.«

Maisy schlingt die Ärmchen um seinen Hals und flüstert ihm ins Ohr: »Ich hab dich lieb. Schaust du dir mit mir heute Abend ›Alice im Wunderland‹ an?«

Seine Rührung verbergend holt Michael ihre Jacken. »Nun, ›Aladin und die Wunderlampe‹ wäre mir entschieden lieber.«

3

Marisa wischt mit einer unauffälligen Handbewegung die Schweißtröpfchen von ihrer Stirn.

Sie wirft Thomas einen Blick zu. Mit einer Hand hält er lässig das Lenkrad, die andere liegt entspannt auf der Gangschaltung. Das Surren der Klimaanlage übertönt die Radiomusik.

»Soll ich auf CD umschalten?«, fragt sie nervös und beginnt, die Plastikhüllen zu durchstöbern.

»Du machst doch sowieso, was du willst. Also frag mich nicht.« Er klingt verärgert.

Marisa schluckt den aufsteigenden Groll hinunter. Sie atmet tief durch und nimmt eine CD aus der Ablage. »Nick Caves ›Love Songs‹?« Stirnrunzelnd bläst sie sich eine dunkle Haarsträhne aus dem Gesicht und dreht die CD in ihren Händen. Ihre Augenbrauen fahren fragend in die Höhe. »Seit wann haben wir die denn?«

Thomas antwortet nicht sofort. Er macht eine kaum merkliche Bewegung und räuspert sich. »Sie war als Geschenk für dich gedacht. Aber vor deiner Neugier ist leider nichts sicher«, sagt er gereizt.

Er umklammert das Lenkrad jetzt fest. Dass er so türkisfarben schimmernde Adern an den Händen hat, ist ihr vorher noch nie aufgefallen. Sie schickt ihm einen zärtlichen Blick. »Danke«, sagt sie besänftigend. »Ich wollte dir die Überraschung nicht verderben. Lass sie uns bitte anhören.«

»Darauf habe ich jetzt keine Lust mehr. Die ist mir gründlich vergangen«, erwidert er leise und nimmt ihr die CD aus der Hand.

Marisa spürt einen feinen Stich und schluckt. »Meinst du, dass dein Vater mit Maisy zurechtkommt? Er wirkt zerstreut in letzter Zeit. Und Maisy ist so lebhaft. Vielleicht hätte ich doch zu Hause bleiben sollen«, flüstert sie.

»Ich habe dich nicht gedrängt, mich zu begleiten. Du wolltest unbedingt mit.«

»Ja, und das will ich immer noch.«

»Dann hör endlich auf zu nörgeln und trau meinem Vater zu, dass er ebenso gut wie du auf Maisy aufpassen kann. Immerhin hat er auch mich großgezogen.«

Marisa schließt die Augen und lehnt sich zurück. Als Thomas ihr von der Einladung nach Grado erzählt hatte, war sie sehnsüchtig und schwärmerisch geworden. Schöne Erinnerungen an die Zeit vor ihrer Heirat hatten sie überrollt. Damals war ihr Leben noch unbeschwert gewesen. Nicht so wie jetzt, wo sie den Tag mit Maisy verbringt und ungeduldig darauf wartet, dass ihr Mann von der Klinik nach Hause kommt. Sie vermisst den fröhlichen Medizinstudenten, der ihr Herz erobert hatte. Irgendwann im Laufe ihrer Ehe war ihnen die Leichtigkeit abhandengekommen.

Im letzten Jahr war Thomas einige Male allein zu Fortbildungen oder Kongressen gefahren. Sicher lag das auch an ihr. Es widerstrebt ihr, Abend für Abend im Kreis seiner Kollegen nach den richtigen Worten zu suchen. Aber damit ist jetzt Schluss. Heute würde sie sich nicht wie eine graue Maus fühlen.

Kurz blitzt der Gedanke auf, es könnte Thomas vielleicht ganz gelegen kommen, dass sie so oft daheim bei Maisy bleibt.

Sie räkelt sich in ihrem Sitz und murmelt schläfrig: »Dauert es noch lange?«

»Ich habe dir gesagt, wir sind nicht vor elf in Grado.« Er wirft ihr einen undefinierbaren Blick zu, und Marisa ist sofort hellwach. Wieder einmal kann sie seine Stimmung nicht deuten. Es macht sie traurig.

Was ist bloß mit ihnen passiert?

4

Waltraud schmiert Camouflage-Cover-Make-up auf ihr Gesicht. Sie erschrickt vor der starren Maske, die ihr im Badezimmerspiegel entgegensieht.

So alt sieht sie aus! Dabei ist sie erst siebenunddreißig.

Mit einem angefeuchteten Wattepad reibt sie über die Augenbrauen und wischt vorsichtig über den Mund.

»Au, shit, tut das weh.« Ihre Lippen brennen, und sie meint, Blut zu schmecken.

Wieder sieht sie diese Frau auf dem Boden ihres Schlafzimmers liegen und dreht sich schnell weg. Jetzt ist keine Zeit für solchen Unsinn. Sie muss zur Arbeit. Heute ist sie wieder mal spät dran. Wenigstens kann sie den Einkauf nach Dienstschluss direkt vor Ort im Supermarkt erledigen. Gerald und Kathi haben sich Paprikahühnchen mit Rosmarinkartoffeln gewünscht. Um halb zwölf muss sie wieder zu Hause sein, damit alles rechtzeitig fertig wird. Immer diese Hetze, dieser Stress.

Heute vertritt sie Hildegard für drei Stunden an der Kasse. Sie konnte ihr diesen Wunsch nicht abschlagen, obwohl sie den Kopf voll mit anderem hat. Und kaum noch Energie. Ihre junge Kollegin wird im Sommer heiraten.

»Du hast ja schon Erfahrung mit dem Heiraten«, hört sie Hildegard wieder scherzen.

Ja, das stimmt.

Zwei Mal hat sie in ihrem Leben vor dem Traualtar gestanden. Beim ersten Mal war sie so jung wie Hildegard. Aus dieser Ehe stammt ihre Tochter. Waltraud wischt mit einem Wattestäbchen über die Haut unter ihren Augen. Ihre Tränen sollen die Wimperntusche nicht verschmieren. Das fehlte noch, denkt sie und drängt Kathis Vater Kurt aus ihren Gedanken.

»Wie lang brauchst du noch? Wir wollen auch mal ins Bad.«

Waltraud erschrickt vor Geralds Stimme. Instinktiv macht sie einen Schritt vor. Sie spürt den harten Rand des Waschbeckens in ihrem Unterbauch.

Im nächsten Moment steht Gerald hinter ihr, drückt sich an sie. »Oh, du hast dich verletzt.« Herausfordernd berühren seine Finger ihren Hals und heben ihr Haar. »Soll ich dir eine Salbe bringen?«

Nur das nicht. Waltraud sieht sich mit fettigen Strähnen an der Kasse des Supermarktes sitzen.

»Geht schon, danke«, murmelt sie und wundert sich, wie brüchig ihre Stimme klingt.

»Und was ist das da, du Tollpatsch?«, rügt Gerald und dreht sie zu sich. Mit dem Daumen wischt er das Make-up über ihrer Wange weg. Entzündet rot leuchtet die Schramme auf ihrer blassen Haut.

»Nichts, lass nur. Ich war ungeschickt«, besänftigt sie ihn und zeigt auf ihre langen Nägel.

»So mag ich mein Mädchen.« Zufrieden tätschelt er ihre Wangen. »Mach was drüber, sonst glaubt dein Chef noch, ich verprügle dich.«

Waltraud sieht ihn im silbergrauen Hochzeitsanzug neben sich in der Kirche stehen. Die Erinnerung pocht hartnäckig in ihrem Kopf, doch sie ist nicht willkommen. Schnell tuscht sie ihre Wimpern ein zweites Mal, lässt die Schramme wieder unter Make-up verschwinden und kneift ihre Lippen über dem nach Erdbeeren schmeckenden Gloss zusammen.

»Ich muss los, zu Mittag gibt's Hendl.« Sie drängt sich an Gerald vorbei aus dem Bad.

Ihr Rücken schmerzt, und die Beine drohen unter ihr nachzugeben, als sie die Treppe hinunterläuft. Vor der Tür des Hauses atmet sie tief durch. Schwül ist es heute.

Viel zu heiß für diese Jahreszeit.

Waltraud hetzt durch den Morgen. Ihr rasendes Herz gibt das Tempo vor. Die Geschwindigkeit ist ihre Freundin. Sie verhindert hartnäckiges Grübeln und sorgt dafür, dass nur noch das Atmen zählt.

Verstohlen zwängt sich die Sonne durch die Wolkendecke.

In ihrer Angst vor Gerald hat sie begonnen, ihre Welt nach Fluchtpunkten einzuteilen. Von der Wohnanlage weiter zum Südring, vorbei an den Industriegebäuden, hin zur Innenstadt.

Noch fünfzig Meter, und sie ist in Sicherheit.

Ihre Wegstrecke prüft sie genau, hütet sich aber, den Blicken der entgegenkommenden Menschen zu begegnen. Mit gesenktem Kopf läuft sie die Straße entlang. Strähne um Strähne klatscht das Haar gegen ihre Wangen. Nie wird sie es abschneiden, denn es verhüllt ihr Gesicht wie ein seidiger Schleier.

Die Müllabfuhr ist heute spät dran, der Abfall quillt aus den Tonnen. Sie wendet sich ab, damit der Gestank nicht in ihr Innerstes gelangt. Dort ist ohnehin schon zu viel Mist.

Ihre Brust brennt, das Herz flattert gegen die Rippen. Waltraud bleibt stehen und lehnt sich atemlos an eine Hausmauer. Mit dem Rücken reibt sie über den rauen Verputz, die Nägel in die Handflächen gekrallt. Fest, fester. Erst wenn sie den Schmerz spürt, verschwinden die peinigenden Gedanken.

5

Der Bus Nummer 61, der vom Heiligengeistplatz zum Baumbachplatz fährt, ist wie immer um diese Zeit überfüllt.

Peter Grohar lässt seine Hände zu Fäusten geballt in die Taschen seiner Cordhose gleiten. Dreimal atmet er durch, darauf bedacht, die Luft langsam und bewusst durch die Nase ausströmen zu lassen. Innerhalb von Sekunden spürt er kalten Schweiß auf seiner Stirn. Jeder unkontrollierte Körperkontakt ist ihm zuwider. Automatisch rückt er von seiner Sitznachbarin ab.

Schüler drängen sich im Gang zwischen den Sitzreihen.

Hinter sich vernimmt er ein Kichern. In seinem Rücken spürt er neugierige Blicke. Er macht eine rasche Handbewegung, als wolle er eine lästige Fliege verscheuchen. Die Frau neben ihm murmelt etwas Unverständliches und rückt nun ihrerseits einige Zentimeter von ihm weg. Das Gackern hinter ihm wird lauter. Er beschwört sich, es zu missachten, und muss sich dennoch umdrehen.

In Bruchteil einer Sekunde erfasst er die Situation. Zwei Teenager lehnen mit roten Gesichtern aneinander und flüstern sich gegenseitig kleine Geheimnisse ins Ohr. Das Mädchen am Fenster trägt ein viel zu weit ausgeschnittenes Oberteil zu hautengen Jeans. Als die beiden seine Blicke bemerken, schlagen sie verschämt die Augen nieder. Tut bloß nicht so unschuldig, denkt Peter und dreht sich rasch um.

Eine dunkelblaue Luftmatratze taucht vor seinem inneren Auge auf. Mit den Zähnen zieht er am orangefarbenen Stöpsel, schmeckt bitteres Gummi und hört beglückt zu, wie die Luft zischend entweicht. Es ist Sommer, seine Welt ist in Ordnung, und er freut sich auf die Butterbrote mit Schnittlauch, die zu Hause auf ihn warten. Dann spürt er auf einmal die Hand seiner Stiefschwester Rosl auf seiner Schulter und zuckt erschrocken zusammen.

Die Frau neben ihm räuspert sich und steht umständlich auf.

Sie wirft ihm einen missbilligenden Blick zu und drückt sich an den Schülern vorbei zum Ausgang.

Der Bus bleibt ruckartig stehen. Ein Raunen geht durch die Menge. Ein wenig muss er noch durchhalten, erst die nächste Station ist sein Ziel. Viktor Arnold, sein Bewährungshelfer, hat ihm ein Kaffeehaus am Rande von Klagenfurt als Treffpunkt vorgeschlagen. Ob er wohl weiß, wie viele Schülerinnen jetzt im Bus sind? Will er testen, wie gut Peter sich im Griff hat?

Die langen Jahre im Gefängnis haben Peter Grohar gelehrt, niemandem zu trauen. Sozialarbeiter, Betreuer, Therapeuten, Bewährungshelfer und wie sie sonst noch heißen, sie alle sind aus dem gleichen Holz geschnitzt. Ihnen geht es nur darum, ihn zu kontrollieren.

Wieder stoppt der Bus. Peter wird nach vorne geschleudert, er hört das helle Lachen der beiden Mädchen hinter sich. Ein metallisches Geräusch am Boden, so als würde ein Gegenstand darüberschlittern. Unwillkürlich greift er nach unten und lässt den ertasteten Gegenstand sogleich in der Tasche seiner Cordhose verschwinden. Hat ihn jemand beobachtet? Hastig steht er auf und stolpert an den Schülern vorbei in Richtung Ausgang. Die ganze Zeit über ist er krampfhaft bemüht, keines der Kinder zu berühren.

6

»Jetzt geht er«, zischt Julia Kathi ins Ohr.

Sofort beginnen die beiden wieder zu kichern.

»Hab ich dir doch gesagt, der tickt nicht richtig«, bringt Kathi unter Gelächter hervor, »musst dir doch bloß seine Kappe ansehen!«

»Wie der uns vorhin angeglotzt hat. Richtig krank war das. Mir ist Gänsehaut über die Arme gelaufen.« Julia schüttelt sich und wirft ihre blonden Haare in hohem Bogen nach hinten über die Schultern. Dann legt sie die Hände um ihren schlanken Hals, drückt zu und verdreht ihre braunen Augen. »Vielleicht wollte er uns abmurksen? Wie Freddy Krueger?«, sagt sie mit gekünstelt schauriger Stimme.

»Das wohl nicht«, sagt Kathi und kichert, »ich glaube eher, dass er gemerkt hat, wie wir über ihn getuschelt und ihn angestarrt haben.«

»Na, jetzt ist er jedenfalls weg.« Julia hat noch immer diese hohle Stimme: »Und mit ihm das Grauen.«

In der diesjährigen Schulaufführung darf Julia die Rolle der Ophelia in Shakespeares Hamlet übernehmen. Es ist zwar eine Nebenfigur, die noch dazu bald ertrinkt. Doch Kathi weiß, dass Julia sich wie eine Schneekönigin gefreut hat, als der Lehrer sie dafür auswählte.

»Dafür sitzen jetzt Willi und Robby hinter uns.« Kathi muss verhindern, dass Julia sich umdreht. Daher legt sie ihren Arm fest um ihre Schulter. »Schau unter keinen Umständen zurück.«

Aber Julia windet sich aus der Umklammerung und wirft den beiden einen kecken Blick zu. »Hi, boys!«

»Psst.« Kathi ist die Situation unangenehm.

»Sei nicht so uncool.« Julia mustert Kathi von oben bis unten. »Was hast du heute überhaupt an?«

Julia gilt unter den Schülern als Modeexpertin. Immer hat sie die neuesten Markenartikel.

»Hallo, Erde an Kathi! Wo lebst du denn? Hinter dem Mond?«

Kathi spürt, wie ihr das Blut ins Gesicht schießt. Mit diesen kirschroten Wangen möchte sie nicht gesehen werden. Schon gar nicht von Robby.

»Mist«, brummt Kathi und bohrt ihren Schuh ärgerlich in den Fußboden unter dem Sitz. Ihr ist eingefallen, dass sie ihre Mathematikhausaufgabe daheim vergessen hat.

»Was gibt's?« Julia wirft ihr einen gelangweilten Blick zu.

»Ich habe Mathe vergessen.«

»Macht doch nichts. Ruf deine Mama an, sie soll dir das Heft in der Pause nach der zweiten Stunde bringen.«

»Keine gute Idee«, murmelt Kathi, »Mama ist im Supermarkt.« Nervös kratzt sie mit dem Zeigefinger über ihren Handrücken. Sie weiß nicht, was sie machen soll. Wenn sie ohne die Hausaufgabe auftaucht, geht es ihr an den Kragen.

Vielleicht sollte sie doch daheim anrufen?

Möglicherweise hebt Gerald ab. Sie hat etwas gut bei ihm. In letzter Zeit musste sie zweimal bei seiner Arbeitsstelle anrufen, um ihn zu entschuldigen.

Mama, ihre arme Mama.

Kathi will jetzt nicht an die vergangene Nacht denken. Sie putzt sich geräuschvoll die Nase, um auf andere Gedanken zu kommen.

Seit dem schrecklichen Unfall ihres Vaters ist nichts mehr so wie früher. Nach seinem Tod hatte Mama zwei Jobs annehmen müssen, um die Rechnungen bezahlen zu können. Als dann Gerald aufgetaucht war, hatte Kathi gehofft, dass sich alles zum Besseren wenden würde. Er war so fröhlich, und Mama konnte sich wieder freuen.

Doch Gerald ist Alkoholiker. Zuerst war es ihnen nicht aufgefallen. Mit der Zeit kam er dann aber immer später nach Hause und brüllte bei der geringsten Kleinigkeit los. Da waren Mama und er schon verheiratet. Zweimal hat sie ihn hinausgeworfen, aber wenig später stand er wieder vor der Tür und wollte alles anders machen. Kathi ist froh, dass Gerald sie nicht adoptieren wollte und sie weiter den Nachnamen ihres Vaters tragen darf.

Gedankenverloren starrt sie auf die roten Abdrücke, die ihre Nägel im Handrücken hinterlassen haben.

Im Zeichenunterricht beschließt Kathi, hinauszugehen, um anzurufen. Mit ihrem Bild ist sie schon fertig. Sie greift in die Taschen ihrer Jeans, sucht nach dem Handy. Als sie es nicht findet, holt sie ihren Schulrucksack unter dem Pult hervor und durchforstet das Innere. Nirgends verbirgt sich das Telefon, es ist auch nicht zwischen die Seiten ihrer Bücher oder Hefte gerutscht.

So ein Mist, denkt sie wütend.

»Julia«, sie stupst ihre Freundin an und flüstert ihr zu: »Ich glaube, ich habe mein Handy verloren.«

»Hmm«, brummt Julia unbeeindruckt und pinselt weiter an ihrer Blume.

Sie sollen eine Sommerwiese malen. Julia macht es wieder einmal anders als die anderen, denn ihre Blumen sind schwarz, der Himmel rot und die Gräser weiß.

»Was sagst du dazu?« Sie steckt den Pinsel ins Wasserglas und schaut Kathi auffordernd an.

Kathi ist wegen des verlorenen Handys nicht in der Stimmung, die Malkunst ihrer Freundin zu bewundern. »Was soll ich denn jetzt machen? Das verdammte Handy ist fort. Ich muss es im Bus verloren haben.« Sie zieht an ihrem T-Shirt, bis es über ihre Hüftknochen reicht.

»Jetzt wein doch nicht gleich. Wir suchen nach der Schule den Weg ab, vielleicht finden wir das dumme Ding ja«, tröstet Julia sie.

In diesem Moment läutet es zur Pause.

Kathi packt hastig ihre Malsachen weg, als Julia aufspringt. »Kate, ich habe *die* Idee! Wäre sie nicht von mir, müsste sie glatt von mir stammen, so gut ist sie!«, lobt sie sich so überschwänglich, dass Kathi zu lachen beginnt.

»Ja?«, bringt sie hervor, als Julias Worte wie ein Wasserfall auf sie herniederprasseln.

»Wir rufen jetzt dein Handy mit meinem an. Vielleicht geht ja jemand ran und bringt es uns. Falls du es verloren hast, könnte es jemand gefunden haben.«

»Du bist ein echtes Genie.« Erleichtert umarmt Kathi ihre Freundin. »Meine Lebensretterin.«

Geschmeichelt holt Julia ihr rosa Telefon aus der Hosentasche und schwenkt es vor Kathis Gesicht herum. »Los, komm auf den Gang. Wir erledigen das jetzt sofort. Und dann rufst du deine Mutter an, damit sie die Hausübung bringt.«

»Ich hab dir doch gesagt, sie sitzt im Supermarkt an der Kasse. Aber vielleicht erreiche ich Gerald.«

»Gerald? Genau, dein schrecklicher Stiefvater soll sich auf den Weg machen.«

Auf dem Gang tummeln sich die anderen Schüler. Es ist übervoll und laut. Es riecht nach Schuhpaste und frischen Wurstsemmeln. An einem der Fenster weiter abseits steht niemand. Sie rennen hin und besetzen die Nische. Hier sind sie ungestört.

Julia wählt. Aufmerksam lauscht sie dem Tuten. Enttäuscht schüttelt sie den Kopf. »Es klingelt zwar, aber niemand geht ran.«

»Gib her, ich versuch's noch einmal.« Kathi entwindet ihr das Handy und drückt auf die Wiederholtaste.

Nach dem zweiten Tuten brummt plötzlich eine tiefe Stimme direkt in ihr Ohr: »Hallo, wer ist da?«

Kathi reißt ihre Augen auf und winkt Julia aufgeregt näher. »Haben Sie mein Telefon gefunden?«

»Allerdings. Möchtest du es zurück?«

»Ja, ja«, stottert Kathi, fängt sich und fügt ruhiger hinzu: »Wie bekomme ich es wieder?«

Nach kurzem Zögern antwortet der Mann: »Du wirst es dir schon holen müssen. Ich bin kein Taxiunternehmen. Heute Abend um neun Uhr auf dem Kreuzbergl.«

»Ich … also … äh … wo genau?«, stammelt Kathi erschrocken, und Julia, die ihr Ohr ebenfalls ans Handy presst, macht große Augen.

»Beim Pavillon gegenüber der Spielwiese, nach der großen Kurve. Sei pünktlich und komm allein.«

Bevor Kathi etwas erwidern kann, ist die Verbindung unterbrochen.

»Was war das denn? Und vor allem wer?«

»Äh …«, macht Kathi verwirrt.

»Gib her.« Julia nimmt der verdutzten Kathi das Telefon aus der Hand und wählt.

Es läutet, aber diesmal hebt niemand ab.

»Das war unheimlich, richtig gruselig.« Kathi spürt einen kalten Schauer über ihre Arme kriechen.

»Ich finde das spannend. Aber du kleiner Angsthase fällst vor Schreck fast um. Wir gehen zusammen hin und schauen uns den Kerl an. Falls es einer ist. Mir klang das nämlich viel eher nach einem Streich. Und ich glaube sogar zu wissen, wer das war.« Julia stemmt die Hände in die Hüften und reckt unternehmungslustig das Kinn vor. »Endlich ist mal was los in dieser langweiligen Bude.«

»Wer war's denn?« Kathi ist neugierig. Als sie keine Antwort bekommt, setzt sie verzagt nach: »Meinst du nicht, ich sollte das einer der Lehrerinnen oder dem Direktor melden? Ist doch merkwürdig. Der Mann wollte, dass ich allein komme.« Sie spürt ein unangenehmes Kribbeln in ihrem Bauch.

»Du tickst doch nicht mehr richtig! Kate? Hallo? Dann geh doch gleich zu den Bullen. Ist doch lächerlich. Du bist so was von langweilig.« Julia verdreht die Augen und wirft ihre blonde Mähne zurück.

»Auch wenn du mich jetzt kindisch findest«, Kathi nimmt ihren ganzen Mut zusammen, »ich geh sicher nicht dorthin.« Sie schüttelt sich. »Noch dazu am Abend, wenn es stockdunkel ist. Nein, weder mit dir noch allein. Ich geb's ja zu, davor hab ich Angst.« Sie hält inne und dreht gedankenverloren eine Haarsträhne um ihren Zeigefinger. »Vielleicht sollte ich es doch besser einem Erwachsenen erzählen?«

»Ach, lass nur«, lenkt Julia mit einem Mal überraschend besänftigt ein. »Falls das blöde Handy nicht von selbst auftaucht, marschieren wir gleich morgen früh zum Fundbüro. Was meinst du?«

Kathi, der die plötzlichen Stimmungsschwankungen ihrer Freundin nur allzu vertraut sind, atmet erleichtert auf. »Super, danke, Julia. Komm, ich lade dich auf eine Kokoskuppel in der Kantine ein«, schlägt sie versöhnt vor.

In der Schlange vor der Vitrine sehen sie Robby und Willi. Als Julia zu kichern beginnt, drehen die beiden sich zu ihnen um.

»Na so was, Robby scheint ja tatsächlich den ganzen Tag in der Schule zu verbringen. Wenn der das Schuljahr überhaupt schafft, bei den Klassenbucheinträgen.«

»Woher weißt du das?« Kathi versucht, die Eifersucht zu verbergen, die sie wie eine glühende Welle überrollt. Warum weiß Julia wieder einmal alles und sie nichts?

»Ach«, Julia zögert. »Von einem Typen aus der Parallelklasse.«

In diesem Moment lächelt Robby Kathi zu, direkt in die Augen, mitten ins Herz.

»Hallo ihr«, kommt es lässig von ihm. »Kathi, süße Sommersprossen heute. Stehen dir verdammt gut. Solltest sie immer so tragen.«

Hat sie das richtig verstanden? Macht er sich jetzt über sie lustig, oder war das etwa ein Kompliment?

»Wohl das große Glückslos gezogen, Kathi, was?« Julia verzieht säuerlich das Gesicht.

Sofort strahlt der Tag ein wenig heller. Vergessen sind die Mathematikstunde, ihr verlorenes Handy und der unheimliche Mann.

7

Viktor Arnold starrt durch die schmutzige Fensterscheibe des Lokals auf die Waidmannsdorferstraße. Er kneift die Augen zusammen und blinzelt gegen das schräg einfallende Sonnenlicht.

War das da eben Waltraud?

Nein, das kann nicht sein. Waldi sieht nicht so durchscheinend grau und zerbrechlich aus, das hat sie nie. Richtig hübsch war sie. Aber was weiß er schon. Er hat sie so viele Jahre nicht gesehen. Ihr Mann soll bei einem Arbeitsunfall ums Leben gekommen sein, und angeblich ist sie jetzt mit Gerald Ibounig liiert. War der nicht einmal wegen Körperverletzung im Knast?

Kaum zu glauben, wie lange der Sommer schon her ist, in dem sie beide ein Paar waren. Viktor lächelt sentimental, als er daran denkt.

Die Erinnerung an Waltraud wird von der an Peter Grohar verdrängt. Der Klient, auf den er wartet, hat wegen Totschlags an einem kleinen Mädchen eingesessen. Eine Mordabsicht hatte man ihm nicht nachweisen können. Die Kleine war an einem Asthmaanfall gestorben. Aber es war dennoch seine Schuld gewesen. Viktor zieht gedankenverloren einen Hautstreifen neben seinem Daumennagel ab. Natürlich bedeutet es nicht, dass das Mädchen heute noch leben würde, wäre es gesund gewesen. Vermutlich hätte er die Kleine, wenn er mit ihr fertig gewesen wäre, aus Angst vor Entdeckung trotzdem ermordet. Ein Spaziergänger fand ihren Leichnam Tage später in einer Grube im Wald.

Viktor nimmt einen großen Schluck vom Kaffee und leckt mit der Zunge genüsslich über seine Oberlippe. »Nur Mädchen schlecken sich den Milchschaum wie Kätzchen von den Lippen«, hört er seinen Vater höhnen.

Na und? Es soll Schlimmeres geben, als auf süßen Kaffee zu fliegen.

»Shit!« Missmutig wirft er einen Blick auf seine Uhr. Als Bewährungshelfer hat er darauf zu achten, dass seine Schutzbefohlenen nicht gegen die Auflagen verstoßen und sich wieder ordentlich in die Gesellschaft eingliedern. Doch seine Verabredung verspätet sich bereits um zehn Minuten.

Da schwingt die Tür auf, und Peter Grohar betritt das Lokal. Eine fettige Strähne fällt unter der verkehrt aufgesetzten Schirmmütze in seine Stirn. Vom Sonnenlicht geblendet, kann Viktor seinen Gesichtsausdruck nicht erkennen.

»Der Bus«, beginnt Grohar mit brüchiger Stimme, und Viktor ergänzt mit ironisch hochgezogenen Brauen: »Kam zu spät, hatte eine Panne, war zu voll.«

Sofort ist ihm sein belehrender Tonfall unangenehm. »Aber setzen Sie sich erst einmal. Wollen Sie einen Kaffee?«

»Ich … danke«, stammelt Peter und lässt sich auf den Stuhl ihm gegenüber sinken.

»Danke ja oder danke nein?«, erkundigt sich Viktor. Er mustert seinen Klienten aufmerksam. Unter Grohars tief in den Höhlen liegenden, dunkel umschatteten Augen, deren Farbe nicht zu erkennen ist, haben sich scharfe Falten eingekerbt. Eine Adlernase ragt aus dem schmalen, grau schimmernden Gesicht hervor.

»Nein, lieber hätte ich ein Glas Wasser. Und die Verspätung tut mir leid. Wird nicht wieder vorkommen.«

Viktor, dem der gekünstelte Tonfall nicht entgeht, drückt seinen Rücken durch und spannt seine Schultern an.

Schon beim ersten Treffen im Gefängnis hat er Grohar nicht leiden können. Jetzt versucht er, seinen Blick einzufangen. Aber Grohar senkt den Kopf und dreht nervös an seinen Hemdknöpfen.

»Das Zimmer«, beginnt Viktor, »ist nicht weit von hier. Nicht die beste Gegend, aber für den Anfang muss es reichen.«

Die Bedienung nähert sich. Ein junges Mädchen, kaum älter als sechzehn. Der Blick, mit dem Grohar die Serviererin mustert, gefällt Viktor nicht.

»Eine Flasche Mineralwasser und zwei Gläser bitte.« Er starrt Grohar an, während er das sagt.

Wie ertappt wendet sein Gegenüber den Blick von dem Mädchen ab und richtet ihn auf seine Schuhspitzen. Viktor meint, kleine Schweißtröpfchen am Rand der Schirmkappe zu sehen.

Was tu ich hier bloß? Nicht zum ersten Mal stellt er sich diese Frage. Denn er weiß nicht, ob er noch an den Sinn seiner Arbeit glaubt. Zu widerwärtig sind ihm manche Klienten.

»Kann ich mich frei bewegen? Welche Einschränkungen muss ich beachten?«, das hatte Grohar ihn bei ihrem ersten Zusammentreffen gefragt.

»Sie dürfen sich keinem Spielplatz nähern. Und Sie dürfen Kinder oder Jugendliche in kein Gespräch verwickeln.«

Schon oft hatten sie darüber gesprochen, und auch jetzt muss Viktor es wiederholen.

»Ach«, murmelt Grohar und wischt sich mit einer Papierserviette über die feuchte Stirn. Er nimmt einen Schluck von dem Wasser, das die Serviererin gebracht hat.

»Sonst noch Fragen?« Viktor kann nicht anders, als sich Peter Grohar auf einem Kinderspielplatz vorzustellen. Unwillkürlich schüttelt er den Kopf. Es drängen sich dennoch weitere Bilder auf.

Hilflos muss er zusehen, wie Ljubica, das kleine kroatische Mädchen, in Peter Grohars Armen erstickt.

»Was wollten Sie mit ihr? Warum haben Sie der Kleinen das angetan?«, bricht es aus ihm heraus, bevor er sich zurückhalten kann.

»Wie bitte?« Peter Grohars graues Gesicht ist nun tiefrot. Er springt auf und stößt sein Wasserglas um. »Sie dürfen mir diese Fragen gar nicht stellen!«, fährt er Viktor an. Sein Atem geht keuchend.

»Entschuldigung. Ich dachte …« Viktor steht ebenfalls erschrocken auf und sucht nach Worten.

Bevor er weiterreden kann, unterbricht ihn Grohar: »Ich wollte sie bloß zur Schule bringen, da sie ganz allein im Regen stand und viel zu dünn bekleidet war. Sie hätte sich dort den Tod holen können.«

Hat sie ja auch. Viktor zieht die Luft scharf durch die Nase ein. Die junge Serviererin wischt ganz in ihrer Nähe einen Tisch ab und scheint aufmerksam zu lauschen.

Viktor steht auf. »Kommen Sie, Grohar.« Er bemüht sich, seine Fassung wiederzuerlangen. »Ich zeige Ihnen jetzt Ihr Zimmer.«

Grohar sieht an ihm vorbei, sein Blick ist auf irgendetwas in der Ferne gerichtet.

Schnell legt Viktor einen Geldschein auf den Tisch. »Behalten Sie den Rest.«

8

»Danke fürs Einspringen.«

Wie durch einen Schleier erreicht die Stimme Waltrauds Ohr. Verlegen streicht sie den Haarvorhang aus ihrem Gesicht und sieht fragend hoch. »Hildegard«, sagt sie leise. »Schon zurück?«

»Findest du das nicht auch schön?« Hildegard hält Waltraud einen Prospekt mit Hochzeitskleidern hin, tippt auf eines und sieht sie abwartend an. »Du schaust ja gar nicht und hörst mir wieder mal nicht zu.« Sie klingt eingeschnappt. »Einen Euro für deine Gedanken.«

»Wirf das Geld lieber ins Sparschwein. Für die Hochzeitsreise«, antwortet Waltraud schnell, um von weiteren Fragen abzulenken.

Doch Hildegard lässt sich nicht beirren. »Was beschäftigt dich so? Und was ist das da?« Fast liegt ihr Zeigefinger auf Waltrauds Wangenwunde.

»Mal wieder beim Rasieren geschnitten«, scherzt Waltraud und lächelt etwas verkrampft. Bevor Hildegard darauf eingehen kann, springt sie auf und drückt ihre Kollegin auf den Sitz hinter der Kasse. »Ich hab's eilig, muss noch einkaufen.«

Als sie wenig später ein großes Huhn, Rosmarin, Zwiebeln, Butter und Knoblauch in den Einkaufskorb gepackt hat, wandert sie unschlüssig zwischen den Regalreihen auf und ab.

Irgendetwas wollte sie doch noch besorgen?

Kartoffeln! Fast hätte sie es vergessen.

Geralds wutverzerrter Mund taucht vor ihr auf. In ihrem Bauch beginnt es zu rumoren. Magensäure steigt ihre Speiseröhre hoch. Sie presst ihre Lippen aufeinander und schluckt.

Plötzlich findet sie sich in der Haushaltsabteilung wieder. Abwägend gleitet ihr Blick über Kartoffelschäler, Fruchtpressen, Küchenwaagen und bleibt dann an den Küchenmessern hängen. Verschwommene Erinnerungen suchen sich den Weg in ihr Bewusstsein.

Waltraud schüttelt sich. Keine Zeit zum Grübeln.

Als sie in der Gemüseabteilung das Netz mit den Kartoffeln in den Wagen legt, zuckt sie erschrocken zusammen. Silbern blitzt ihr daraus ein Satz Fleischmesser entgegen. In Panik macht sie einen Schritt zurück. Wie sind die da hineingekommen? Sie kann sich nicht erinnern, sie eingepackt zu haben.

Als sich ihr Herzschlag etwas beruhigt hat, beäugt sie vorsichtig die Klingen. Damit wird sie das Hendl leichter teilen können. Auch das Rindfleisch, das sie morgen kochen will.

So scharfe Messer hatte sie noch nie.

Beschwingt verlässt sie den Supermarkt.

9

Peter Grohar ist in Gedanken versunken. Seit er heute Morgen das Gefängnis verlassen hat, fühlt er sich wie ein Dampfkochtopf vor dem Zerbersten.

Die Gummisohlen seiner Schuhe quietschen auf dem Asphalt des Gehsteigs. Das Geräusch erinnert ihn an Saugnäpfe, die sich auf Haut pressen und sie fest umschließen. Ekelschauer rieseln über seinen Rücken.

Unten an der Waidmannsdorferstraße sieht er das Reklameschild eines Supermarkts leuchten. Er muss sich Lebensmittel, Haarshampoo und Rasierzeug besorgen. Und noch eine Menge mehr. Er holt die Liste aus seiner Hosentasche, faltet sie auf: Besteck, Gläser, Bettwäsche … Weiter kommt er nicht, da er in diesem Moment gegen jemanden prallt.

»Au!«

Peter sieht ein gelocktes Mädchen vor sich. Ein älterer Mann packt die Kleine an der Hand und weist sie scharf zurecht: »Maisy, so pass doch auf!«

Erschrocken macht Peter einen Satz zurück. »Entschuldigen Sie bitte.«

Das Kind sieht ihn aus strahlend blauen Augen lächelnd an und streckt die Hand aus. Dunkle Locken kringeln sich um ein rundes Gesicht mit braunen Sommersprossen. »Da, schau, du hast etwas verloren.« Die Kleine macht einen Schritt auf ihn zu.

»Das ist mir wohl eben aus der Tasche gefallen.« Rasch greift Peter danach und zuckt, als sich ihre Finger berühren.

Der ältere Mann macht eine hastige Bewegung und zieht die Kleine von ihm weg. »Komm schon, Maisy, trödle nicht. Wir müssen noch eine Menge einkaufen.« Ohne ihn eines weiteren Blickes zu würdigen, schiebt er das kleine Mädchen vor sich her.

»Aber Opa, ich wollte doch nur …«, hört Peter sie empört erwidern, dann sind die beiden außer Hörweite.

Mit schnellen Schritten gehen sie vor ihm den Weg entlang.

Peter wird immer langsamer, bis er ganz stehen bleibt. Die Besorgungen im Supermarkt wird er auf später verschieben. Das fehlte noch, dass er diesem misstrauischen Mann ein weiteres Mal begegnet. Möglicherweise spricht die Kleine ihn abermals an, und der Alte glaubt dann, er sei hinter dem Kind her.

Das Leben in der Zelle war um einiges leichter, sogar mit der Feindseligkeit der Wärter und der Ausgrenzung durch seine Mithäftlinge im Rücken. Das Gefängnis hatte ihm Schutz und Sicherheit geboten. Andere entschieden dort für ihn, wann er sich bewegen, essen und schlafen musste. Sie wussten besser, was gut für ihn war.

Nun muss er allein mit allem fertigwerden. Den Sozialheini findet er nicht hilfreich. Gut, er hat ihm das Zimmer besorgt und auch das Reden mit dem Vermieter übernommen. Damit hatte es sich dann aber auch schon. Für Arnold bleibt er der Kindermörder, wie für alle anderen auch.

Verdrossen dreht er sich um und marschiert zurück zu seiner Unterkunft.

10

Marisa lehnt am Fenster.

Der Blick aufs Meer ist überwältigend. Weiße Schaumkronen kräuseln sich über dunkelgrünen Wellen. Ein glänzendes Band, das sich den Horizont entlangschlängelt. Möwen segeln lautlos über dem Wasser durch die Luft.

Für Marisa ist es ein Bild des Friedens. Dennoch ist sie innerlich unruhig.

»Komisch«, murmelt sie und dreht sich um.

Thomas streift seine Schuhe von den Füßen und lässt sich aufs Bett fallen. Er sieht angestrengt aus.

»Soll ich dich massieren?«

»Nein.« Sie scheint ihn nervös zu machen, er verdreht die Augen und schaut zu ihr herüber. »Was ist los, Marisa?«

»Ich kann Michael nicht erreichen, ich habe es schon einige Male versucht.«

»Na und? Die beiden werden beschäftigt sein. Und du weißt doch, mein Vater lehnt das Handy, das wir ihm nach Mutters Tod geschenkt haben, kategorisch ab.« Er steht wieder auf und macht sich an seinem Koffer zu schaffen. »Du kannst mich später massieren. Jetzt muss ich mich beeilen. Ich werde im Foyer erwartet.«

Überrascht macht Marisa einen Schritt auf ihn zu. »Wieso denn das? Wollten wir nicht gemeinsam zu Mittag essen? Ich dachte, es beginnt erst am Nachmittag?«

»Es?« Thomas sieht auf.

Sie will ihm antworten, bringt aber keinen Ton hervor. Ihre Kehle ist wie zugeschnürt.

Kopfschüttelnd fischt er ein frisches Hemd aus dem Koffer. »Es geht eben nicht immer so, wie du es gerne haben möchtest, Prinzessin. Die Vorträge und Seminare beginnen um vier Uhr. Doch die Zeit davor und danach ist ebenso wichtig, wenn nicht sogar wichtiger. Auf so einem Kongress geht es in erster Linie um das Knüpfen von Kontakten und den Austausch mit den Kollegen.«

Mit dem Hemd in der Hand geht er ins Badezimmer, zögert einen Moment und drückt dann die Tür leise, aber nachdrücklich hinter sich ins Schloss.

»Tom!«, ruft Marisa ihm unzufrieden nach.

»Jetzt lass mich doch in Ruhe«, kommt es gereizt aus der Dusche.

Marisa spürt neben der Enttäuschung Wut in sich hochsteigen. Sie bückt sich, nimmt Toms Schuh, der halb unter dem Bett liegt, und will ihn schon gegen die Badezimmertür schleudern, als das Zimmertelefon zu klingeln beginnt. Erfreut stürzt sie zum Nachtkästchen und hebt ab.

Michael! Maisy! Das müssen sie sein!

Bevor sie sich melden kann, hört sie schon eine ihr unbekannte Frauenstimme fragen: »Hallo? Tom, bist du das?«

»Nein«, antwortet Marisa irritiert, »hier spricht Marisa Burger. Mein Mann ist gerade nicht erreichbar. Kann ich ihm etwas ausrichten?«

Kurz herrscht Schweigen am anderen Ende der Leitung. »Ach, wie schön, endlich lernen wir uns kennen«, hört Marisa die Frau im nächsten Moment betont freundlich sagen. »Ich wusste nicht, dass Tom Sie … hierher mitnimmt. Ich habe mich noch gar nicht vorgestellt, mein Name ist Rosita Lang. Er hat Ihnen sicher schon von mir erzählt?«

Hat er nicht. Marisa ist verunsichert. Und was heißt das überhaupt, dass Thomas sie hierher »mitgenommen« haben soll? Das klingt, als wäre sie irgendein beliebiges Kleidungsstück. »Natürlich hat mein Mann Sie erwähnt«, lügt sie schnell und erfindet aus einem Impuls heraus: »Sie arbeiten am gleichen Thema wie er.«

»Ach? Hat er Ihnen das erzählt?«

Bevor Marisa genauer nachfragen kann, was er sonst erzählt haben sollte, steht Thomas neben ihr.

»Mit wem sprichst du? Ist das mein Vater?«

»Nein, leider. Ist für dich«, beginnt sie.

»Gib schon her.« Er entwindet ihr unsanft den Hörer. »Hallo?«

Marisa beobachtet ihren Mann, der gespannt den Telefonhörer ans Ohr presst. Auf seiner nackten Haut schimmern

Wassertropfen, um seine Hüften hat er ein hellblaues Badetuch geschlungen. Er sieht immer noch verdammt gut aus. Die Jahre scheinen spurlos an ihm vorübergegangen zu sein. Sein Gesicht ist faltenlos, und nur an den Ansätzen seiner dunklen Haare ist ein Hauch von Silbergrau zu erkennen.

Thomas ist näher gekommen, und sein Aftershave steigt ihr in die Nase. »Träumst du?«, herrscht er sie an und packt sie grob am Oberarm.

»Was?«, stammelt sie eingeschüchtert.

»Wer war das eben am Telefon?«

»Rosita Lang. Deine neue Lieblingskollegin.«

Zwei dunkelrote Flecke bilden sich auf seinen Wangenknochen.

»Ach?« Langsam wendet er sich ab, lässt das Handtuch fallen und kleidet sich, ohne sie anzusehen, an. »Rosita ist die neue Ärztin auf meiner Station. Die Spezialistin für frühkindlichen Diabetes. Eine sehr begabte junge Medizinerin und eine wahre Bereicherung.«

»Den Eindruck habe ich auch.« Marisa schaut betreten zu Boden. »Hübsch und jung obendrein?«, flüstert sie kaum hörbar.

»Dir ist doch nicht mehr zu helfen.« Thomas marschiert zur Tür und schlüpft kopfschüttelnd in seine Mokassins.

Marisa versagt fast die Stimme. »Wann treffen wir uns und wo?«

»Ruh du dich erst mal aus und mach dich ein wenig frisch. Beides wird dir guttun.« Er wirft ihr einen abschätzigen Blick zu und lässt die Tür hinter sich ins Schloss fallen.

Marisa sinkt zu Boden. Mit ausgestreckten, überschlagenen Beinen sitzt sie da und lehnt sich an die kühle Wand. Sie ist den Tränen nahe. Unglücklich fährt sie mit den Fingern durch die neue Frisur. Alles umsonst.

Nach einer Weile steht sie schwerfällig auf und nimmt das Telefon vom Nachttisch, legt sich damit aufs Bett. Wieder klingelt es vergeblich im weit entfernten Zuhause. Nachdenklich liegt sie mit geschlossenen Augen da. Erfüllt von einem unerwartet heftigen Groll auf ihren Ehemann, kämpft sie gegen die Tränen.

Wie konnte sie sich nur einbilden, eine gemeinsame Reise

würde die Kluft zwischen ihnen schrumpfen lassen? Thomas ist nie da, wenn ich ihn brauche, denkt sie. Natürlich arbeitet er hart, und sicher führt er in den Stunden zwischen den Vorträgen unglaublich wichtige, ernsthafte Gespräche mit seinen Kollegen, versucht sie sich zu beruhigen.

Die CD von Nick Cave fällt ihr ein. Sie war nicht für sie bestimmt, da ist sie sich sicher. Zum ersten Mal wird ihr bewusst: Thomas liebt sie nicht mehr. Wie ein eisiger Schauer fühlt sich dieses Eingeständnis an. Der Anruf von Rosita Lang hat ihr endgültig die Augen geöffnet.

Trocken auflachend greift sie erneut zum Telefon und drückt ärgerlich die Tasten. Die Verbindung wird hergestellt, und es läutet. Aber niemand meldet sich. Marisa atmet so tief durch, dass sie den Eindruck hat, ihre Lungenbläschen stünden kurz vorm Platzen. Sie wird Thomas suchen und ihn zur Rede stellen.

Jetzt, sofort.

11

Als Michael die Haustür aufsperrt, hört er das schrille Klingeln des Telefons.

»Schnell!«, ruft Maisy und schlängelt sich an ihm vorbei. »Vielleicht ist das Mama.« Erwartungsvoll reißt sie den Hörer von der Aufladestation und presst ihn ans Ohr. »Mami? Bist du das?«

Als Michael die Einkaufstasche in die Küche gebracht und ausgepackt hat und zurück ins Vorzimmer kommt, liegt das Telefon wieder auf der Station. »Wer war das?«

»Weiß nicht.« Maisy schaut an ihm vorbei zum Küchentisch und sieht ihn aus ihren großen Augen enttäuscht an. »Opa, du hast die Pizza im Supermarkt vergessen!«

»Oje. Aber das macht nichts.« Michael nimmt das Telefon und geht damit voraus in die Küche. »Du musst erst um zwei beim Zahnarzt sein. Wir bestellen uns einfach eine Pizza. Na, was hältst du davon?«

»Super!« Maisy zieht eine Visitenkarte unter einem Erdbeermagneten auf der Kühlschranktüre hervor und hält sie Michael unter die Nase. »Mit Pilzen, ja?«

Gemeinsam verstauen sie die Einkäufe und decken den Tisch. Da fällt Michael die Situation vor dem Supermarkt wieder ein. »Komm mal her, Schatz.« Er nimmt Maisy an der Hand und sieht ihr eindringlich in die meerblauen Augen. »Du darfst nicht mit Fremden sprechen, nie und unter keinen Umständen. Das ist wichtig. Hast du mich verstanden?«

Maisy macht einen großen Schritt zurück. »Ich weiß das ja«, entgegnet sie entrüstet.

»Vorhin auf dem Weg zum Supermarkt hast du mit einem fremden Mann geredet. Kannst du dich nicht mehr daran erinnern?«

»Ja, schon«, erwidert sie trotzig, »aber du warst ganz nahe bei mir. Ich war ja nicht mit ihm allein.«

»Trotzdem«, redet Michael ihr ins Gewissen. »Wenn du den

Mann noch einmal siehst, machst du einen weiten Bogen um ihn. Versprichst du mir das?«

In diesem Moment klingelt es, und Maisy rennt zum Eingang. »Die Pizza ist da!«, ruft sie erfreut.

Bevor ihr Großvater sie daran hindern kann, öffnet sie, ohne zu fragen, die Haustür.

12

Viktor steht unter der Dusche und muss erneut an Peter Grohar denken. Wie schon zuvor auf dem Tennisplatz, wo er den neongelben Ball aus lauter Zorn mehrmals heftig gegen das Netz geschlagen hat. Da hat es nichts genützt, dass sein Tennislehrer protestierte. Viktor wollte den Ärger des Tages loswerden. Nach einem eiskalten Guss schüttelt er sich und springt aus der Duschkabine.

Sein Vater hatte wahrscheinlich recht gehabt. Er war der Versager der Familie.

Ein wenig merkwürdig ist es schon, wenn er auf dem Gericht die erfolgreiche Verwandtschaft trifft. Sein Onkel Franz ist Richter, sein Bruder Gustav Staatsanwalt, seine Cousine Resi Anwältin … Er trocknet sich nachdenklich ab.

Das Training hat ihm gutgetan. Doch wieder beunruhigen ihn die Gedanken an Peter Grohar. Dessen spitzes Gesicht hat etwas von einem Fuchs, findet er. Vielleicht sind es die Augen. Wie der die junge Kellnerin angeglotzt hat! Das war hart an der Schmerzgrenze. Ihm war die Situation ausgesprochen peinlich. Aber er kann sich seine Klienten nicht aussuchen.

Viktor wischt über den beschlagenen Spiegel und sieht sich an. Ganz kurz ist da Waltrauds gehetztes Gesicht. Aber es verschwindet so schnell, wie es aufgetaucht ist.

13

Waltraud nimmt einige der bunten Briefchen vom Regal. Der Geruch unterschiedlicher Gewürze dringt in ihre Nase. Sie hört ein Geräusch aus dem Wohnzimmer

»Ich hab das Paprikapulver vergessen. Tut mir leid«, quetscht sie heraus.

»Ja, ja, ja. Blöder Trampel!« Gerald drängt Waltraud gegen den Küchenschrank. »Zur Hölle mit dir. Ich wollte Paprikahendl und nicht dieses saure Zeug. Zitronen! Bist du jetzt auch noch zum Kochen zu blöd?«

»Zum Braten, nicht zum Kochen. Braten«, flüstert Waltraud gegen das Glasfenster, hinter dem die Teller weiß schimmern.

»Wie bitte?«

Rums, macht ihr Kopf, als er gegen die Scheibe kracht.

»Au!«, entfährt es Waltraud.

Hätte sie sich doch auf die Zunge gebissen. Sie weiß, wie sehr Gerald es hasst, wenn sie widerspricht.

Sein Atem streift heiß über die verletzliche Haut ihres Halses. Seine Zähne krallen sich in das weiche Läppchen ihres Ohrs. Sie unterdrückt einen Aufschrei.

»Hast du noch immer nicht genug?« Er zerrt sie vom Schrank weg.

Waltraud wehrt sich, aber er stößt sie zu Boden.

Jetzt sind die Haare dran. Als er sie daran hochreißt, spürt sie kaum den Schmerz. Wirklich weh tut nur die Faust auf der verheilenden Wunde im Gesicht.

»Bitte«, wimmert sie.

»Danke«, kontert er und lässt sie los, als er Kathis Schlüssel im Schloss quietschen hört. »Hopp, hopp, mach wieder einen Menschen aus dir. Oder willst du, dass deine Tochter dich so sieht? Schlampe.«

Waltraud zieht sich am Küchenschrank hoch, bedacht darauf, kein Geräusch von sich zu geben. Mit gesenktem Kopf, die glühenden Wangen hinter dem hellen Vorhang aus Haar verborgen, huscht sie ins Badezimmer und schließt leise die Tür hinter sich.

Gerade noch rechtzeitig, bevor die Tür aufgeht und Kathis Ruf erschallt: »Hallo ihr! Bin wieder da!«

14

Julia wirft ihren pinkfarbenen Rucksack in eine Ecke des Vorraums und ruft: »Maria!«, aber die Haushälterin antwortet nicht.

Die kleinen Geschwister sind noch im Kindergarten, Papa in der Firma und Mama sicher bei der Kosmetikerin. Schlecht gelaunt schlendert Julia ins sonnendurchflutete Wohnzimmer und wirft sich aufs Ledersofa.

Sonst findet sie das Alleinsein angenehm, doch jetzt hätte sie gern, dass ihre Mutter oder Maria mit dem Essen auf sie wartet. Enttäuscht dreht sie ihre Faust ins Leder. Es ist still hier. Sie schleudert ihre Schuhe von sich und greift nach der Fernbedienung. Da niemand außer ihr zu Hause ist, kann ihr auch keiner das Fernsehen verbieten.

Den Lautstärkenregler stellt sie auf die mittlere Stufe. Besänftigt durch die Geräuschkulisse, lehnt sie sich zurück und schmiegt sich in die weichen Kissen. Als die erste Werbeeinschaltung kommt, steht Julia unwillig auf und schlendert zum Kühlschrank.

Sie hebt die Auflaufform vom obersten Fach und nimmt die Alufolie ab. Naserümpfend betrachtet sie den überbackenen Karfiol. »Ekelhaft«, brummt sie.

Als sie am Spiegel vorbei zurück zum Fernsehapparat geht, verdreht sie ihre Augen und grinst sich an. Kurz sieht sie Robby Kathi zulächeln und ihr Komplimente über diese verflixten Sommersprossen machen.

»Wo hat der bloß seine Augen?«, schmollt sie und wirft sich wieder aufs Sofa.

Je länger sie darüber nachdenkt, desto wütender wird sie. Immer wieder ruft sie sich in Erinnerung, wie Robby Kathi angesehen hat. Richtig verschossen.

Einige Zeit ist sie gefangen von ihrer Lieblingsserie. Dann spürt sie das leere Gefühl in ihrem Magen.

Was soll sie jetzt machen, wenn nur dieses Gemüsezeug da

ist? In so einem aussichtslosen Fall hilft nur eines, ein Gespräch mit der besten Freundin.

»Hallo Kate.«

»Julia!«

»Was machst du gerade?«

»Wir essen Zitronenhuhn.«

»Wer ist wir? Du und deine Mama?«

»Ja, und Gerald ist auch da.«

»Schade, sonst hätte ich bei euch vorbeigeschaut«, erwidert Julia unzufrieden. Warum muss das Ekel gerade heute da sein, sonst lässt er sich doch auch kaum sehen. Sie kann Gerald nicht leiden.

Sogar ihre Eltern glauben, dass er Waltraud verprügelt, und sehen es nicht gern, dass sie mit Kathi befreundet ist. »Sie sind eine asoziale Familie aus einer asozialen Gegend«, hat ihr Vater einmal gesagt. Er will ihre Freundschaft mit Kathi nicht. Doch Kathi wird immer ihre beste Freundin bleiben. Und Kathis Mama, die mag sie. Ein wenig streng ist sie vielleicht. Aber sie ist immer für ihre Tochter da.

»Bist du noch dran, Julia?«, hört sie Kathi fragen.

»Klar doch. Jetzt fängt eine Serie an, die muss ich sehen. Bis morgen in der Schule.« Bevor Kathi antwortet, unterbricht Julia die Verbindung.

Während sie eine Tiefkühlpizza aus der Plastikverpackung schält, hebt sich ihre Stimmung. Das liegt nicht nur daran, dass ihr heftig knurrender Magen bald besänftigt wird. Soeben hat sie etwas Wichtiges beschlossen.

Nachdem ihre beste Freundin ein Angsthase ist, wird *sie* heute Abend zum Treffpunkt in den Wald fahren.

Allein.

Dieser Streich ist die einmalige Gelegenheit, außerhalb der Schule mit Robby zu sprechen. Julia hat Kathi nichts von ihrem Verdacht erzählt. Aber sie ist sich sicher, dass er das Handy gefunden hat. Die Buben haben sich einen Spaß mit ihnen erlaubt.

Wenn Robby sie auf der Spielwiese trifft, wird er die Sommersprossen ihrer Freundin schnell vergessen. Pech für Kathi.

Sie muss lachen, als sie sich Kathis grüne Augen vorstellt, die vor Freude über das wiedergefundene Telefon sicher aufleuchten. Und sich dann enttäuscht verschleiern, wenn sie erfährt, dass Julia jetzt mit Robby zusammen ist.

15

»Wer war das?« Gerald schiebt seine buschigen Augenbrauen in die Höhe und wirft Kathi einen strafenden Blick zu.

»Julia.«

»Was wollte die denn? Sie weiß doch, dass wir um diese Zeit ungestört zu Mittag essen wollen.«

»Kathi, möchtest du noch ein wenig?« Ihre Mama schneidet mit einem neuen Messer ein großes Stück weißes Fleisch ab. Ohne ihre Antwort abzuwarten, legt sie es auf ihren Teller. Kathi lächelt und nimmt eine der goldgelb gerösteten Kartoffeln von der Platte.

»Wo ist die Geflügelzange?« Gerald reißt eine Lade nach der anderen auf. »Hat in diesem Haus denn niemand Stil? Das Essen mit dem Messer austeilen, wo kommen wir denn da hin?«

Was für üble Laune hat der denn heute wieder?

»Mhmm, lecker«, lobt Kathi. »Super Zitronenhuhn.«

»Halt den Mund, wen interessiert, was du kleine Göre von dir gibst?«, knurrt Gerald über den Tisch. »Waltraud, wie oft soll ich dir noch sagen, du sollst sie nicht so verwöhnen. Verbiete ihr den Mund. Hast du verstanden? Ich mag es nicht, wenn sie während des Essens mit ihren Freundinnen telefoniert.« Er nimmt einen großen Schluck Bier aus der Flasche, lehnt sich zurück und schiebt den Teller von sich weg. »Den Vogel kannst du mir in Zukunft ersparen. Schmeckt nach Fisch mit diesen beschissenen Zitronen.« Er grinst hämisch und leckt den Bierschaum schmatzend von seiner Oberlippe.

Kathi sieht schnell zu ihrer Mutter. Die zuckt bloß mit den Schultern. »Mir schmeckt es«, protestiert sie. »Mama, du bist die beste Köchin der Welt. Das findet auch Julia.«

»Ruhe! Wen interessiert, was du und deine Freundinnen denken? Mich sicher nicht.« Gerald steht auf und tritt gegen den Tisch.

»Gerald!« Kathis Mutter fährt erschrocken hoch.

»Man wird doch wohl noch seine Meinung sagen dürfen, oder?«, poltert Gerald beleidigt.

Er holt sich eine weitere Bierflasche aus dem Kühlschrank und verlässt, mit der Tür knallend, die Küche.

Kathi hat ein mulmiges Gefühl im Bauch.

»Es tut mir so leid. Ich weiß, du hattest dich auch auf das Paprikahendl gefreut.«

Kathis Herz schnürt sich schmerzhaft zusammen. »Ach was, Mama, mit den Zitronen schmeckt es auch gut. Besser sogar«, flüstert sie. Sie will von dem verlorenen Handy erzählen, aber das passt jetzt nicht hierher.

Mama hat schon so genug Sorgen.

16

Den Bewährungsauflagen zum Trotz ist er doch in den Park gegangen. Niemand kann ihm verbieten, hier zu sitzen.

Peter Grohar verkrampft seine Zehen in den Schuhen und seine Finger in den Taschen des Blousons. Erst nach einer Weile entspannt er sich. Die Bank ist hart, aber er empfindet es als angenehm, wie sich die rauen Holzplanken gegen seinen Rücken pressen.

Vor ihm spielen Kinder, einzelne Rufe dringen zu ihm. Auf den angrenzenden Bänken sitzen Mütter und plaudern miteinander.

Tief saugt er die sommergewürzte Luft in sich ein und schließt dabei seine Augen. Die Geräusche um ihn herum vermischen sich zu einem hellen Summen. Ein beunruhigendes Bild schiebt sich vor die Dunkelheit hinter seinen Lidern.

Er sieht sich als vierjährigen Buben, der, vertrauensvoll den Worten seiner großen Schwester folgend, die Hand in den Bienenstock steckt, um an den köstlichen Honig zu kommen. Brennender Schmerz stellt sich ein. Die kalten Augen seiner Stiefschwester schweben über ihm, und ihr spöttisches Lachen lässt ihn erschrocken die Lider aufschlagen.

Aber da sind nur die Äste der Bäume über ihm. Wie Sonnenschirme breiten sie sich schützend über ihm aus.

Die Knasttherapeuten hätten mit ihm trainieren sollen, sich sorglos hinauszuwagen. Doch stattdessen würden diese Gerechtigkeitsapostel ihm am liebsten eine Kamera ins Gehirn einpflanzen, um jeden seiner Gedankengänge zu überprüfen. Wut steigt in ihm hoch, vermischt mit einem Gefühl der Hoffnungslosigkeit.

Er sitzt auf einer Bank direkt gegenüber der Riesenrutsche auf dem Spielplatz. Trotzig kratzt er mit seinen Fingernägeln übers Holz. Niemand kann ihm verbieten, sich am Lachen der Kleinen zu erfreuen. Wenn es ihm bloß gelänge, mit seinen inneren Zwiegesprächen aufzuhören. Die Gedanken in seinem

Kopf nehmen schrille Stimmen an. Am liebsten würde er sich die Ohren zuhalten.

Unruhig reibt er mit den Handflächen über seine Oberschenkel. Neben ihm auf der Bank liegt die Zeitung, die er am Kiosk erstanden hat. Daneben lehnt die Einkaufstasche vom Supermarkt. Er kann Wurst und Käse durch die Verpackung riechen. Das Wasser läuft ihm im Mund zusammen, als er sich vorstellt, wie er in die dick belegte Semmel beißt und der Saft der Essiggurke auf sein Kinn tropft. Aber noch muss er sich zurückhalten. Das hat er im Gefängnis gelernt. Selbstbeherrschung war oft das Thema seiner wöchentlichen Therapiesitzungen gewesen. Erst als seine Therapeutin den Eindruck hatte, er würde sich dem Ziel nähern, wurde über eine Entlassung geredet.

Jetzt, am ersten Tag in Freiheit, übt er sich einmal mehr in der Zähmung seiner Regungen. Die Jausensemmel muss warten.

Gerade als er beschließt, sich lange genug zurückgehalten zu haben, sieht er einen rot gelockten kleinen Teufel eine zarte Prinzessin von der Rutsche schubsen.

Schon ist Peter aufgesprungen. Plastiktasche und Zeitung landen auf dem Boden. Schnurstracks läuft er zu der Kleinen, die weinend im Gras liegt und alle viere von sich streckt.

»Was erlaubst du dir, das kleine Mädchen von der Rutsche zu stoßen?«, herrscht er den Buben zornig an, macht eine Drohgebärde und beugt sich dann hinunter, um der Prinzessin aufzuhelfen.

»Gehen Sie sofort von meinem Kind weg, wagen Sie ja nicht, es anzufassen!« Die aufgeregte Mutter der Kleinen eilt mit zornesgeröteten Wangen auf ihn zu.

»Ich wollte doch nur …«, beginnt er erschrocken und stellt fest, dass die anderen Frauen ebenfalls näher kommen und einen Kreis um ihn bilden. Er verstummt und schaut betreten zu Boden. Das Stimmengewirr um ihn herum rauscht in seinen Ohren. Unfähig, ein Wort zu verstehen, hält er sie sich zu.

Was wollen die bloß von ihm? Er hat doch nichts Schlimmes getan. Die sollten besser auf ihre Kinder aufpassen.

Als er den festen Griff einer Hand auf seinem Unterarm spürt, reißt er erschrocken die Augen auf. Wütende Blicke bohren sich in sein Gesicht.

»Wenn ich nicht dazwischengegangen wäre, hätten Sie meinen Buben geschlagen!«, wird ihm aus einem rot bemalten Mund entgegengeschleudert.

»Meine Kleine hat er schon die ganze Zeit angestarrt«, hört er eine heisere Stimme hinter sich sagen.

Er bekommt es mit der Angst zu tun. Nichts wie weg, denkt er und spannt, ohne es verhindern zu können, intuitiv die Muskeln zum Sprung. Hektisch blickt er von einem zornigen Augenpaar zum nächsten und durchbricht den Kreis aufgebrachter Frauen.

Die Einkaufstasche lässt er liegen, ebenso die Zeitung.

Der Park ist ihm zum Feind geworden. Mit seinen wuchtigen Bäumen und üppigen Sträuchern versperrt er die Sicht auf den Ausgang. Orientierungslos läuft Grohar in eine beliebige Richtung, will nichts als zurück in die Sicherheit seines Zimmers. Weit fort von der aufgebrachten Meute hinter ihm.

Zwei Polizisten halten ihn an und reden auf ihn ein.

Er versteht kein Wort und hebt abwehrend die Arme. »Nein, ich habe nichts getan«, versucht er zu erklären.

»Das sehen die Mütter der Kinder aber anders.«

In Peters Innerem bricht ein Tumult los. Es klingt, als würde Glas zerbrechen. Er stammelt den Namen seines Bewährungshelfers. Die Polizisten sollen Viktor Arnold verständigen.

17

Michael Burgers Kopf brummt.

Im Wartesaal von Maisys Zahnarzt ist es zugegangen wie in einem Wespennest. Alle redeten über einen Vorfall auf dem Spielplatz. Zu Mittag hatte sich ein Mann im Goethepark an ein kleines Mädchen herangemacht. Eine geistesgegenwärtige Mutter und die Polizei hatten das Schlimmste glücklicherweise verhindert.

Michael sieht wieder das Gesicht des Fremden vor sich, dem sie am Vormittag begegnet waren. Möglicherweise war der das.

Nachdem er Maisy Kekse ins Kinderzimmer gebracht hat, sieht er sich im Haus um und nimmt sich den verstopften Abfluss unter dem Badezimmerwaschbecken vor. Als er die gereinigten Teile wieder zusammenschraubt, spürt er eine kleine Hand auf seinem Fuß.

»Opi, was machst du da?«

Michael windet sich unter dem Waschbecken hervor und sieht in Maisys Gesicht. »Ich baue euer Haus neu zusammen«, sagt er lächelnd, »es gibt einiges zu reparieren. Lass mich weiterarbeiten. Danach nehmen wir uns dein kaputtes Puppenhaus vor. Was hältst du davon?«

Seine Enkeltochter stimmt begeistert zu. Während Maisy im Kinderzimmer herumkramt, steht er ächzend auf. Sein Rücken macht wieder Probleme. Ärgerlich sucht er im Badezimmerschrank nach einem Schmerzmittel. Außer Kohletabletten, etlichen Salben und einem Mittel gegen Koliken kann er nichts finden. »Wer hat hier Koliken?«, brummt er kopfschüttelnd.

»Kannst du Nanni operieren?«, hört er Maisy fragen. Sie steht in der Tür und streckt ihm eine Puppe mit gebrochenem Bein entgegen.

Michael nimmt die Puppe mit dem verfilzten Haar und betrachtet sie eingehend. »Das kriegen wir schon hin. Aber zuerst suche ich etwas gegen meine Rückenschmerzen.«

Zögernd betritt er Thomas' Arbeitszimmer. Hier ist es dunkel. Als die Gegenstände langsam Konturen annehmen, sieht er sich unschlüssig um. Maisy wartet auf dem Gang vor dem Zimmer und beobachtet ihn aufmerksam durch die geöffnete Tür.

Zuerst knipst er die Stehlampe an, dann geht er zum Schreibtisch. »Geh schon vor ins Kinderzimmer«, sagt er zu Maisy. »Ich komme gleich nach.«

Seine Enkelin sieht ihn vorwurfsvoll an. »Darfst du überhaupt in Papas Arbeitszimmer sein?« Sie macht einen Schritt auf ihn zu und schiebt das Kinn vor.

»Klar darf ich das. Immerhin bin ich der Vater von deinem Papa.«

Das scheint ihr einzuleuchten, denn sie verzieht sich ins Kinderzimmer. Ein unangenehmes Gefühl, verbotenes Terrain zu betreten, beschleicht Michael, aber er muss dringend etwas gegen die Schmerzen finden.

Die Laden des Schreibtisches lassen sich schwer öffnen. Er ist aus massivem Holz gearbeitet. Thomas hat das schöne alte Stück von ihm zum Studienabschluss geschenkt bekommen.

Endlich sieht er in der untersten Schublade einige weiße Schächtelchen auf einem Stoß Papiere liegen.

Enttäuscht legt er gleich darauf die Medikamente wieder zurück. Es sind Präparate einer Testserie gegen frühkindlichen Diabetes. Als er die Lade heftig zuschiebt, verkeilt sich ein Blatt, und Michael zerrt am Messinggriff. Nachdem er das Papier herausgezogen hat und es wieder glatt streicht, sticht ihm eine hübsch geschwungene Unterschrift ins Auge. *»Rosita«*, hineingemalt in ein dickes Herz aus Lippenstift.

Er kann sich nicht verwehren, auf das Datum zu schauen und die Zeilen zu lesen. Dieser Brief ist keinen Monat alt.

Thomas betrügt Marisa.

18

Viktor gießt zwei verquirlte Eier in die beschichtete Pfanne und wartet, bis die Masse zu stocken beginnt. Mit der Zeit hat er sich daran gewöhnt, allein zu Abend zu essen.

Vorsichtig dreht er mit einem Holzspachtel die Eiermasse um. Ein köstlicher Duft steigt ihm in die Nase, doch der Ekel treibt ihm immer noch Schauer über den Rücken.

Wenn es nach ihm ginge, hätten die Bullen Grohar wegsperren können. Doch als Viktor vorhin auf dem Revier war, lief alles in die falsche Richtung. Es war, als gäbe man ihm die Schuld für das Fehlverhalten seines Klienten. Die Polizei machte *ihm* Vorwürfe, Grohar nicht besser aufgeklärt zu haben.

Wie dieser Typ auch dasaß: den Kopf auf die Handflächen gestützt und mit diesem mitleidheischenden Dackelblick, augenscheinlich verzweifelt auf das Erscheinen seines Bewährungshelfers wartend.

Viel hatte nicht gefehlt, und Grohar wäre ihm vor Dankbarkeit um den Hals gefallen. Eine junge Polizistin war von dieser Show außerordentlich beeindruckt gewesen. Sie vermerkte im Protokoll, dass sich Grohar reuig gezeigt habe und glaubhaft beteuere, keine böse Absicht gehabt zu haben. Das Ganze sei ein Missverständnis gewesen. Ein Kind habe ein anderes von der Rutsche gestoßen, und Grohar habe nur Schlimmeres verhindern wollen.

Man müsse auch Haftentlassenen eine Chance geben, hatte sie Viktor versichert.

Ja, vor allem einem, der ein Kind »aus Versehen« getötet hat.

Er durfte ihn gleich wieder mitnehmen. Grohars Fuchsblicke konnte er während der Autofahrt auf seiner Wange spüren. Gesprochen hatte der Tunichtgut wenig, dafür aber ständig nervös auf seine Uhr geschaut.

Viktor verteilt Champignons auf seinem Omelette und lässt es knusprig braun braten, während er wieder Grohars kraftlose

Stimme hört: »Ich dachte schon, ich käme da nie wieder raus. Dafür danke ich Ihnen, Herr Arnold.«

»Mir ist wirklich nicht zu danken. Die Polizistin ist dafür verantwortlich, nicht ich. Sie halten sich besser ab sofort strikt an die Vorschriften. Sonst sind Sie schneller, als Ihnen lieb ist, zurück im Gefängnis.«

Falscher Kerl. Als er Grohar vor der Tür seines neuen Domizils rausließ, konnte er im Rückspiegel beobachten, wie sein Klient an der Haustür vorbei und zügig die Waidmannsdorferstraße in Richtung Lendkanal hinunterging.

19

Waltraud räumt den Küchentisch ab. Sorgsam streicht sie die Brösel vom Tischtuch in ihre gewölbte Hand. Mit einem Schwamm wischt sie über das Plastik. Es riecht nach Leberwurst und aufgebackenem Weißbrot.

Beim Verstreichen der Heilsalbe auf ihrer Wange hat sie den Blick in den Spiegel vermieden. Sie hält ihr Gesicht nicht aus, mit diesen lila umschatteten Augen, den veilchenblauen Flecken, dem vergrämten Mund und den kummervollen Zügen. Sie will ihre durchscheinende Blässe nicht sehen und die silbernen Narben schon gar nicht.

Gerald hat sich bei ihr entschuldigt. Das macht er jedes Mal.

Waltraud taucht das Besteck in die lauwarme Lauge und fährt mit dem Schwamm über die Gabeln, Löffel und Messer. Dann spült sie alles unter fließendem Wasser ab. Als sie sich bückt, schießt ein scharfer Schmerz durch ihre Schulter.

Gerald war wütend, als sie ihm sagte, wie teuer der Messerblock war.

Sie zieht eines der Messer aus der Halterung. Bedächtig gleiten ihre Fingerkuppen über den geschliffenen Stahl.

»Mama, warte, ich helfe dir.« Kathi kommt überraschend in die Küche und knipst die Deckenleuchte an.

»Hast du mich erschreckt!« Waltraud lacht verlegen.

»Ganz schön scharf, das Ding«, sagt Kathi. Sie zeigt auf das Messer in Waltrauds Hand und kichert belustigt. »Planst du ein Attentat auf Gerald?«

Waltraud wendet sich unangenehm berührt ab. »So etwas solltest du nicht sagen, nicht einmal im Spaß.«

20

Julia hat ein Ziehen im Bauch. Was, wenn doch nicht die Buben das Telefon gefunden haben?

Blödsinn, sie ist sich sicher, Robbys Stimme erkannt zu haben.

Sie strichelt schwarze Mascara auf ihre Wimpern. Auch auf den pinkfarbenen Gloss will sie nicht verzichten, obwohl man das Glitzern in der Dunkelheit nicht sehen kann. Kurz überlegt sie, Kathi anzurufen, um ihr zu erzählen, was sie vorhat. Doch als sie sich deren ängstliches Gesicht in Erinnerung ruft, hat sie dazu keine Lust mehr.

Außerdem will sie Robby für sich allein.

»Schatz«, hört sie die fordernde Stimme ihrer Mama, »lass mich doch bitte ins Bad!«

»Ja, ja«, brummt Julia in den Spiegel und wirft ihre Mähne zurück. »Robby«, seufzt sie kaum hörbar und drückt einen Kussmund auf die Spiegelfläche. Dann ruft sie vergnügt: »Ich komme!«, und besprüht sich großzügig mit dem teuren Parfüm, das Papa ihrer Mutter zu Ostern geschenkt hat.

Vor der Badezimmertüre gibt sie ihrer Mutter einen flüchtigen Kuss.

»Gehst du noch zu Kathi?«, fragt ihre Mama und wischt sich die Lippenstiftspur von der Wange.

»Ja.«

»Bleib nicht zu lange, es ist schon spät!«, ruft sie ihr nach.

Kaum ist Julia draußen im Dunkeln, bereut sie es auch schon, sich so ganz allein auf den Weg gemacht zu haben. Kurz entschlossen nimmt sie anstelle des Fahrrads den Autobus bis zum Heiligengeistplatz – nur um sich dann dort über den Fahrplan zu ärgern. Eine halbe Stunde müsste sie auf den Anschlussbus warten. Dann käme sie aber viel zu spät zum Treffpunkt. Hätte sie doch besser das Fahrrad genommen!

Mit einem mulmigen Gefühl durchquert sie den Schillerpark, läuft über den Kiesweg zur Ampel auf dem Villacher Ring und marschiert die Radetzkystraße entlang. Außer ihr scheint niemand unterwegs zu sein. Sie geht am Botanischen Garten vorbei, am Waldrand entlang und dann links den steilen Weg hinauf, weg von den Straßenlaternen.

Und dann ist sie im Wald. Die Bäume sehen aus wie lang gezogene, dünne Gesellen, die neben ihr durch die Dunkelheit wanken.

Es ist unheimlich, nachts allein zur Spielwiese zu gehen. Baden kann man im Teich nicht, doch zum Eislaufen ist er bestens geeignet. Es ist allerdings schon lange her, dass sie mit Kathi und anderen Schulfreunden hier war.

Umgeben von den hohen Bäumen und den dichten Sträuchern wirkt das kurze Gras der Spielwiese in der Dunkelheit wie ein schmutziger Teppich. Als eine Katze fauchend aus dem Gebüsch springt, beginnt Julia zu laufen.

Endlich erreicht sie ein helleres Stück. Laternen werfen ein milchig weißes Licht auf die Straße, die hinauf zum Schweizerhaus führt.

Am Tag ist es wunderschön dort oben. Nach ihrer Firmung haben sie hier gegessen und über die Stadt bis hin zu den Karawanken geschaut. Doch jetzt in der Nacht fürchtet sie sich vor dem dunklen Weg rund ums Restaurant.

Julia seufzt beklommen auf.

Das Grün, das sie umgibt, ist nachtschwarz.

Als sie die Scheinwerfer eines Autos hinter sich aufblitzen sieht, springt sie schnell zur Seite. Sie wartet hinter einem Baum, bis der Wagen vorbei ist. Das Gesicht an die Rinde gepresst, atmet sie den moosigen Geruch des Waldes ein. Hinter ihr bewegt der Wind die Wippen auf der Spielwiese. Es sieht aus, als würden dort Geisterkinder schaukeln. Sie hört dumpfe Geräusche.

Es ist gruselig hier.

Die Nacht verwandelt das harmlose Kreuzbergl in einen Zauberwald.

Neben ihr raschelt und knackt es bedrohlich im Unterholz. Ist Robby etwa schon da, vielleicht sogar ganz in ihrer Nähe?

Wohl ist ihr bei dieser Vorstellung nicht. Unvermittelt fällt ihr

Freddy Krueger ein. Aber der ist nur eine Phantasiegestalt, genau wie die Gespenster auf der Wippe, beruhigt sie sich halbherzig.

Trotzdem. Was ist, wenn doch nicht Robby und Willi das Handy gefunden haben, sondern ein Unbekannter? Vielleicht war es doch keine so gute Idee, ohne jemandem etwas davon zu verraten, hierherzukommen.

Mit zwei großen Sätzen springt sie hinter dem Baum hervor, zurück auf die Straße. Dort fühlt sie sich etwas sicherer.

So, da vorne kommt die große Kurve. Julia kann die Biegung in der Dunkelheit erkennen. Sie eilt darauf zu. Der Wald zu beiden Seiten der Straße hat etwas Bedrohliches. Und das liegt nicht nur am Wispern, Rascheln und Flüstern, das jetzt ihre Ohren erreicht. Auch ein Schwall modriger, warmer Luft weht aus dem Dickicht und lässt sie den Atem anhalten.

Es ist viel zu warm für Juni.

Halt!

Sie bleibt erschrocken stehen.

Da ist es wieder, dieses Geräusch. Sie ist nicht allein hier heraußen.

Klar! Davon ist sie ausgegangen.

Der ehrliche Handy-Finder wartet doch hier irgendwo. Und es ist bloß Robby aus ihrer Schule. Vielleicht ist ja Willi auch mit dabei.

Als sie gerade beherzt »Hallo, hört mit dem Blödsinn auf!« in das dunkle Grün des Waldes rufen will, meint sie, ein Flüstern zu hören.

»Komm her, hol dir das Telefon.«

»Robby, komm raus. Ich habe dich erkannt! Das Spiel ist aus.«

Sie zögert, als niemand antwortet, und überlegt, ob sie umkehren und so schnell sie kann aus dem Wald rauslaufen soll.

»Angsthase«, murmelt sie ärgerlich und beschließt kurzerhand, sich ins Dickicht zu stürzen und Robby das Handy zu entreißen. Es wird ihn sicher beeindrucken, wenn sie keine Angst zeigt. Doch auf dem Weg hinein ins Gebüsch dreht sie sich, von unbeherrschbarer Panik überwältigt, um und läuft zurück, mitten auf die Straße.

Sie sprintet geradeaus, um die große Kurve herum und atemlos weiter die Straße hinunter. Nur weg hier, raus aus dem finsteren Wald!

Auf einmal hört sie ein Rauschen, ein Dröhnen und Kreischen. Ein riesengroßer schwarzer Schatten stülpt sich über sie. Hüllt sie ein.

Und dann spürt sie nichts mehr.

21

Marisas Haar wippt zu beiden Seiten ihres Gesichts. Ungeduldig streicht sie die dunklen Strähnen hinter die Ohren. Ihr Herz klopft schnell, und die Handflächen fühlen sich feucht an. Heute sieht sie das getäfelte Holz des Speisesaals nicht glänzen, das polierte Besteck nicht funkeln. Sie hat nur Augen für die Menschen, die da zusammensitzen. Niemand hier kommt ihr bekannt vor. Und keiner der Anwesenden ist ihr Ehemann.

Wo treibt sich Thomas bloß herum?

Sein Handy ist ausgeschaltet. Einen schrecklichen Moment lang war sie versucht gewesen, sich von der Rezeptionistin Rosita Langs Zimmernummer geben zu lassen. Dann beschloss sie, ihn zuerst hier unten zu suchen.

Fast wäre sie jetzt in eine offene Bestecklade hineingelaufen. Sie muss vorsichtiger sein, sich besser beherrschen.

Die Arme fest an den Körper gepresst, durchquert Marisa mit erhobenem Kopf den Raum und betritt den zweiten Saal. Dort herrscht gedämpftes Licht. Anscheinend ist dieses Speisezimmer Paaren vorbehalten, denn im Schein der Kerzen turteln Verliebte. Verstohlen schaut sie von einem Tisch zum nächsten. Leise Musik durchflutet den Raum und vermischt sich mit den Wortfetzen, die von den Tischen zu ihr herüberwehen.

Es ist ein Jammer, denkt sie und senkt den Kopf.

Um ein Haar wäre sie mit einem der livrierten Kellner zusammengestoßen. Er kommt ihr nach, will sie höflich zu ihrem Platz führen, doch sie wehrt ihn hastig ab.

»Später«, murmelt sie. Nichts wie raus hier.

Ziellos schlendert sie durch die Flure. Die Geräusche ihrer Schritte werden von den grünen Spannteppichen verschluckt. Die Dunkelheit vor den Fenstern und das matte Licht im Gang tauchen sie in ein unwirkliches Türkis. Die Türen der Gästezimmer sind gepolstert, kein Laut dringt heraus.

»Shit aber auch«, wispert sie und zwirbelt eine Haarsträhne zwischen ihren Fingern. Unter dem Kleid ist ihr Rücken feucht geworden. Der Seidenstoff heftet sich unangenehm wie ein Pflaster an ihre Haut. Im dritten Stockwerk angekommen, ist sie leicht außer Atem.

Maisy fällt ihr ein. Am liebsten möchte sie jetzt bei ihrem Kind sein und es fest an sich drücken. Ihr Gesicht in das feine Haar pressen.

Direkt vor ihr schwingt eine Zimmertür auf. Eine junge Frau weht in einer Duftwolke heraus und an ihr vorbei. Lachend, schlank, schön und glücklich. Rosita Lang. Schnell dreht sie sich zur noch leicht geöffneten Tür.

Tom ist da drinnen. Ihr untreuer Ehemann ist ertappt! Ihr Herz hämmert hart in ihrer Brust. Einatmen. Ausatmen. Ganz ruhig. Der Seidenstoff knistert, als sie sich durch den Türspalt ins Zimmer zwängt.

»Liebling?« Ein Mann im Abendanzug bindet seine Krawatte vor dem Spiegel. Er dreht sich zu ihr um.

Entsetzt über ihren Mut bleibt sie stehen, unfähig sich zu rühren. Tom. Sie will reden, bringt jedoch keinen Ton heraus. Der Mund ausgetrocknet, die Beine schwach. Blutleere im Kopf.

»Kann ich helfen?«

Die erstaunte Stimme reißt sie aus ihrer Erstarrung. Das sind nicht die Augen ihres Ehemannes, die ihr da alarmiert entgegenblicken.

Der Fremde nimmt seine Hände von der Krawatte und macht einen Schritt auf sie zu. »Sie sind ja ganz blass …«, beginnt er, schon wieder gefasst.

»Nein, ich … falsche Zimmertür … verzeihen Sie.«

Schon hastet sie wieder den Gang entlang.

Hat sie nun völlig den Kopf verloren?

Vor dem Lift bleibt sie stehen. Sie hat den Finger auf die Hol-Taste gepresst und kann nicht fassen, was gerade passiert ist.

Die Frau. Der Mann. Das Zimmer.

Sie war sich so sicher gewesen, Thomas zu erkennen und Rosita Lang, die sie noch nie zuvor gesehen hat. Hoffentlich begegnet sie dem Paar aus dem Zimmer nie wieder.

Die quälenden Gedanken bleiben. Wo ist ihr Ehemann? Mit wem verbringt er seine kostbare Zeit?

Mit ihr jedenfalls nicht.

Um nicht laut aufzuheulen, presst sie die Hand auf ihren Mund. Der Aufzug bleibt stehen und spuckt eine Gruppe lachender Gäste aus, die keine Notiz von ihr nehmen.

Sie will nur noch in die Hotelbar. Sie braucht einen Whisky. Einen doppelten oder besser noch einen dreistöckigen.

Zwei

1

Waltraud fährt hoch.

Rettung! Polizei! Feuerwehr! Einbrecher! Es brennt!

Wo ist das Telefon?

Wie gehen die Notrufnummern?

Ist das ein Alptraum?

Wo ist Kathi?

Sie springt aus dem Bett, stolpert über einen Schuh und klammert sich keuchend an den Nachttisch. Tief durchatmen. Alles wird gut, es war nur ein weiterer schlimmer Traum.

Still, sie muss leise sein, damit Gerald nicht aufwacht.

Ihr Blick fliegt zu ihm. Doch er ist nicht da. Seine Betthälfte schimmert weiß und unberührt im dunklen Schlafzimmer. Wo ist er?

Ein schrilles Klingeln lässt sie zusammenzucken. Hartnäckig durchdringt es die Ruhe der späten Nacht. Die Türglocke. Jemand will herein. Sich Zutritt verschaffen, ihr eine Mitteilung machen.

Ein Unfall?

Kathi?

Ihr Herz hat Flügel bekommen und flattert wild im Hals. Schon stößt sie die Zimmertür ihrer Tochter auf, in banger Erwartung, auch dieses Bett leer zu finden. Doch zum Glück hebt sich das helle Haar ihres Mädchens von der bunten Bettwäsche ab. Sie liegt da und schläft.

Erleichtert atmet Waltraud aus. Doch das Schrillen der Klingel geht weiter. Ihren Morgenmantel sieht sie nirgends, und so läuft sie barfuß im Nachthemd zur Tür. Ihre Hand streift über den Lichtschalter, und nach einem kurzen Flackern wird das Vorzimmer neonhell. Geblendet kneift sie die Augen zu.

Das Klingeln ist jetzt ganz nahe. Hunderterlei geht ihr in diesen Sekunden durch den Kopf. Was mag passiert sein? Die Angst um Gerald vermischt sich mit der Hoffung auf Erlösung von ihm. Ein Unglück. Gefängnis. Tod. Schon seit einiger Zeit rechnet sie damit. Gefasst wird sie sich anhören, was man ihr mitzuteilen hat. In der Gewissheit, gleich die Polizei vor sich zu sehen, streicht Waltraud ihr wirres Haar zurück und öffnet die Tür.

2

»Kathi, wach auf. Bitte«, fordert die eindringliche Stimme dicht an ihrem Ohr.

Ihre Mutter steht im Schein der Nachttischlampe neben ihrem Bett. Wie ein überlebensgroßer Scherenschnitt beugt sich ihr Schatten an der Wand zu ihr herunter.

»Was ist denn los?« Kathi rappelt sich verschlafen hoch. Sie hat keine Ahnung, wie spät es ist. Hat sie den Wecker überhört?

Ängstlich dreht sie sich zum Fenster und befürchtet schon, die gleißenden Strahlen der Morgensonne durch die Lamellen der Jalousie blitzen zu sehen. Doch zu ihrer Erleichterung schimmert zwischen dem matten Weiß nur die Dunkelheit der Nacht.

»Wir müssen dich dringend etwas fragen«, beginnt ihre Mutter und stockt.

Kathi, deren Mund trocken ist, sieht zwei weitere Gestalten im Türrahmen ihres Zimmers stehen. Sie blinzelt. »Gerald?«

»Nein, nein, Kleine, das ist nicht Gerald. Julias Eltern sind da.« Ihre Mutter sieht sie forschend an, während sie sich behutsam neben ihr auf die Matratze sinken lässt. Sie nimmt ihre Hand.

»Mama, lass das«, wehrt Kathi ab und setzt sich auf.

Ihre Mutter lässt ihre Hand nicht los.

»Wie spät ist es überhaupt?«, fragt Kathi zögernd und versucht, die Benommenheit, die sie umfangen hält, abzuschütteln.

»Vier Uhr, und das ist auch das Problem.«

Bevor sie fragen kann, was das Ganze soll und warum Julias Eltern mitten in der Nacht in ihrem Zimmer stehen, hört sie auch schon die aufgeregte Stimme von Julias Mutter.

»Kathi, bitte sag uns, wo Julia ist. Du musst dich an kein Treuegelübde halten, sie bekommt auch sicher keinen Ärger. Bitte rede und sag, was du weißt. Wie lange war sie bei dir? Wo ist sie danach hingegangen?«

Ganz bleich sieht sie aus, und der dunkle Lippenstift ist um ihren Mund verschmiert. Kathi bringt kein Wort heraus, ihre Kehle ist wie zugeschnürt.

Julias Papa sieht sie aus zusammengekniffenen Augen zornig an. »Kathi, das hier ist weder ein Spiel noch ein Teenager-Spaß. Das ist bitterer Ernst.«

»Aber«, fängt sie an, schluckt und zieht die Bettdecke instinktiv bis zum Kinn hoch.

Sie hat keinen Plan, meint zu träumen. Ihre Augen sind schwer und drohen zuzufallen. Krampfhaft reißt sie sie auf. Die bedrohlichen Gestalten sind immer noch in ihrem Zimmer, und Mama kauert auf ihrer Bettkante.

»Kein Aber, streng dich an und wach endlich auf. Du musst uns helfen. Schlafen kannst du später«, kommt es scharf von der Tür.

Kathi spürt, wie Mama sich abwehrend bewegt, als wolle sie sie beschützen. »Ich versteh nicht. Was ist denn überhaupt los?«, fragt sie schnell. Ihre Stimme klingt jetzt fester, und sie fühlt sich klarer im Kopf.

»Julia ist heute nicht nach Hause gekommen.«

»Mama?« Sie sieht ängstlich zu ihrer Mutter, die sie hilflos anlächelt und ihre Hand so fest drückt, dass es wehtut.

»Kathi, Julia hat ihren Eltern gestern Abend erzählt, sie wolle noch kurz zu dir. Sie ist bis jetzt nicht nach Hause zurückgekehrt. Solltest du irgendetwas davon wissen, bitte sag es uns.«

»Sie war aber doch gar nicht hier. Ausgemacht war auch nichts. Mittags haben wir telefoniert, da wollte sie kurz bei uns vorbeischauen. Aber weil Gerald da war, hat sie es sich anders überlegt.« Sie sieht Julias Mama an, die aufseufzt und sich entmutigt an den Türrahmen lehnt. »Ich würd's sofort sagen, wenn ich wüsste, wo sie ist. Das können Sie mir glauben. Ehrlich.«

Aus dem Vorzimmer hört Kathi ein Rumpeln. Die drei Erwachsenen drehen gleichzeitig ihre Köpfe in Richtung Tür, und auf einmal steht Gerald wankend da. Seine Augen sind blutunterlaufen.

Kathi findet, dass er schrecklich aussieht, wie ein richtiger Säufer.

»Gerald«, zischt ihre Mama erschrocken und springt auf. Sie

versucht, ihn aus dem Zimmer zu schieben, aber Gerald wehrt sich beharrlich.

»Waltraud, lass das! Finger weg«, herrscht er sie an.

Julias Mutter macht einen Schritt in den Raum. Gerald taumelt und umklammert die Türklinke.

Dann beginnt er zu kichern und nuschelt aus halb geöffnetem Mund: »Hallo, allerseits. Was verschafft uns das Vergnügen zu so später Stunde?«

Wie zur Bekräftigung fliegt irgendwo in der Wohnung ein Fensterflügel auf, die Lamellen der Jalousie in Kathis Zimmer rascheln, und der Vorhang bläht sich von einem heftigen Windstoß auf.

»Wir suchen nach Julia. Sie ist wie vom Erdboden verschluckt. Hast du sie heute hier oder sonst wo gesehen?«, fragt ihre Mutter.

Gerald wankt und schlägt kurz die Augen nieder, als überlege er, dann hebt er seinen Kopf und schaut ihre Mutter zornig an. »Warum sollte ich sie gesehen haben?«

Kathi muss an die Schlangen denken, die sie mit Julia im Reptilienzoo beobachtet hat. Gerald schaut ebenso gefährlich aus.

»Ich habe nicht gesagt, *dass*, sondern gefragt, *ob* du das Kind irgendwo gesehen hast. Hast du nun oder hast du nicht?«

Kathi erschrickt, weil sie diesen Ton von ihrer Mutter nicht kennt. Traurig nimmt sie wahr, wie fertig Mama aussieht. Sie ist so dünn, dass das Nachthemd an ihrem Körper hängt und man die spitzen Knochen sehen kann. Jetzt ist ihr Ton allerdings scharf, wie die neuen Küchenmesser, und in ihrem Gesicht tauchen rote Flecken auf. Außerdem läuft da ein Riss quer über ihre Wange.

Irgendetwas krampft sich in Kathi zusammen.

Gerald macht eine schnelle Bewegung, als wolle er ihre Mutter angreifen, hält dann aber abrupt inne. Er hakt seine Daumen in die Hosentaschen, hebt die Schultern und sieht mit gefährlich blitzenden Augen zu Julias Mutter. Die schaut mutig zurück und sagt mit fester Stimme: »Bitte sagen Sie's, wenn Sie mein Mädchen getroffen oder Julia irgendwo gesehen haben.«

Lallend fährt ihr Gerald über den Mund: »Nö, Teuerste, habe ich nicht, damit kann ich leider nicht dienen. So, und nun ist es gut. Sie wird schon wieder auftauchen, hat wahrscheinlich einen Buben getroffen und die Zeit übersehen. So sind sie eben in diesem Alter. Nur das Vergnügen im Kopf, nicht wahr, Kathi?« Das selbstgefällige Grinsen von einem zum anderen Ohr scheitert kläglich. Es verzerrt Geralds Gesicht zu einer grotesken Grimasse.

Erschrocken hält Kathi die Luft an.

»Gerald«, sagt ihre Mama leise, aber bestimmt und fasst ihn am Unterarm. »Es reicht.«

Julias Eltern beginnen im selben Moment zu reden. Die Sätze quellen nur so aus ihren Mündern. Kathi versteht die Worte nicht. Wie in Seifenblasen gehüllt scheinen sie in diesem nächtlichen Alptraum an die Decke zu schweben und dort zu zerplatzen.

Inzwischen hat der Wind das Zimmer mit kalter Luft erfüllt. Kathi zieht die Decke noch etwas höher, steckt ihren Zeigefinger in den Mund und beginnt, an ihrer Nagelhaut zu knabbern. Wo steckt ihre Freundin bloß? Und aus welchem Grund hat sie ihrer Mutter gegenüber behauptet, sie besuchen zu wollen? Angestrengt denkt sie nach.

Hat Julia irgendetwas zu ihr gesagt, das sie womöglich vergessen hat? In der Schule, auf dem Heimweg oder am Telefon? Sie kann sich an nichts Ungewöhnliches erinnern.

»Falls dir etwas einfällt, und wenn es dir noch so unwichtig erscheint, bitte sag es uns.« Julias Mama steht jetzt ganz dicht vor ihr und sieht sie eindringlich an. Auf ihren dunklen Wimpern glitzern Tränen. »Ich kann mich doch auf dich verlassen?«

»Natürlich können Sie das«, murmelt Kathi mit einem dicken Kloß im Hals.

Im Raum hat sich ein scharfer Geruch ausgebreitet.

Riecht Angst so?

Kathi kann die Panik und Verzweiflung der Erwachsenen spüren.

3

Waltrauds Atem geht rasselnd. Jeden Moment schwillt ihre Kehle zu!

Angstvoll reißt sie die Augen auf, aber da ist nur Dunkelheit. Schwarz und undurchdringlich kauert die Finsternis auf ihrer Brust. Wie ein pelziges Tier. Sie versucht, es zu fassen und wegzustoßen, aber ihre Finger greifen ins Leere.

Neben sich meint sie Holz zu riechen. Ihre Fingerknöchel tasten, klopfen, drängen. Überall Holz, jetzt auch unter und über ihr.

Langsam sickert Begreifen ein.

Sie liegt in einer Kiste. Einem Sarg. Lebendig begraben.

Panik breitet sich aus. Die Luft wird knapp. Jeden Moment droht sie zu ersticken. Sie will schreien, bringt aber keinen Ton hervor. Dann sieht sie sich aufgebahrt, inmitten weißer Kerzen und Lilien.

Im Halbschlaf noch ist ihr klar, dass sie sich im nächsten Alptraum befindet.

Auch wenn dieses Wissen ein wenig von ihrem Schrecken nimmt, weiß sie dennoch nicht, wie sie den Ungeheuern der Nacht entfliehen kann.

Ihre gemurmelten Worte »Das ist bloß ein Traum. Nur Illusion, keine Wirklichkeit« verhallen dumpf im Schlafzimmer und verschaffen ihr keine Beruhigung.

Wieder sinkt sie ins Nichts. Spürt den Bretterboden des Sarges unter sich. Und dann kriecht der Geruch nach Tod durch die Ritzen des Holzes. Faulig und modernd deckt er alles andere zu. Der Gestank schleicht sich durch ihre Nase in ihren Körper hinein.

In Panik reißt sie die Augen auf, stemmt sich mit aller Kraft gegen den Sargdeckel. Ihr Körper bäumt sich gegen das Holz. Die Füße treten wild um sich, treffen ein morsches Brett. Es zerbricht. Sie dreht den Kopf in die Richtung und schaut durch den frei gewordenen Spalt.

Zuerst herrscht um sie herum Dunkelheit. Dann wird es hell. Der Tag bricht an und lässt sie deutlich sehen.

Neben ihr liegt ein totes Kind.

Waltraud wacht auf und beginnt zu schreien.

4

Im Autobus hängt Willi seinen Gedanken nach.

Wie jeden Tag war er vor der Haustür seines besten Freundes gestanden, hatte geklingelt und war mit ihm gemeinsam zur Haltestelle gegangen. Doch nach dem, was sie gestern getan haben, hat sich seine Welt verändert. Und da ist niemand, den er um Rat fragen kann.

Schon als sie klein waren, hat Robby ihn »Angsthase« geschimpft. Und das auch zu Recht. Auf jeden Fall ist er nicht annähernd so mutig wie sein Freund, der im Hallenbad ohne zu zögern vom Zehn-Meter-Brett springt und sich traut, jedes Mädchen anzusprechen.

Ein Bild, gestochen scharf, erscheint vor Willis innerem Auge, und sein Magen zieht sich zusammen. Schnell, um das schreckliche Etwas zu verdrängen, kneift er die Augen zu. Doch was er sieht, ist nicht vor ihm, sondern in ihm. Es lässt sich nicht so einfach wegwischen. Er beißt sich auf die Lippen.

Geschlafen hat er heute Nacht nicht viel. Irgendwann, nachdem er sich einige Zeit erfolglos von einer Seite auf die andere geworfen hatte, war er aufgestanden und hatte sich aufs Fensterbrett gesetzt. Dabei liefen ihm Tränen über die Wangen. Zum Glück hat ihn niemand beobachtet. Auch nicht sein jüngerer Bruder Patrick, der die ganze Zeit über regungslos schlief.

An den Fingern kann Willi die Menschen, die ihm etwas bedeuten, abzählen. Gleich nach seinen Eltern, seinen beiden Brüdern, der großen Schwester und Kathi – er atmet heftig ein und wischt ihr Bild aus seinem Kopf – kommt Robby. Sie kennen einander aus dem Kindergarten, waren immer schon beste Freunde. Robby ist der geborene Mädchenschwarm. Willi genießt es, mit ihm befreundet zu sein. Auch wenn sein Vater manchmal meint, dass er in Robbys Schatten stünde.

»Hey, Alter. Plärrst du jetzt gleich los? Reiß dich zusammen, aber flott.« Sein Freund sieht ihn auffordernd an.

»Pssst«, macht Willi erschrocken, während er angestrengt die Leute im Bus mustert.

»Alter, jetzt werd nicht gleich paranoid wie einer aus der Klapsmühle. Es kann niemand wissen. Komm runter, kein Grund zu stressen. Wir besprechen alles in der großen Pause. Abgemacht?«

Wieder einmal bewundert Willi Robby für seine Kaltschnäuzigkeit. Aber diesmal ist da noch ein anderes Gefühl, das er nicht benennen kann. Es schmeckt bitter und macht sich tief unten im Magen schmerzhaft bemerkbar. Verlegen beugt er sich zu seinem Schulrucksack hinunter, öffnet ihn und beginnt, darin zu kramen. Unter keinen Umständen darf Robby seine Tränen sehen. Dann wäre es aus mit ihrer Freundschaft.

Er spürt einen harten Stoß gegen seine Rippen.

»Autsch!«

»Sucht du etwa nach den beiden Mädchen? Haben Julia und Kathi sich unter dem Sitz versteckt?«

Willi könnte vor Entsetzen aufjaulen. Fest presst er die Kiefer aufeinander. Das kann doch nicht wahr sein, hat Robby das wirklich gesagt?

Das höhnische Lachen seines Freundes bereitet ihm auf einmal unerträgliche Qualen.

»Hör auf«, krächzt er und schießt so schnell nach oben, dass er sich die Stirn an der vorderen Bankreihe stößt. »Autsch«, brummt er noch einmal und reibt sich die Schläfen.

»Autsch, Autsch«, höhnt Robby. »Selbst schuld, jetzt krieg dich wieder ein und lass es dir nicht so anmerken. Bleib cool, Alter. Sei ein Mann und kein Weib. Verstanden?«

Vielleicht hat Robby ja recht, und es ist alles längst nicht so schlimm?

Alles nur Einbildung und nicht die Wirklichkeit?

»Mhmm«, kommt es unentschlossen aus Willis Mund.

Mit den Mädchen hätte Robby jetzt wirklich nicht anfangen dürfen. Willi möchte nicht wissen, ob die beiden im Bus sind, will nicht an sie denken. Egal was er macht, wohin er sieht, von überall her leuchten ihn Kathis grüne Augen an. Seit Monaten geht das schon so. Zum Glück weiß das niemand, denn sonst würden sie ihn auslachen.

Heute jedoch überlagert der Schmerz die prickelnden Gefühle.

Was, wenn?

Jetzt krank zu sein, wäre das Beste. Er stellt sich vor, wie er von seiner Mutter liebevoll umsorgt wird. Sie bringt ihm süßen Tee ans Bett und Weihnachtskekse. Im Zimmer duftet es nach Tannenzweigen, während es draußen leise zu schneien beginnt.

Aber es ist Frühsommer und nicht Winter.

Wieder treten Tränen in seine Augen. Schnell dreht er seinen Kopf zum Fenster und starrt in die alles entblößende Helligkeit des frühen Morgens.

5

Peter Grohar wischt sich über die Stirn.

Seit dem Morgengrauen steht er am Fenster, den Blick auf einen imaginären Punkt zwischen den Bäumen und der menschenleeren Straße gerichtet. Er fühlt sich wie ein Gefangener seiner eigenen Gedanken. Dieses Gefühl ist ihm nicht neu. Dunkel gleiten die Bilder an ihm vorbei. Wie so oft in letzter Zeit hält er ein boshaftes Lachen zurück.

Wenn er etwas wahrhaftig will, kann ihm das niemand verwehren. Außer er sitzt im Loch. Aber selbst dort gibt es Wege. Doch der Bau ist mittlerweile weit von ihm entfernt. Das hat er heute Nacht gemerkt, als er auf den dunklen Straßen unterwegs war.

Noch immer überrieseln ihn wohlige Schauer, wenn er sich an die mondleere Finsternis draußen im Wald bei der Spielwiese auf dem Kreuzbergl erinnert.

Er liebt die Geräusche der Tiere, die sich im Gebüsch verstecken. Dieses leise Rascheln entfacht in ihm jedes Mal aufs Neue eine Sehnsucht. Sich zwischen Sträuchern hindurchzuzwängen, mit den Füßen im Unterholz zu versinken, oben auf den Bäumen nach Vogelnestern zu suchen, den Geruch von feuchter Erde aufzunehmen: Das ist Freiheit.

Hätte er ein Mädchen an seiner Seite, wäre das Glück vollkommen. An mehr verbietet er sich zu denken.

Draußen ist es hell geworden. Alles wirkt matt und verschwommen. Mitunter verliert die Welt für Peter ihre Farbe. Nach großen Anstrengungen etwa erlebt er dieses Verblassen und ist doch immer wieder erstaunt darüber.

Leicht irritiert wischt er sich über die müden Augen. Geschlafen hat er kaum.

Es fällt ihm schwer, sich in die Kissen sinken zu lassen und sich seinen Träumen anzuvertrauen. Die Gefängniszelle bot ihm in dieser Hinsicht ein wenig Sicherheit. Es war, als könnten die vergitterten Fenster das Böse der Nacht aussperren.

Die geballten Fäuste gegen seine Augen gepresst, taumelt er durch den Raum. Der Druck lässt bunte Sternchen hinter seinen Lidern aufblitzen. Immer schneller beginnen sich die grellen Punkte zu drehen. In rasendem Tempo vertreiben sie das fahle Grau, das dumpfe Schwarz.

Wie lange er sich in diesem Karussell befindet, kann er nicht sagen. Nur langsam beruhigt sich der Wirbelsturm, wird schwächer, um sich allmählich in ein mildes Lüftchen zu verwandeln, das sich tröstend auf seine Wangen legt.

Er öffnet die Augen und sinkt auf das schmale Bett.

Seine Hand schlüpft in die rechte Hosentasche. Fest umklammern seine Finger das metallene Symbol seiner Freiheit, das er durch Zufall im Bus aufgehoben hatte.

Innerhalb von Bruchteilen von Sekunden wird der Raum dunkel, so als schwebe eine Wolke vorbei, die Sonne überschattend. Das Bild eines Mädchens, zart, mit feinem Haar, erscheint vor ihm. Und dann ist da ein Gekreische. Blut. Hellrotes.

Irgendwann, vermutlich nach einem besonders heftigen Schlag auf den Kopf, hat er das hellrote Blut zum ersten Mal fließen sehen. Sein eigenes war es nicht, denn das ist tiefrot. In dicken dunklen Klumpen ist es ihm oft aus der Nase getropft oder in schwarzen Bahnen seinen Körper hinabgeflossen. Das Blut, das er damals sah, war hell.

Zuerst war er erschrocken. Nicht über die Schmerzen, die ihm zugefügt worden waren, nein, an die hatte er sich längst gewöhnt. Die gehörten zu ihm und seinem Leben. Ohne diese Qualen hätte er sich seine Tage, seine Nächte nicht mehr vorstellen können.

Entsetzt hatte ihn das Gesicht, das vor ihm aufgetaucht war: ein junges Mädchen, ein Kind noch, mit hellrotem Blut auf den blassen Wangen. Er wollte die Kleine berühren, ihr das Rote aus dem Gesicht wischen, aber je näher er ihr kam, desto weiter entfernte sie sich. Bis sie wieder im Nichts verschwand.

Als er wieder zu sich gekommen war, war er überzeugt gewesen, einen Geist gesehen zu haben. Inzwischen weiß er, dass er Dinge sieht, die anderen verborgen bleiben. Damit hat er sich abgefunden.

Jetzt sieht er Ljubica. Mit ihren blutunterlaufenen Augen und den verkrampften blauen Lippen steht sie vor ihm.

Peter Grohar verflucht sich einmal mehr, dass er sie nicht retten konnte.

Die anderen aber, die wird er erlösen.

6

Marisa schreckt hoch. Einen Moment lang hat sie keine Erinnerung daran, wo sie sich befindet. Ihr Herz klopft stürmisch. Das Nachthemd, die Haare, das Leintuch, alles klebt an ihr. In den Schläfen sticht der Schmerz, gleichzeitig brummt es in ihren Ohren. Ihr Magen droht, sich umzudrehen. Ihre Zunge fühlt sich an wie ein Reibeisen. Sie seufzt und registriert, dass ihr Hals höllisch brennt. Als sie sich räuspern will, um die ekelhafte Trockenheit zu vertreiben, bringt sie keinen Ton heraus.

Sie ist verkatert. Der Zustand müsste eigentlich Löwe, Panther oder Schakal heißen. Denn ein Schmusetier ist das nicht, was ihr jetzt diese Qualen bereitet. Marisa kann sich nicht daran erinnern, was und wie viel sie getrunken hat.

Langsam gewöhnen sich ihre Augen an die Finsternis im Raum. Wie schwarze Spitzenschleier treibt die Dunkelheit an ihr vorbei. Sie widersteht der Versuchung, ihre Hand nach dem feinen Gewebe auszustrecken. Licht würde sie jetzt ohnehin keines vertragen. Unschlüssig tappt sie mit den Fingern über die Decke zur anderen Bettseite, nur um bestätigt zu finden, was sie ohnehin schon weiß.

Tom ist nicht da. Nicht mehr oder noch nicht?

Langsam richtet sie sich auf. Die Bewegung bereitet ihr Kopfschmerzen. Sie versucht, Toms frischem Duft nachzuspüren, riecht zu ihrer Enttäuschung jedoch nur die muffige Säure abgestandenen Rotweins. Vielleicht ist er irgendwann ins Zimmer gekommen, hat bemerkt, in welchem Zustand sie sich befindet, und daraufhin beschlossen, wieder zu gehen?

Aber wohin? Ob *er* sie wohl ausgezogen und zugedeckt hat? Immerhin trägt sie ihr Nachthemd und kann sich nicht daran erinnern, es angezogen zu haben.

Warum muss alles bloß so schwierig sein, so verdammt kompliziert?

Mit unruhigen Fingern knipst sie die Nachttischlampe an. Jeder Gedanke, jede noch so kleine Bewegung verstärkt die

Übelkeit. Grelles Licht erhellt den Raum. Anscheinend sind mit dem Schalter für die kleine Lampe auch die anderen Leuchten verbunden.

»Au«, stöhnt sie auf und hält die Hand schützend vor ihre Augen.

Es hilft nichts, sie muss sich trotz ihres Unwohlbefindens ein Bild von der Situation machen, um nicht völlig die Kontrolle zu verlieren.

Toms Kleidung liegt verstreut auf dem Boden. Also muss er hier gewesen sein.

Vorsichtig stellt Marisa ihre Füße nebeneinander auf den Teppich. Sie beugt sich vor, wartet, bis sich das Ringelspiel in ihrem Kopf beruhigt, und angelt dann nach Thomas' schwarzen Jeans. In den Taschen ist nichts. Obwohl er ständig Pfefferminzbonbons lutscht und seine Hosentaschen sonst voll davon sind. Es wirkt, als hätte er sie sorgsam entleert.

Ärgerlich beißt Marisa sich auf die Zunge. Anstatt sich weiter selbst zu bemitleiden, sollte sie beginnen, sich zusammenzureißen.

Jetzt kommt das zerknitterte Poloshirt an die Reihe.

Entweder hat sie durch den Kater Geruchshalluzinationen, oder das verdammte Shirt riecht wirklich nach »Angel«. Seit sie mit Maisy schwanger war, kann sie den Geruch dieses Parfüms nicht mehr ertragen. Angewidert lässt sie das Kleidungsstück fallen und lehnt sich aufstöhnend zurück.

Das Leintuch ist angenehm kühl. Marisa schluchzt trocken auf, während sie Thomas' Kissen an ihr Gesicht presst. Es haftet nicht einmal mehr ein Hauch von ihm am feinen Stoff. Sie schiebt es enttäuscht zur Seite und streckt die Arme weit von sich.

So bleibt sie einige Zeit liegen, versucht, an nichts zu denken, nichts zu fühlen. Bemüht sich, den Schmerz in ihrem Inneren nicht wahrzunehmen. Natürlich gelingt es ihr nicht.

Alles tut weh, und dann drängt sich auch noch Maisys Gesicht vor ihr inneres Auge. Marisa muss sofort ihre Stimme hören. Sie freut sich so auf Maisys aufgeregtes Plappern, dass ihr die Kehle eng wird. Blinzelnd angelt sie das Telefon vom Nachttisch. Ungeduldig wählt sie.

Doch wieder läutet und läutet es, und niemand geht dran. Entweder sind die beiden schon außer Haus, oder sie hören das Klingeln nicht. Dass keiner ans Telefon geht, findet sie ärgerlich, es verstärkt ihre Einsamkeit. Unmutig schiebt sie den Apparat zurück auf den Nachttisch. Dabei segelt ein Stück Papier zu Boden.

Ächzend bückt sie sich über die Bettkante, um es aufzuheben. *Marisa,* steht da in Toms unverkennbarer Handschrift, *ich wollte dich nicht wecken. Habe die Sauerei im Bad weggemacht. Treffe mich mit Kollegen und melde mich später.*

Auf einmal ist ihr so übel, dass sie sich nicht gerade halten kann. Schwindel erfasst sie. Die Wände kommen immer näher, das Licht wird gleißend. Marisa fährt hoch und taumelt ins Badezimmer. Schweißüberströmt beugt sie sich über die Kloschüssel und erbricht sich.

7

Kathi sitzt zitternd auf einem harten Holzstuhl vor dem Zimmer des Direktors. Ihre Fersen klopfen einen schnellen Takt auf die Dielen. Als sie das bemerkt, zwingt sie sich, die Füße stillzuhalten. Vor den Fenstern breitet sich der Frühsommer aus. Doch sie hat weder einen Blick für das Grün der Bäume, noch hört sie das Zwitschern der Vögel. Alles erscheint ihr trist, düster und grau.

Julia ist nicht da.

Sie ist verschwunden.

Nach dem unerwarteten Schreck in den frühen Morgenstunden hatte Kathi insgeheim damit gerechnet, dass ihre Mutter ihr beim Frühstück erzählen würde, Julia sei inzwischen quietschfidel zu Hause aufgetaucht.

Doch Mama hatte sie nur bedrückt aus rot geränderten Augen angesehen und ihr wortlos die Jause in die Hand gedrückt. Dann hatte sie Kathi an sich gezogen und fest umarmt.

Als Julia auch nicht wie sonst an der Bushaltestelle auf sie wartete, bekam Kathi es mit der Angst zu tun. Sie ging davon aus, dass die Lehrer schon wussten, dass eine Schülerin verschwunden war. In der Schule war dann aber alles genauso wie immer. Langweilig bis zum Gähnen. Außer dass der Platz neben ihr leer blieb.

Sie hatte sich gerade vorzustellen begonnen, was Julia alles zugestoßen sein könnte, als vor dem Ende der zweiten Stunde der Schulwart in die Klasse kam und sie zur Direktion mitnahm.

Nun sitzt sie hier und wartet. Hartnäckig drängen sich die Gedanken an ihre beste Freundin in ihr Bewusstsein. Sie kann an überhaupt nichts anderes als an Julia denken. An Julia, die verschwunden ist. Und an den Platz neben ihr, der leer geblieben ist. Kathis Herz zieht sich schmerzhaft zusammen, weil sie mit untrüglicher Sicherheit spürt, dass Julia etwas passiert sein muss.

Es ist wie in einem der Sonntagabendkrimis, die sie und

Mama so gern zusammen ansehen. Mit einer großen Tüte Chips auf den Knien. Aber das hier ist die Wirklichkeit.

Nervös umschlingt sie mit den Füßen die vorderen Stuhlbeine. Das Holz und die Bodendielen riechen eigenartig; nach Schweiß, gemischt mit Wachs.

Sie fühlt sich wie vor einer besonders schwierigen Schularbeit. Es läutet, und die Pause beginnt. Türen werden aufgerissen, und es hat den Anschein, als ob alle Schüler dieser Schule gleichzeitig auf den Gang stürzen. Johlend und kreischend. Froh, für fünfzehn Minuten der Langeweile des Unterrichts zu entkommen.

Und sie sitzt hier vor dem Direktionszimmer und kommt sich vor wie eine Sünderin auf der Strafbank! Sie kann sich bloß nicht daran erinnern, etwas angestellt zu haben.

Kathi blickt zu Boden, peinlich darauf bedacht, von allen übersehen zu werden. Doch dann bleiben zwei Paar Beine in vier Basketballschuhen abrupt vor ihr stehen. Es folgt ein Zischen und Wispern. Überrumpelt sieht sie an den Jeans hoch bis zu den Gesichtern über den Poloshirts.

Da stehen Robby und Willi, die Unzertrennlichen. Überall treten sie gemeinsam auf, nie sieht man einen ohne den anderen. Alles machen sie zusammen.

So wie Julia und sie.

Robby lächelt sie unverschämt hinreißend an, während Willi mit offenem Mund auf sie hinabstarrt. Er ist so blass wie Sommerbutter unter seinem rötlichen Haargewirr. Jetzt kneift er die Lippen zusammen und öffnet gleich darauf den Mund, um etwas zu sagen.

Kathi meint zu verstehen: »Zum Glück nicht du, äh, ich, so war das nicht, ich wollte bloß …«

Robby rempelt Willi unsanft in die Seite, verdreht die Augen, schnalzt mit der Zunge und schiebt seinen Freund weiter. Schnell senkt Kathi abermals ihren Blick. Robby glaubt sicherlich, dass sie etwas ausgefressen hat. Nun, wirklich schaden würde das ihrem Ansehen bei ihm wohl nicht. Dennoch ist es ihr unangenehm, vor dem Direktionszimmer von ihrer heimlichen Flamme angetroffen zu werden.

Weiter kommt sie nicht mit ihren Überlegungen. Die Tür fliegt auf, und der Direktor steht vor ihr.

Kathi springt hoch. »Ich … äh, guten Tag«, murmelt sie.

Der Direktor antwortet nicht, sieht sie nur ernst an. Dann macht er eine Bewegung mit seiner Hand, die nach Hereinwinken aussieht. Kathi geht an ihm vorbei. Seine Sekretärin sieht sie nicht, dafür lehnt ein älterer Mann im Türrahmen.

Der Direktor marschiert an ihm vorbei in sein Büro, der Mann und Kathi folgen. Keiner sagt ein Wort. In der ersten Pause hat jemand erzählt, dass gestern drei Klassenbücher gestohlen worden seien. Hoffentlich denkt der Direktor nicht, sie war das.

Der Fremde steht stumm mit dem Rücken zum Fenster, während der Direktor sich auf seinen Stuhl fallen lässt. Kathi nimmt vorsichtig auf dem äußersten Rand des angebotenen Sessels Platz und fixiert die Bleistifte auf dem Schreibtisch. Sie liegen in einer geraden Linie, der Größe nach geordnet.

Dann hört sie ein Geräusch und blickt hoch.

Irgendwo hat sie gelesen, dass mollige Menschen gutmütiger seien als dünne. Aber für ihren Direktor gilt das nicht. Eine steile Zornesfalte teilt seine Stirn zwischen den buschigen Brauen in zwei Hälften, und seine Augen funkeln dunkel.

Kathi hat beim Hereinkommen in ihre Hosentasche gegriffen und hält jetzt ein Papiertaschentuch in der Hand, das sie zwischen ihren Fingern zerkrümelt.

»Setz dich erst einmal richtig hin, du kippst ja gleich von der Kante. Du musst dich nicht fürchten«, eröffnet der Direktor das Gespräch.

Trotzdem zuckt Kathi zusammen und rutscht auf der Sitzfläche zurück.

Ein Stück Papiertaschentuch segelt langsam zu Boden. Der fremde Mann macht einen Schritt vom Fenster weg.

»Das ist übrigens Kriminalinspektor van Hals. Und das hier ist Katharina Sandner, die beste Freundin der vermissten Julia Krakolinig. Die beiden sind unzertrennlich.«

Vermisst? Jetzt, wo ein Erwachsener ausspricht, was sie im Geheimen befürchtet hat, wird Kathi die Tragweite des Ganzen bewusst. Erschrocken presst sie das Taschentuch auf ihren Mund. »Ist Julia … ist ihr etwas passiert?« Kathi wundert es nicht, dass ihre Stimme piepsig klingt. Durch die Worte des Direktors wird zur bitteren Realität, dass Julia etwas Schreckliches zugestoßen sein muss.

Ein weiteres Stück Taschentuch torkelt zu Boden. Kathi konzentriert sich auf das Vogelgezwitscher vor dem Fenster. Der Kirschbaum hat zu blühen begonnen.

»Das wollten wir von dir hören. Erzähl uns bitte, was du weißt.« Der Inspektor baut sich vor ihr auf, ähnlich bedrohlich wie zuvor der Direktor. Nur dass der Polizist eine Glatze hat und eine Brille trägt.

Dass sie in solch einer schrecklichen Situation an solche Nebensächlichkeiten denken kann, verwirrt sie.

»Aber ich habe wirklich keine Ahnung, wo sie ist. Julia, meine ich«, bringt Kathi hervor.

Warum fühlt sie sich wie im Gerichtssaal? So als wäre sie eine Angeklagte?

Sie hat Julia nicht versteckt, sie kann doch nichts dafür, wenn die ausgebüxt ist. Und ihr dabei auch noch etwas Schlimmes zugestoßen ist.

»Kathi«, beginnt der Direktor, und seine Stimme klingt um einiges freundlicher als zuvor, »damit du uns richtig verstehst: Wir werfen dir nichts vor. Aber das hier ist kein Spaß. Es ist leider bitterer Ernst. Also, wenn du etwas zu sagen hast, erzähl es uns bitte.«

Kathi wird noch kleiner auf ihrem Sessel, rutscht so weit vor, dass sie fast nicht mehr sitzen kann. Die Worte dröhnen in ihren Ohren. Genau das Gleiche hat sie von Julias Eltern heute Nacht gehört.

»Aber ich weiß doch nichts. Ehrlich! Sie hat mir nicht verraten, was sie vorhatte. Keine Ahnung, wo Julia ist. Und bei mir war sie gestern nicht. Warum glaubt mir denn niemand?«

Kathi schluckt die aufsteigenden Tränen hinunter. Sie wird sich hüten, vor diesen beiden Männern loszuweinen wie eine Heulsuse aus der ersten Klasse. Der Kriminalpolizist könnte denken, sie hätte etwas mit Julias Verschwinden zu tun.

Sie fühlt sich gekränkt und gleichzeitig schuldig. Innigst hofft sie, dass der Direktor und der Polizist ihr die Gefühle nicht vom Gesicht ablesen können.

»Julias Eltern sind absolut sicher, dass Julia nicht von zu Hause fortgelaufen ist. Sie beteuern, dass es keinen Streit und keine Unstimmigkeiten gegeben hat. Versuch, dich zu erinnern. Hat sie dir vielleicht etwas anderes erzählt?« Der Polizist wartet ihre Antwort nicht ab, sondern fährt gleich fort: »Wenn das so ist, dann sag ich dir jetzt etwas sehr Wichtiges.« Er stockt und fixiert Kathi. »Julia ist verschwunden, und du hilfst ihr nicht, wenn du schweigst. Das wäre ein Fehler und sicher kein Freundschaftsbeweis. Wir wissen, dass von Julias Sachen nichts fehlt, und sie hat auch kein Geld mitgenommen. Wir gehen davon aus, dass deine Freundin heimlich jemanden treffen wollte. War sie bei dir oder hat dich gebeten, sollten ihre Eltern am Abend bei euch anrufen, so zu tun, als wäre sie es? Hatte sie einen Freund? Bitte, Kathi, sag uns, was du weißt.«

Was soll sie darauf bloß antworten? Julia hat bestimmt keinen Freund. Das würde sie wissen.

In ihrem Mund sammelt sich Speichel, den sie krampfhaft zu schlucken versucht. Sie räuspert sich.

»Nein. Julia kam nicht zu mir. Ich habe nicht gewusst, dass sie am Abend noch einmal wegwollte, und einen Freund hat sie auch nicht. Von einem Streit mit ihren Eltern hat sie auch nichts erzählt.«

Noch während sie das ausspricht, rührt sich etwas in ihr. Es fühlt sich an wie ein Blütenblatt im Wind. Sie will sich die Erinnerung greifen, doch die ist schneller als sie und verschwindet im Junihimmel. Und taucht wieder auf wie ein Jojo. Rauf und runter. Der Anrufer.

»Vielleicht ist es ja ohne Bedeutung und hat überhaupt nichts mit Julias Verschwinden zu tun. Aber gestern Vormittag habe ich mein Handy verloren. Möglicherweise wurde es mir auch gestohlen. Ich weiß es nicht. Wir haben mein Handy von Julias Telefon aus angerufen, und ein Mann ging ran. Er sagte, er habe es gefunden und ich solle es mir am Abend abholen, auf dem Kreuzbergl bei der Spielwiese. Aber ich habe mich nicht getraut.«

Weiter kommt sie nicht, denn der Polizist steht jetzt auf einmal ganz nahe vor ihr und sieht zu ihr hinunter. Hinter den Brillengläsern leuchten goldene Pünktchen um seine Iris. Das erinnert sie an einen der Löwen im Zirkus, den sie letztes Jahr mit der Klasse besucht hat. Der Polizist schaut irgendwie genauso aus. Nur dass der Löwe keine Brille trug und der Polizist keine Mähne hat, sondern eine Glatze.

»Wie bitte?«, fragt er angespannt. Auch der Direktor ist jetzt aufgestanden.

Kathi spürt, wie ihr heiß wird. Zuerst macht sie verlegen: »Äähem«, aber dann strömen die Worte nur so aus ihr heraus. Sie erzählt vom Telefonat mit dem Unbekannten und ihrer Furcht, ihn zu treffen. Und davon, dass Julia sie deswegen ausgelacht hat. Dabei fühlt sie sich wie eine feige Verräterin. Je genauer der Polizist nachhakt, desto größer wird ihr Schuldgefühl. Nach jeder Einzelheit wird sie gefragt, sogar nach der Klangfarbe der Stimme am anderen Ende der Leitung.

Kathi beißt sich fest auf die Innenseite ihrer Unterlippe. Als sie Blut schmeckt, senkt sie den Kopf. Tränen schießen in ihre Augen. Sie versucht, mit den Fingerkuppen die lästigen Tropfen unauffällig wegzuwischen.

Ihre Kehle ist auf einmal so eng geworden, dass ihr das Schlucken schwerfällt.

Nach einem längeren Schweigen, das nur durch das wiederholte Räuspern des Direktors unterbrochen wird, sagt der Polizist ruhig: »Danke, dass du so ehrlich warst. Nur so kannst du deiner Freundin helfen. Hältst du es denn für möglich, dass Julia ohne dich dorthin gegangen ist, um das Telefon zu holen? Allein und ohne jemandem etwas davon zu sagen? Wäre sie zu so etwas imstande? Traust du ihr das zu?«

Ihr wird übel, sie fühlt sich miserabel, als sie ohne nachzudenken »Ja« sagt.

Warum nur hatte sie Julia nicht begleitet?

8

Gerald kickt mit dem nackten Fuß gegen die offene Kühlschranktüre. »So ist's recht«, sagt er, befriedigt über den Kracher, mit dem sie zufällt.

Er reibt seine feuchten Hände. Fahrig dreht er den Verschluss der nächsten Flasche auf. Drehverschlüsse sind der Hit. So muss er sich nicht erst damit aufhalten, nach dem Flaschenöffner zu suchen. In diesem Haushalt ist nie etwas zu finden.

Kathi ist schuld daran. Er könnte sie erwürgen. Ständig verlegt sie etwas, und ihre Mutter ist da keinen Deut besser. Waltraud, die immer so abgehetzt wirkt, geht ihm ziemlich auf den Wecker. Da gefällt ihm die kleine mollige Hilde aus dem Supermarkt weitaus besser als seine vergrämte, dürre Frau.

Trotzdem, durch Waltraud hat er wieder Boden unter den Füßen bekommen. Wenn da nur nicht dieses Gekeife wäre!

Na ja, so übel ist sie gar nicht, seine Waltraud, wenn er sich's recht überlegt. Und dann ihr Lächeln, als ginge über einer Mülldeponie die Sonne auf. Was ihn wirklich nervt, ist ihr Wunsch nach Harmonie. Früher verging kein Tag ohne Schwärmereien von einer rosigen Zukunft. In letzter Zeit ist sie aber zum Glück stiller geworden.

Oft weiß er nicht, wie er den nächsten Tag überstehen soll. Natürlich hat er ihr nicht erzählt, dass er seine Arbeit wieder geschmissen hat. Eigentlich war es der Chef gewesen, der ihn gefeuert hatte, er selbst wäre gern geblieben.

Als Vorwand für den Rausschmiss hatte der Alte seine angebliche Sauferei und seine Unpünktlichkeit angeführt. Frechheit! Nur weil er sich hin und wieder verspätete und ein- oder zweimal zu früh gegangen war, also wirklich, das ist doch noch lange kein Grund, ihn rauszukanten.

Gerald weiß, dass er dem Alten zu genau auf die Finger gesehen hat bei seinen Geschäften. Schwarzarbeit. Darum ging es wirklich bei der ungerechten Kündigung. Der wollte ihn bloß los sein! Das ist der wahre Grund.

Zornig tritt er gegen den Unterbau von Waltrauds Küchenschrank. »Scheiße«, murmelt er, als er die Delle im weißen Furnier sieht. Angewidert rollt er seine Unterlippe nach oben. Nicht einmal zu Vollholz hat's gereicht.

Sein Mund hat ihm schon so manches Abenteuer verschafft. Kaum einer kann so charmant lächeln wie er. Heißblütige Küsse sind immer seine Spezialität gewesen. Waltraud war nicht die Erste, die seiner Verführungskunst auf den Leim gegangen ist. Und sie wird sicher nicht die Letzte sein.

»Verdammt«, setzt er nach und kippt den Rest des Biers hinunter. Es schmeckt bitter und schal. Am liebsten würde er jetzt rülpsen und sich den bereits gut gefüllten Bierbauch reiben. Nur der Anstand verbietet ihm diese Reaktion. Ein Schwein ist er nicht. »Genau«, sagt Gerald und macht eine Verbeugung vor dem Küchenschrank, »auch ich besitze Würde.«

Schon nimmt er sich die nächste Flasche aus dem Fach. Heute ist es ungefährlich. Er kann ungehemmt trinken, niemand wird ihn dabei stören. Waltraud ist beim Putzen und die Kleine in der Schule. Und bis die beiden zurückkommen, ist er längst unterwegs und hat die leeren Flaschen entsorgt. Die Kumpels warten schon im Schweizerhaus auf ihn.

Schlagartig verdunkelt sich die Küche. Vor dem Fenster fliegen dichte Wolken über den Himmel. Sonne ist auf einmal keine mehr zu sehen. Richtig bedrohlich sieht das aus. Gerald schüttelt sich. Ein Schauer läuft ihm über die Arme, alle Härchen stellen sich auf. Da ist etwas hinter seiner Stirn, an das er nicht denken möchte.

Doch bevor er es gänzlich aus seiner Erinnerung tilgen kann, muss er einiges erledigen. Zum Beispiel die verdammte Kutsche zu Seppi bringen. Sein Kumpel wird schon wissen, was zu tun ist, sicher besser als er. Außerdem ist Seppi ihm noch einen gewaltigen Gefallen schuldig. Also wird er es, ohne groß zu fragen, so hinbiegen, dass die Bullen sein Auto nicht mit dem kleinen Unfall gestern Nacht in Verbindung bringen können.

Ihm wird mulmig. Sein Herz beginnt zu rasen, kalter Schweiß ergießt sich über seinen Rücken. Dabei hat er nichts falsch gemacht. Das blutige Tier in seinem Kofferraum ist schuld daran. Eingewickelt in die alte Decke, in die hinterste Ecke geschoben, ist es in seinem Bewusstsein dennoch allgegenwärtig. Dabei kann er sich nicht einmal richtig erinnern. Alles ist wie vom Nebel verschluckt. Er hat kein klares Bild von der letzten Nacht, weiß kaum, wie er nach Hause gekommen ist.

Trotzdem wird er das Ding, das ihm in den Weg gesprungen ist, entsorgen müssen. Waltraud kann er es ja wohl kaum als Sonntagsbraten mitbringen. Die mit ihrem öden Gerechtigkeitsfimmel zeigt ihn womöglich noch an.

Schwankend schlurft Gerald zur Tür. Er umklammert die Klinke und öffnet sie. Erschrocken durch den Knall, den das zuschlagende Küchenfenster verursacht, lässt er sich auf den Boden fallen. Das Unten verschwimmt mit dem Oben. Er atmet tief durch, bemüht, die Kontrolle nicht völlig zu verlieren.

Einiges liegt vor ihm.

»Hallo!«, schreit er sich selbst an. »Reiß dich zusammen, Mann!«

Er muss den Kadaver in seinem Kofferraum loswerden. Sonst beginnt der zu stinken, bei dieser Hitze.

Später, wenn er wieder klarer denken kann, wird ihm sicher einfallen, auf welcher Baustelle er das Tier auf Nimmerwiedersehen verschwinden lassen kann.

Ohne zu verstehen, warum, bricht Gerald plötzlich in Tränen aus.

9

Waltraud hastet durch den grellen Mittag.

Ihre Augen schmerzen vom flackernden Licht der Sonne. Es ist zu heiß für Juni, und sie schwitzt unter ihrer alten Sweatshirtjacke.

Ihr Blick ist starr zu Boden gerichtet. Im Schatten ihrer Haare schimmert der Asphalt beruhigend dunkel. Sie fühlt sich matt – schlapp wie nach einer schweren Grippe. Der Weg erscheint ihr anstrengender als sonst. Dabei liegen die beiden Wohnungen, die sie heute putzen muss, nur zehn Minuten auseinander. Unbeholfen holt sie eine Wasserflasche aus ihrer Jacke und trinkt ein paar Schlucke.

Sie hat heute Morgen vergessen, die Lasagne aus dem Gefrierfach zu nehmen. Aber mit der Mikrowelle ist das kein Problem. Kathi wird sich freuen, sie liebt dieses italienische Zeug.

Julia.

Hoffentlich ist der Kleinen nichts passiert. Ängstlich malt sich Waltraud aus, was Julias Eltern gerade durchmachen. Wäre ihr Kind verschwunden, sie würde das nicht überstehen. Vielleicht sollte sie sich später bei den Krakolinigs melden und einmal nachfragen? Andererseits will sie die beiden nicht mit neugierigen Fragen belästigen.

Bedrohliche Fetzen ihres nächtlichen Alptraums schweben an ihr vorbei, und Waltraud beißt erschrocken auf ihre Unterlippe. Während sie weiterläuft, zieht sie sich mit ihren Zähnen gewissenhaft die trockene Haut von den Lippen.

Sie poliert die Kommode im Vorzimmer, bis sie glänzt. Das Holz ist nussig braun und duftet nach Honig. Ihrem Zuhause würde so eine Grundreinigung auch nicht schaden. Wenn sie dafür bloß die Kraft hätte. Jede Bewegung ist beschwerlich, ihr Körper fühlt sich zerbrochen an. Wie eine Kiste Porzellan, die kaputtgegangen ist. Blöder Vergleich, denkt sie und schiebt gewaltsam das Bild der auf dem Boden liegenden Frau weg.

Sie unterdrückt die Tränen und wischt mit dem Handrücken unter ihrer Nase entlang.

Das Sonnenlicht spiegelt sich auf dem silbernen Frisierset im Schlafzimmer. Blinzelnd steht sie über den hübschen Schminktisch gebeugt und bewundert die feine Gravur und die zarten Ornamente an Bürste und Kamm. So etwas hätte sie auch gern.

Waltraud taumelt und klammert sich an die Kante des Schminktisches. Letzte Nacht hat sie kaum geschlafen. Im Dämmerzustand wurde sie von wilden Träumen gejagt, bis Julias Eltern Sturm läuteten. Danach lag sie mit offenen Augen da und wünschte sich dem Morgen entgegen, neben Gerald, der schwer wie ein Stein neben ihr schnarchte. Jetzt wird sie mit einem Mal von Müdigkeit überwältigt. Nur eine Minute, denkt sie und lässt sich auf die frisch bezogene Bettdecke fallen. Ihr Kopf sinkt in das weiche Kissen, und alles Quälende rückt weit weg.

Unruhig fährt sie hoch. Wo ist sie?

Besorgt dreht sie ihren Kopf zur Seite. Die grelle Leuchtanzeige des Digitalweckers macht ihr klar, wo sie sich befindet: in der Wohnung der Apothekerin. Sie muss eingenickt sein. Es ist schon ein Uhr vorbei. Jetzt muss sie sich beeilen. Sie hastet ins Badezimmer, wo der Kübel mit den Putzmitteln steht. Mit eiskaltem Wasser wäscht sie ihr Gesicht.

Sie reinigt das Becken und die Armaturen und poliert gründlich die äußeren und inneren Flächen des Spiegelschranks.

Gebannt bleibt ihr Blick an den Pillendosen hängen. Nach Größe geordnet, stehen sie da wie Soldaten, die auf ihren Einsatzbefehl warten. Leidet die Apothekerin unter einer Berufskrankheit, oder nimmt sie die wirklich alle?

Auf einmal wird Waltrauds Mund trocken. Gibt es hier auch Schlafmittel?

Mit der Zunge zwischen den Lippen sucht sie die Reihen ab. Die Flaschen klirren unter ihren fahrigen Fingern. Hastig überfliegt sie Namen und Kurzbeschreibungen der Medikamente.

Kurz entschlossen nimmt sie die beiden Packungen der Schlafmittel Zolpidem und Oxazepam heraus. Verstohlen blickt sie um sich, und bevor sie sich anders entscheidet, steckt sie jeweils einen Streifen in ihre Hosentasche.

10

Viktor Arnold betrachtet sich im Spiegel. Was er sieht, missfällt ihm: schlecht rasiert, nicht sehr gepflegt, das Haar gehört geschnitten, den Jeans würde ein Waschgang guttun, und ein wenig mehr Schlaf könnte ihm auch nicht schaden.

Missmutig öffnet er eine Packung Orangensaft und schüttet das süße Zeug in sich hinein. Ein Trinkglas verwendet er selten, dafür lebt er schon zu lange allein. Tischsitten sind seiner Meinung nach etwas für Paare. Genau genommen für den weiblichen Teil davon.

Karin hatte immer großen Wert darauf gelegt. Aber das ist Schnee von gestern. Singles genießen das Vorrecht, sich innerhalb der eigenen vier Wände gehen lassen zu können, wann immer sie dazu Lust haben. Niemand beobachtet sie dabei und nörgelt herum. Gut, manchmal fühlt man sich etwas einsam. Doch heute überwiegt eindeutig das Gefühl der Freiheit.

Während er mit einer Hand den Saft zurück in den Kühlschrank stellt, tastet er mit der anderen nach dem Telefon. Unschlüssig drückt er zwei Ziffern, unterbricht und geht zum Fenster.

Auf den Lamellen der Jalousie hat sich Staub angesammelt. Eine Haushaltshilfe hat er schon lange nicht mehr, und selbst zu putzen liegt ihm fern.

Der Mittag unter ihm lässt den Tag froh aussehen, denkt er und starrt auf das bunte Treiben unter sich. Schulkinder, Hausfrauen, Spaziergänger, ihre Wege kreuzen sich wie bei einem unruhigen Muster. Es erinnert ihn an die Pepitaröcke seiner Mutter. Mit gerunzelter Stirn malt er ein Heer von nebeneinander marschierenden Strichmännchen auf die Zeitung, die vor ihm auf der Fensterbank liegt. Einem zeichnet er einen Zylinder auf den Kopf.

Sollte er sich für die Feier heute Abend doch noch etwas Neues zum Anziehen kaufen? Wäre vermutlich angebracht. Doch im Grunde ist es die Familie nicht wert, beschließt er griesgrämig, greift wieder zum Telefon und wählt die vollständige Nummer. Er hört, wie Alfred, sein Cousin, nach dem zehnten Mal Läuten den Hörer abnimmt.

»Viktor, ich dachte mir schon, dass du es bist.«

Ist vermutlich auch der Grund, warum du den Anruf so spät entgegengenommen hast, denkt Viktor und sagt: »Alfred, alles in Ordnung bei euch? Ich wollte mich nur erkundigen, um wie viel Uhr heute Abend das Fest beginnt.« Augenblicklich ärgert er sich über seinen anbiedernden Tonfall.

»Bestens geht es uns«, erwidert Alfred mit aufgesetzter Freundlichkeit, »aber ein Fest steigt keines. Da musst du dich irren. Es gibt nur das langweilige Abendessen zu Ehren des Geburtstags meines Vaters, wie jedes Jahr. Im engsten Familienkreis. Nichts Besonderes. Aber das weißt du sicher.«

»Ach«, beginnt Viktor, wird von seinem Cousin jedoch sofort wieder unterbrochen.

»Nett, dass du von dir hören lässt. Wir sehen uns bald, ja? Mittagessen am Benediktinermarkt. Geht selbstverständlich auf meine Kosten. Bei deiner schwierigen finanziellen Situation keine Frage. Wozu hat man denn Verwandte? So, jetzt muss ich aber wieder.«

»Alfred«, sagt Viktor und merkt, dass die Verbindung bereits unterbrochen ist.

Auf einmal ist die Fröhlichkeit von der Straße verschwunden, die Gesichter der Menschen wirken wieder grau und verdrießlich. Ein fetter schwarzer Kater springt von links auf den Gehsteig. Auch das noch, es soll Unglück bringen, wenn die Katzen von der falschen Seite kommen, denkt Viktor und ärgert sich. Denn wer zum Teufel besitzt die Macht, darüber zu bestimmen, was die richtige Seite ist?

Seine Stimmung hat sich verdüstert. Warum ihn sein kleinkarierter Cousin auf einmal vom Familienessen ausschließt, ist ihm nicht klar. Bisher war es eine Pflichtveranstaltung und eine der seltenen Gelegenheiten, seine Verwandten zu treffen. Dieser Rausschmiss nagt an seinem Selbstbewusstsein.

»Dumme Bagage«, brummt er verärgert, nimmt seine Brieftasche vom Küchentisch, stellt das Geschirr in das Abwaschbecken und geht nach draußen.

Vor der Tür bleibt er stehen und saugt die Luft tief in seine Lunge.

Es ist einer dieser Tage, die einen mit ungeahnter Heftigkeit überfallen, kaum dass man die Haustür hinter sich ins Schloss gezogen hat. Die Helligkeit dringt durch die Poren und sucht sich ihren Weg bis in die dunkelsten Windungen. Schrill tobt der Verkehr an ihm vorbei.

Er hat noch keinen Fuß auf den Gehsteig gesetzt, da bleibt ein Auto mit quietschenden Reifen vor ihm stehen. Die Tür wird aufgerissen, und einer der Polizeibeamten vom Wachzimmer St. Ruprechter Straße springt heraus. Viktor kennt ihn, es ist Kriminalinspektor van Hals, ein Niederländer, der schon lange in Österreich arbeitet.

»Was ist los?«, fragt er alarmiert und macht einen Schritt zurück zur Hausmauer. Er bevorzugt stets etwas Festes, Vertrauenswürdiges im Rücken.

Der Polizist steht jetzt so knapp vor ihm, dass Viktor seine Augen hinter den Brillengläsern funkeln sieht. Auf seiner Glatze spiegelt sich die Sonne. »Arnold«, sagt er anstelle einer Begrüßung.

Niemand auf dieser Polizeistation setzt eine höfliche Anrede vor seinen Namen, daran hat Viktor sich schon längst gewöhnt. »Kriminalinspektor van Hals, was kann ich für Sie tun?«

»Arnold!«, bellt der Polizist ihn an. »Wann haben Sie das letzte Mal von Grohar gehört?«

Alles an van Hals ist jetzt ein Fragezeichen, angefangen vom gekrümmten Rücken bis hin zu den hochgeschobenen Augenbrauen. Viktor betrachtet ihn fasziniert.

»Was sehen Sie mich so an? Ist Ihnen nicht klar, dass die ganze Stadt nach einem verschwundenen Teenager sucht? Das Mädchen hat sich über Nacht in Luft aufgelöst, ihre Eltern machen uns die Hölle heiß. Julia Krakolinig, Schülerin am Bachmann Gymnasium, dreizehn Jahre alt.«

Viktor kann den Kaffeeatem seines Gegenübers riechen. Ätzend scharf, mit einem Hauch von verkohlter Wiese. »Was hat das mit mir zu tun?«

Anscheinend hat er da etwas Entscheidendes verpasst.

»Das Mädchen ist seit gestern Abend spurlos verschwunden. Es wollte wohl ein Handy abholen, das kurz zuvor abhandengekommen ist. Nun sind sie beide abgängig. Das Telefon und die Kleine.«

Viktor versteht überhaupt nichts mehr, außerdem ärgert er sich über den vorwurfsvollen Tonfall des Kriminalinspektors. Seine Verwirrung und sein Unmut scheinen sich auf seinem Gesicht widerzuspiegeln, denn van Hals macht eine ungeduldige Handbewegung zum Polizeiauto hin.

»Wir beide machen jetzt eine kleine Ausfahrt zu Peter Grohar. Kaum einen Tag in Freiheit, ist er schon wieder auffällig geworden. Sie holen ihn bei uns ab, und in der Nacht verschwindet ein Mädchen. Haben Sie überhaupt eine Ahnung, was Ihr Klient so treibt?«

Die Wut auf den überheblichen van Hals, der ihn kurz an seinen Cousin Alfred erinnert, vermengt mit dem Zorn auf den unberechenbaren Grohar verschlägt Viktor kurz die Sprache.

»Wäre es nach mir gegangen, hättet ihr Peter Grohar nach der Geschichte auf dem Spielplatz im Goethepark gleich dem Richter vorführen können. Aber Ihre edelmütige Kollegin musste mir ja stattdessen Vorträge über Menschlichkeit halten und mich noch zusätzlich belehren. Sie hätte besser ihren Job getan. Jetzt haben wir den Salat.«

Er scheint van Hals am wunden Punkt getroffen zu haben. »Na, na! Regen Sie sich ab«, murrt der jetzt geradezu versöhnlich. »Vielleicht bringen wir Ihren feinen Schützling ja jetzt hinter Gitter. Mit Ihrer Unterstützung.«

Viktor starrt durch die schmutzige Scheibe auf die Straße hinaus und tut, als hätte er die Aufforderung zur Mithilfe überhört. Was hat dieser durchgeknallte Typ denn nun wieder angestellt, und wo hat er ihn da mit hineingezogen?

Er hatte Grohar heute ohnehin aufsuchen und zur Rede stellen wollen. Immer noch spürt er ein mulmiges Gefühl, wenn er daran denkt, wie der gestern Abend anstatt ins Haus hinein die Straße hinuntergeschlendert ist. Dennoch stört ihn die Vorverurteilung, die er aus den Worten des Polizisten heraushört. Er wird sich hüten, ins selbe Horn zu blasen. Es ist seine Aufgabe, objektiv und wertschätzend mit seinen Klienten umzugehen. Sein eigener Groll auf Grohar macht die Sache nicht einfacher, ändert aber auch nichts daran.

Van Hals' überlaute Stimme reißt ihn aus seinen Gedanken.

»Und? Wo war Ihr Mann gestern Abend?«

»Keine Ahnung. Das müssen Sie ihn schon selbst fragen. Weder bin ich sein Kindermädchen noch sein Gefängnisaufseher.«

»Dennoch eigenartig, dass am Tag seiner Freilassung sofort ein Kind verschwindet. Das hat doch was, oder?« Van Hals dreht sich zu ihm. Die Sonne bricht sich im Glas seiner Brille, sodass Viktor die Augen dahinter nicht erkennen kann.

»Mag sein. Oder auch nicht. Ich kann mir jedenfalls keinen Reim darauf machen.«

Einen Moment lang ist er mit dem verteidigenden Unterton in seiner Stimme zufrieden, dann überwiegt wieder das Gefühl des Ärgers. Grohar lässt doch wirklich nichts aus, um sich verdächtig zu machen.

»Dann werde ich Ihnen jetzt eine kleine Geschichte erzählen. Vielleicht hilft sie Ihnen ja ein wenig auf die Sprünge«, schnauzt van Hals ihn von der Seite her an.

»Mhmm«, murmelt Viktor und kommt sich dabei vor wie ein gescholtener Schüler.

»Zwei Mädchen, dreizehn Jahre alt, fahren mit dem Bus zur Schule. Sie wissen nicht, dass der schräge Typ vor ihnen ein Kindermörder ist. Dennoch erregt er ihre Aufmerksamkeit. Sie kichern über ihn. Eine der beiden verliert auf der Fahrt ihr Handy. Der Kindermörder bückt sich, hebt es auf und steckt es ein. Dann verlässt er den Autobus. Unsere Teenies ahnen nichts davon. Erst später vermisst die eine ihr Telefon. Als sie es vom Handy der anderen aus anruft, geht ein Mann dran und verspricht, es zurückzugeben, wenn sie um neun Uhr abends zur Spielwiese auf dem Kreuzbergl kommt: allein und ohne jemandem ein Sterbenswörtchen davon zu verraten. Das ist die Bedingung. Die eine, sie heißt Kathi, bekommt es mit der Angst zu tun und weigert sich, dorthin zu gehen. Die Furcht rettet ihr wahrscheinlich das Leben. Die zweite, Julia, ist mutig beziehungsweise dumm genug, in den Tod zu laufen.«

»Ist sie denn tot? Wann hat man ihre Leiche gefunden?«, fragt Viktor atemlos.

»Jetzt lassen Sie mich doch zu Ende erzählen«, herrscht van Hals ihn an und erinnert Viktor dadurch in unangenehmer Weise mehr an seinen Vater als an Alfred. »Ohne ihrer besten Freundin Kathi etwas zu sagen, geht Julia heimlich zum Treffpunkt mit dem Unbekannten. Und verschwindet. Was fällt Ihnen dazu ein? Oder hat es Ihnen nun endgültig die Sprache verschlagen?«

Am liebsten hätte Viktor dem Kriminalinspektor wegen seines gönnerhaften Tonfalls jetzt eins mit dem Tennisschläger übergezogen. Doch erstens hat er gerade keinen dabei, und zweitens empfiehlt es sich für einen Bewährungshelfer, die eigene Aggression im Zaum zu halten. »Was macht Sie so sicher?«, fragt er deshalb knapp.

»Ermittlungsarbeit. Nicht Hellseherkunst«, schnappt van Hals. »Der Ablauf ist bis ins Detail plausibel.«

»Aber es muss nicht Grohar gewesen sein. Im Bus, meine ich, und überhaupt.«

»Drei Schüler haben ihn unabhängig voneinander beschrieben und anhand eines Fotos zweifelsfrei als den Mann im Bus identifiziert. Deshalb werden wir das Bürschchen jetzt mal persönlich fragen, wie es gestern Vormittag so war im Autobus, mit all den verlockenden Lolitas um ihn herum.«

Die Stimme des Polizisten trieft nur so von klebrigem Honig. Widerlich, denkt Viktor und schüttelt sich. Dann erinnert er sich daran, dass Grohar zu spät zum vereinbarten Treffen gekommen ist. Und gestern Abend …

»Drei?«

»Ja, drei. Die Freundin des verschwundenen Mädchens und zwei Buben aus der Parallelklasse, mit denen die Mädchen gemeinsam im Bus saßen.«

»Mhmm«, macht Viktor, denn es hilft sicher nicht, die polizeilichen Ermittlungsarbeiten zu behindern. »Gestern Abend, als ich Grohar von der Polizeistation abholte, ging er nicht direkt nach Hause, sondern weiter die Straße runter. Vermutlich wollte er noch ein wenig spazieren gehen.«

»Tatsächlich? Nun, da kommen wir der Sache schon näher«, sagt van Hals zufrieden und parkt vor Peter Grohars Unterkunft.

11

Nachdem er seine Sneakers ausgezogen und unwillig in eine Ecke gekickt hat, schleudert Willi den Schulrucksack auf den Fußboden im Flur. Er sieht zu, wie das dunkelblaue Ding über die Fliesen schlittert, bis es vom Schuhregal gestoppt wird. »Mama! Papa!«, brüllt Willi in Richtung Küche. »Jemand zu Hause?«

Als er nach wiederholtem Rufen keine Antwort bekommt, seufzt er und schlurft auf Socken die Treppe hinauf zu seinem Zimmer. Wie jeden Tag prallt er, kaum dass er die Tür geöffnet hat, zurück.

»Shit«, brummt er angesichts des Chaos, das ihn dort wieder erwartet, und ärgert sich zum hundertsten Mal über seinen Bruder Patrick.

Jetzt muss er Ordnung schaffen. Es ist wie ein innerer Zwang, er hält es in diesem Gestank, zwischen dem herumliegenden Zeug, einfach nicht aus.

Nachdem er den Raum entmüllt hat, setzt er sich auf die Fensterbank vor die geschlossene Scheibe. Wie heute Nacht. Bloß dass es jetzt Mittag ist und die Sonne vom Himmel sticht. Nichts kann sich vor der knallharten Schärfe des Sonnenlichts verstecken.

In der ersten Unterrichtsstunde hatte Wolfi, der hinter ihnen sitzt, leise erzählt, dass ein Mädchen aus der Schule letzte Nacht verschwunden sein soll.

Am liebsten wäre er sofort auf die Toilette gelaufen. Aber das war nicht möglich, denn es wurde gerade wegen der verschwundenen Klassenbücher ermittelt. Rauszulaufen wäre viel zu auffällig gewesen, außerdem hatte Robby ihm einen drohenden Blick nach dem anderen zugeworfen.

Als er dann in der Pause nach der zweiten Stunde Kathi im Gang vor der Direktion sitzen sah, hätte er vor Erleichterung fast zu lachen begonnen.

Kathi. Er malt ein kleines Herz in den Hauch, den sein Atem auf der Fensterscheibe hinterlassen hat. »Julia«, murmelt er, und wieder steigen ihm Tränen in die Augen. »Verflixt«, stöhnt er gegen die Scheibe, auf der sofort ein weiterer kleiner Kreis aus Atemluft entsteht. Gedankenverloren verwischt er ihn mit der Kuppe seines Zeigefingers.

Wirklich gut leiden konnte er Julia mit ihrem angeberischen Getue nie. Aber dass sie auf einmal spurlos verschwunden ist, geht ihm an die Nieren. Er sieht ihre blonde Mähne beim Laufen auf und ab wippen und spürt, wie ihm dabei die Kehle eng wird.

Die Erinnerung an die vergangenen Stunden nimmt ihn gefangen, ohne dass er etwas dagegen unternehmen kann. Wieder sitzt er neben Robby vor dem Direktor und weiß sich nicht zu helfen, während die Fragen unaufhörlich auf ihn einprasseln. Willi fühlte sich von dem Schulleiter und dem glatzköpfigen Polizisten richtig in die Mangel genommen. Zuerst war er verwundert gewesen, da er doch annahm, man hätte Robby und ihn wegen der verschollenen Klassenbücher zum Direktor gerufen. Aber darum ging es überhaupt nicht. Danach wurde kein einziges Mal gefragt. Es ging um Julia, die seit gestern Abend verschwunden war.

Gänsehaut rieselt über seinen Körper. Schuldbewusst senkt er den Blick, vertieft sich ins Holz des Fensterrahmens und denkt an Bäume in tiefdunklen Wäldern.

Sie hat sich auf dem Kreuzbergl mit einem Mann treffen wollen, der Kathis Handy gefunden hatte, sagt der Polizist. Danach wurde Julia von niemandem mehr gesehen.

Jetzt weiß er auch, warum Kathi vor ihnen im Direktorszimmer gewesen war. Sie hatte sich ebenfalls dieser Befragung stellen müssen. Immerhin ist sie die beste Freundin von Julia.

»Was hat das Ganze denn überhaupt mit uns zu tun?«

Robby hatte diese Frage scharf an den Polizisten gerichtet und durchblicken lassen, dass er sich dieses Verhör nicht länger gefallen lassen würde.

»Kleiner«, hatte der Inspektor mit dem komischen holländischen Namen ihm von oben herab geantwortet, »falls du einen Anwalt brauchst, nenne ich dir gern die besten Strafverteidiger der Stadt.« Dabei hatte er so hinterhältig geschaut, dass Willi vor Scham fast im Boden versunken wäre.

Seiner Meinung nach war Robby mit seiner anmaßenden Art auf dem besten Weg gewesen, sie beide in die Sache hineinzuziehen. Deshalb hatte er dem Inspektor auch bereitwillig die Person beschrieben, von der Kathi dem Polizisten zuvor berichtet haben musste.

Dieser komische Typ im Bus, über den die Mädchen so gekichert hatten, war anscheinend verdächtig. Die Polizei ging davon aus, dass er Julia zur Spielwiese gelockt hatte. Der Inspektor hatte ihm und Robby sogar ein Foto gezeigt, auf dem sie den Kerl auf Anhieb wiedererkannt hatten.

Während der Befragung hatte Willi sich die ganze Zeit beherrschen müssen, nicht unkontrolliert draufloszuzittern.

Was ihm jetzt nicht mehr gelingt.

Er hatte innerlich gefleht, dass man sie endlich aus der Befragung entlassen möge, und Robby stumm gezeigt, dass er sich zurückhalten solle.

Plötzlich hört er, wie unten die Tür aufgesperrt wird. Im nächsten Moment ist das Haus von Geräuschen erfüllt. Sein Vater ist mit seinem jüngsten Bruder Bernti nach Hause gekommen.

Erleichtert springt Willi vom Fensterbrett und läuft die Stiege hinunter. »Papa«, ruft er mit schwankender Stimme, »ich muss dir was erzählen. Etwas wirklich Wichtiges.«

Auf einmal ist ihm sonnenklar, was er zu tun hat. Er muss sich seinem Vater anvertrauen, und der wird sicher einen Rat wissen. Doch sein Vater wirft ihm bloß einen genervten Blick zu und drückt ihm Bernti in die Arme.

»Los, übernimm den kleinen Quälgeist. Ich muss sofort an den Computer, ich erwarte eine wichtige Mail.«

»Aber«, bringt Willi enttäuscht hervor und atmet Berntis pudrigen Babyduft ein, »es ist wirklich wichtig.«

Der Kleine lacht ihn glucksend an und streckt ihm auffordernd seine molligen Arme entgegen.

»Wichtig ist jetzt bloß die Mail von unserem Architekten. Da warte ich schon eine Ewigkeit drauf. Das andere kann doch bestimmt bis später warten, Willi, oder?« Sein Vater ist schon auf der Stiege und wirft ihm einen gereizten Blick zu.

»Ja, also, klar. Trotzdem, Papa, ich muss dir …« Willi wird vom Klingeln des Telefons unterbrochen. Während er mit Bernti auf dem Arm zum Telefontisch geht, ist sein Vater schon im Arbeitszimmer verschwunden.

Willi kann ihn ja verstehen. Seit Berntis Geburt arbeitet er von zu Hause aus, weil Mama nicht länger in Karenz gehen konnte. Außerdem haben seine Eltern momentan höllischen Stress mit dem Umbau des Hauses. Er muss einen günstigeren Moment abpassen.

Er hebt den Hörer ab, und schon ist Robbys aufgeregte Stimme in seinem Ohr. »Du hast doch hoffentlich niemandem ein Sterbenswörtchen verraten?«

»Nein«, sagt Willi lauter als beabsichtigt.

Die ganze Zeit über hält er den quäkenden Bernti fest an sich gepresst.

12

»Opi?«

Michael windet sich unter dem Küchenschrank. »Gleich, Maisy«, antwortet er ächzend und greift nach seiner Brille. Stöhnend kriecht er unter dem Kasten hervor. Sein verdammter Rücken macht ihm immer noch zu schaffen.

Die Sonne fällt zum Fenster herein, überzieht den Raum mit einem warmen Licht. Seine Enkelin sitzt auf dem Küchenstuhl und sieht ihn neugierig an. »Du hast einen schwarzen Fleck auf der Nase und Spinnweben im Haar. Wie ein Rauchfangkehrer«, sagt sie glucksend.

»So etwas Ähnliches bin ich auch. Der schwarze Mann. Buhh!« Auf einmal ist er wieder besserer Laune und springt auf sie zu.

Maisy macht keine Anstalten, vor ihm zu fliehen. Gleichmütig sieht sie ihn an. »Opi? Gehen wir heute in den Reptilienzoo, weil wir gestern nach dem Zahnarzt nicht mehr dort waren? Du hast es mir versprochen.«

»Ja, natürlich. Ich kann es kaum erwarten«, brummt Michael, und Maisy klatscht übermütig in die Hände.

Es wird ihm also nichts anderes übrig bleiben, als die Kleine nach dem Ballettunterricht in den Reptilienzoo zu begleiten. Versprochen ist versprochen, da hat Maisy recht.

Dann fällt ihm ein, dass der Tanzunterricht erst um fünf Uhr endet. »Maisy, das wird heute nicht mehr klappen. Bis wir dort sind, ist es zu spät. Wir können ja stattdessen zum Teich aufs Kreuzbergl spazieren.«

Sie schmollt kurz und meint dann versöhnlich: »Okay. Morgen ist dann aber der Zoo dran!«

Michael nickt, ohne genau hinzuhören. In Gedanken ist er bei seinem untreuen Sohn. Dem wird er ordentlich die Leviten lesen.

Er wirft einen Blick aus dem Fenster, hinein ins gleißende Licht. Geblendet schließt er kurz die Augen und öffnet sie wieder. Als er sich an die Helligkeit gewöhnt hat, nimmt der Gehweg draußen Konturen an. Menschen eilen vorbei, vollbeladen mit Säcken aus dem Supermarkt beim Lendkanal. Er will sich vom Fenster abwenden, als sein Blick an jemandem hängen bleibt. Der Mann schlendert gemächlich durch den Strom der Hastigen. Einen Moment lang meint Michael, in ihm den Schirmmützen-Typ zu erkennen, mit dem Maisy gestern gesprochen hat.

Es gibt ihn also doch, den schwarzen Mann, denkt er grimmig.

»Heute kommt ein neues Mädchen in meine Gruppe.«

Michael dreht den Kopf zu Maisy. Er hat kein Wort verstanden. Das liegt daran, dass er ununterbrochen an die verschwundene Schülerin denkt. Im Radio wurde darüber berichtet, auch wenn noch nichts Genaues bekannt geworden ist. Vielleicht ist das Mädchen einfach nur nach einem Streit von zu Hause davongelaufen und inzwischen längst wieder reumütig zu seinen Eltern zurückgekehrt. Trotzdem muss er verhindern, dass Maisy davon erfährt. Sie soll sich nicht fürchten. Es reicht, wenn ihm bei der Sache mulmig ist.

»Opi, hörst du mir überhaupt zu?«

»Doch«, lügt er und zwingt sich ein Lächeln ab. »Hol deine Ballettsachen. Ich spüle inzwischen das Geschirr.«

»Aber Opa«, antwortet die Kleine erstaunt, »das haben wir doch schon längst erledigt.«

»Ich weiß«, schwindelt er verlegen. »So, und nun beeil dich. Wenn du weiter so trödelst, verpasst du noch die Tanzstunde«, setzt er streng nach.

»Gehen wir nach der Spielwiese noch zu unserem Geheimplatz mit den schönen Blumen und den bunten Schmetterlingen?«, fragt Maisy, unbeirrt vom nachdrücklichen Tonfall ihres Großvaters. »Bitte, Opa, sag ja, bitte sag ja!«

»Klar, warum nicht?« Er stimmt lächelnd zu, und Maisy läuft begeistert singend in ihr Zimmer hinauf, holt die Ballettasche und den neuen rosaroten Sweater.

Michael freut sich, dass sie so gern zu ihrem geheimen Platz möchte. Sie haben diese hübsche, sonnige Lichtung auf dem

Kreuzbergl erst vor Kurzem gemeinsam entdeckt und daraufhin beschlossen, niemandem von »ihrem Ort« zu erzählen. Als er daran denkt, stellt sich nun auch bei ihm ein wenig Vorfreude ein. Er nimmt die Hausschlüssel und wartet unten an der Treppe.

Mit Maisy an der Hand spaziert er wenig später die Tarviserstraße entlang. Von einem plötzlichen Schwindel überwältigt, klammert er sich an sein Enkelkind.

»Au, Opi, du erdrückst mich ja!«

Sofort lässt er ihre Hand los. Dann beugt er sich zu ihr und nimmt Maisy das Ballettköfferchen ab.

Während des kurzen Weges in die Tschabuschniggstraße wechseln die beiden kein Wort. Michael ist viel zu konzentriert darauf, die Männer, die ihnen begegnen, unter die Lupe zu nehmen. Vor der Tanzschule warten Mütter mit ihren aufgeregt plappernden Töchtern.

Die Mutter von Maisys Freundin Anna kommt auf sie zu. »Hallo Herr Burger. Wenn Sie wollen, bringe ich Maisy nach dem Unterricht nach Hause.«

Michael lehnt freundlich ab, mit der Begründung, sie hätten nach der Tanzstunde noch etwas äußerst Wichtiges vor, und zwinkert der Kleinen verschwörerisch zu. Mit einer Umarmung verabschiedet er sich.

Als er schon ein Stück weit die Straße hinuntergegangen ist, dreht er sich um. Maisy steht mit ihrem Ballettköfferchen am Eingang zur Tanzschule, in ein Gespräch mit einem der anderen Mädchen versunken. Er wartet noch einen Moment, bis die beiden Hand in Hand in der Tanzschule verschwinden.

Zurück im Haus nimmt er sich vor, das bunte Namensschild, das Maisy gemalt hat, an der Eingangstür zu befestigen. Die Türklinke schon in der Hand, entscheidet er sich dann aber anders. Darum wird er sich später kümmern. Jetzt hat er Wichtigeres zu tun. Im Keller sollte er den Heizkessel überprüfen. Sein Sohn hat neben der vielen Arbeit dafür keine Zeit.

Schnell sucht Michael das Werkzeug zusammen. In einer Stunde muss er wieder los, um Maisy zu holen, also bleibt ihm wenig Zeit. Ein Schraubenzieher muss noch in Maisys Zimmer liegen, damit hat er gestern die Scharniere des Puppenhauses nachgezogen. Im Kinderzimmer ist die Unordnung am größten. Aufräumen kann er später, denkt er und zieht das Puppenhaus unter dem Schreibtisch hervor. Wofür braucht so ein kleines Kind solch einen riesigen Schreibtisch?

Kopfschüttelnd nimmt er den Schraubenzieher und langt nach dem Werkzeugkasten. Der steht noch bei der Wendeltreppe, fällt ihm ein, und aufseufzend trabt er zurück in den Flur. Gerade als er sich mit einer Hand im Rücken nach dem schweren Ding bückt, schrillt das Telefon.

Erschrocken fährt er hoch und schaut über das Stiegengeländer zum Telefon im Vorzimmer. Das muss Marisa sein.

Seinem Rücken hat die ruckartige Bewegung nicht gutgetan. Ein stechender Schmerz teilt ihn in zwei Hälften. Doch es hilft nichts, er muss drangehen. Michael macht einen unbeholfenen Schritt vorwärts. Er stolpert, spürt, wie er das Gleichgewicht verliert, und sucht verzweifelt nach Halt.

Die Füße geraten über den Stufen ins Schwimmen. Seine Arme rudern in der Luft, auf der Suche nach dem Geländer. Aber da ist nichts.

Michael bekommt genau mit, wie er hinunterstürzt.

Verdammt, ist sein letzter bewusster Gedanke.

Hart schlägt er mit dem Kopf auf dem Boden auf, wo er mit verdrehten Gliedern liegen bleibt.

13

Marisa ist wütend auf ihren Schwiegervater.

Sie kann nicht verstehen, warum zu Hause niemand den Hörer abhebt. Sorgen macht sie sich keine, sie weiß ihre Tochter bei Michael in guten Händen. Trotzdem will ihr nicht in den Kopf, warum anscheinend keiner das Läuten hört. Dann fällt ihr ein, dass die beiden sicher in der Tanzschule sind. Maisy hat heute Ballettunterricht.

Eine Erinnerung flackert in ihr auf, doch sie bekommt sie nicht zu fassen. »Wird wohl nicht so wichtig sein«, murmelt sie. Außerdem spürt sie immer noch die Nachwehen ihres Alkoholkonsums. Der Kopf dröhnt, und die Übelkeit macht ihr schon den ganzen Tag zu schaffen.

Sie vermisst Thomas. Gleichzeitig spürt sie, dass ihr Zorn nur darauf wartet, sich ein Ventil zu verschaffen. Seit Maisys Geburt war sie keinem vergleichbaren Sturm ihrer Gefühle ausgeliefert. Als befände sie sich in einem kleinen Boot auf wild wogenden Wellen.

Marisa massiert ihre Schläfen mit langsamen, kreisenden Bewegungen. Das eiskalte Wasser der Dusche hatte sie zuerst erschrocken die Luft anhalten lassen, dann aber nachhaltig erfrischt. Sie seufzt und steht vom Bett auf, um sich anzuziehen.

Sie ist in ihre Jeans geschlüpft, hat ihr Haar hochgebunden und knöpft gerade den letzten Knopf der weißen Bluse zu, als ihr klar wird, was sie zu tun hat. Sie steigt in ihre Ballerinas, lässt ein letztes Mal den Blick durchs Zimmer kreisen, und als sie die Tür hinter sich zuschlägt, hat sie das Gefühl, ein dickes Buch zugeklappt zu haben. Fast meint sie, den aufgewirbelten Staub in ihrer Nase zu spüren.

Schon ist sie draußen im Flur und wartet ungeduldig auf den Lift. Als die Türen vor ihr aufschwingen, sieht sie sich zwei älteren, gut gekleideten Frauen gegenüber, die in ein Gespräch vertieft sind.

Marisa lehnt sich neben ihnen an die Wand und schließt die

Augen. Möglicherweise täuscht sie sich, aber sie meint, den unverkennbaren Duft von »Angel« wahrzunehmen. Angeekelt rümpft sie ihre Nase.

Der Aufzug hält auf jedem Stockwerk. Es steigt weder jemand zu noch aus. Marisa stellt sich vor, dass auf allen Etagen ungezogene Kinder auf den Liftknopf drücken, um dann kreischend hinter der nächsten Ecke zu verschwinden, während die Worte der beiden neben ihr sie allmählich einlullen. Doch dann klingt Toms Name überlaut in ihren Ohren, dringt scharf wie ein Beil in ihr Innerstes, und sie schreckt hoch.

»Dieser Kinderarzt, Professor Burger, ist ein charismatischer Mann, findest du nicht?«

»Nun, er sieht nicht übel aus. Wir zwei sind sicher nicht die Einzigen, die seinem Charme nicht widerstehen können. Wie es scheint, hat er eine Menge weibliche Fans.«

Die andere lacht glockenhell auf. »In der Haut seiner Ehefrau möchte ich nicht stecken. Bemitleidenswertes Ding. Soll nett sein, habe ich gehört, aber ziemlich farblos.«

»Ich dachte, er ist mit dieser rothaarigen sexy Ärztin verheiratet? Die, von der er vorhin im Lift die Finger nicht lassen konnte?«

»Das ist nicht seine Frau«, erwidert die andere, »aber was nicht ist, kann ja noch werden. Wenn man den beiden so zusieht …«

Marisas Herz veranstaltet einen solchen Trommelwirbel, dass der Lärm wohl unüberhörbar ist. Sie hat den Eindruck, als hielte ihr jemand Mund und Nase zu.

Ruhig atmen, befiehlt sie sich lautlos. Als sie den ersten Schock überwunden hat, öffnet sie ihre Augen und zieht geräuschvoll den Schleim hoch, der sich in ihrer Nase gesammelt hat. Wieder wird sie mit dem verhassten Duft von »Angel« überschüttet. Schnüffelnd tastet sie nach einem Taschentuch in den engen Taschen ihrer Jeans.

Die größere der beiden Frauen wirft ihr einen empörten Blick zu.

»Er ist ein Herzensbrecher, der nichts auslässt«, sagt die andere. Sie senkt die Stimme. »Für eine Nacht ganz nett, aber sicher nicht für ein Leben lang.«

Marisa stützt sich an der Wand ab, um nicht zu fallen. Sie nimmt all ihren Mut zusammen und sagt kühl in Richtung der beiden: »Das finde ich auch. Übrigens, ich bin die Ehefrau. Dank Ihrer aufklärenden Worte allerdings nicht mehr lange.«

Bevor eine der beiden etwas erwidern kann, öffnet sich die Lifttüre, und sie stürzt an den Frauen vorbei hinaus in die Empfangshalle. Die Absätze ihrer Ballerinas klackern über den Marmorfußboden.

Jetzt weiß sie auch wieder, woran sie sich zuvor nicht erinnern konnte: Sie hat vergessen, Kathi für heute Abend abzusagen. Einmal in der Woche kommt die Schülerin zu ihnen, damit sie ihren Französischkurs besuchen kann.

Doch das ist jetzt ihre geringste Sorge.

Das wird Michael regeln müssen.

14

Maisy gähnt.

Es ist so unendlich langweilig, auf Opa zu warten. Dabei hat sie sich in der Umkleidekabine schon Zeit gelassen. Sie wollte nach Opi beim Tor sein und in seine Arme hineinspringen.

Das neue Mädchen heißt Hemma und hat ihr gleich gefallen. Hemma hat das gleiche rosa Sweatshirt wie sie angehabt, und beide haben sie das ganz toll gefunden. Die anderen haben sie neidisch angesehen. Maisy ist stolz, dass Hemma sie vor allen anderen als neue Freundin ausgewählt hat. Nach dem Unterricht hat Hemma sich schnell angezogen und ist hinaus zu ihrem Kindermädchen gelaufen. Vorher hat sie ihr noch einen goldenen Sticker geschenkt, den Maisy sofort auf ihren Ballettkoffer geklebt hat.

Inzwischen steht sie allein vor der Tanzschule, die anderen Mädchen sind bereits abgeholt worden. Nur ihre Ballettlehrerin ist noch in der Schule. Aber zu ihr will Maisy nicht wieder reingehen, denn Brigitte ist streng. Da bleibt sie lieber hier unter dem Kastanienbaum und wartet.

Da vorne kommt Opi ja, denkt Maisy erfreut und drückt den Ballettkoffer fester an sich. Sie will auf ihren Großvater zulaufen. Doch als sie erneut hinsieht, bemerkt sie, dass es gar nicht ihr Opa ist. Ein fremder Mann schaut komisch zu ihr herüber. Schnell dreht sie sich weg, obwohl sie das Gefühl hat, dem Mann schon mal irgendwo begegnet zu sein. Maisy sieht verstohlen hoch, und in diesem Moment kreuzen sich ihre Blicke.

»Was machst denn du da, so ganz allein?« Der Mann ist vor ihr stehen geblieben. Unter seiner Schirmmütze schaut er sie neugierig an.

»Mein Opa holt mich ab, er ist gleich da«, antwortet sie und macht einen Schritt zurück zum schützenden Eingang der Ballettschule. Als sie sieht, dass der Mann prüfend den Gehweg entlangschaut, fügt sie schnell hinzu: »Da drin ist meine Tanzlehrerin Brigitte.« Sie macht eine Kopfbewegung zum großen Fenster hin.

Der Mann hat Brigitte hinter der Scheibe bemerkt, denn er sagt: »Gut, wenn das so ist, besteht ja kein Grund zur Sorge. Ich werde später noch mal vorbeikommen. Wenn du dann noch immer allein dastehst, nehme ich dich mit. Irgendjemand muss ja ein Auge auf dich haben.«

Vielleicht ist er ein Polizist?, denkt Maisy. Trotzdem glaubt sie, dass er sie nicht so einfach mitnehmen darf. Ihre Eltern würden das nicht erlauben. Da ist sie sich ganz sicher. Sie schaut zu Boden und mustert ihre Schuhe. Ein grünes Blatt klebt an der Spitze des einen, und sie versucht, es wegzubringen, indem sie es zwischen dem anderen Fuß und dem Boden einklemmt und zur Seite hüpft. Ihre Bemühung ist erfolglos, das Blatt haftet fest an ihrem Schuh. Sie wird dem Mann sagen, dass sie nicht mitkommen will. Maisy nimmt all ihren Mut zusammen und sieht hoch. Doch der Mann ist weg. Erleichtert bückt sie sich und reißt das Blatt mit der Hand von ihrem Schuh.

Hoch oben im Baum zwitschern die Vögel miteinander um die Wette, und Maisy trippelt ungeduldig von einem Fuß auf den anderen. Das Warten dauert schon viel zu lange. Eine lästige dicke Fliege brummt um ihre Nase.

Vielleicht hätte sie sich doch von Theresas Mama mitnehmen lassen sollen? Aber das war nicht so ausgemacht. Opa und sie wollten doch zum Geheimplatz. Wo bleibt er bloß? Was, wenn ihr Opa sie vergessen hat? Er verlegt doch ständig etwas und ist so kopflos.

Na ja, überlegt Maisy, blöd wäre es schon, wenn der fremde Mann wieder vorbeikommt und sie, weil sie immer noch allein dasteht, einfach mitnimmt. Außerdem hat Opi verboten, dass sie mit Fremden redet. Wahrscheinlich sollte sie besser doch bei Brigitte im Ballettraum warten.

Sie ist bereits auf dem Weg zur Tür, als ihr ein toller Gedanke kommt. Wenn Opa endlich da ist, marschieren sie sicher geradewegs aufs Kreuzbergl zur Spielwiese. Wahrscheinlich lässt er sie dort ein paarmal schaukeln und auf der Kletterstange Purzelbäume schlagen. Vielleicht darf sie auch Steine in den

Teich werfen, aber dann wird er streng zu ihr sagen: »Ab nach Hause. Es ist schon fast dunkel.« Mit ihrem geheimen Platz wird es also nichts. Außer wenn sie schnell allein dorthin läuft.

Aufgeregt hüpft sie von einem Fuß auf den anderen. Das Kreuzbergl liegt nicht weit hinter der Tanzschule, also ist sie gleich wieder zurück. Und den geheimen Platz wird sie sicher schnell wiederfinden. Es ist so langweilig, hier draußen allein zu warten. Maisy presst kurz entschlossen den Ballettkoffer an sich und rennt den Gehweg in Richtung Beethovenstraße entlang. Einmal dreht sie sich um und meint, den Mann von vorhin ein Stück weit hinter sich zu erkennen. Damit er sie nicht einholen kann, läuft sie jetzt noch eine Spur schneller und springt dann auch schon die Stufen der morschen Holzstiege hinauf, die direkt vom Gehweg aufs Kreuzbergl führt.

Oben angekommen, zögert sie und wägt ab. Dann glaubt sie, sich erinnern zu können. Sie wendet sich nach Westen und läuft zu dem schmalen, gewundenen Pfad, von dem sie glaubt, dass er zu ihrem geheimen Ort führt. Ganz sicher ist sie sich aber nicht. Maisy nimmt den harzigen Geruch der Bäume in sich auf. Er erinnert sie an den süßen Hustensaft, den sie im Winter nehmen musste. Es riecht nach Pilzen und Blumen, und über ihr singen die Vögel. Die Schmetterlinge torkeln an ihr vorbei, und das Summen der Bienen klingt in ihren Ohren.

»Opa«, flüstert sie. Aber ihr Großvater ist nicht da. Kurz wird sie vom schlechten Gewissen überwältigt. Sie weiß ganz genau, dass sie nicht allein in den Wald darf. Aber jetzt ist sie schon hier.

Sie muss sich beeilen. Noch einmal dreht sie sich um, aber da ist niemand außer ihr. Sie wendet sich nach rechts und marschiert zwischen einigen hohen Bäumen hindurch.

Auf einmal ist da eine große Wiese. Die kleine Lichtung muss ganz in der Nähe sein. Gleich wird sie ihren geheimen Platz wiederfinden, ganz allein, ohne Hilfe von einem Erwachsenen!

Sie hört ein Rascheln und bekommt es mit der Angst zu tun. Hastig dreht sie sich um, schaut in alle Richtungen, aber da ist niemand. Sie muss zurück. Opi wartet jetzt sicher schon vor der Tanzschule. Was, wenn sie wie Hänsel und Gretel nicht mehr aus dem Wald herausfindet?

Was eben noch freundlich und hell war, erscheint ihr auf einmal bedrohlich. Es ist dunkel hier im Wald. Sie schaut hoch zum Himmel, kann aber wegen der vielen Bäume die Sonne nicht erkennen. Die grünen Wipfel schwanken im Wind. Angstschauer kriechen über ihre Arme. Sie zieht die Ärmel des Sweatshirts so weit hinunter, dass nur noch ihre Fingerspitzen herausschauen. Der Ballettkoffer hängt über ihrer Schulter und knallt bei jedem Schritt gegen ihre Rippen.

Wieder ist da so ein komisches Geräusch. Angstvoll dreht sie sich um. Nichts!

Nun läuft sie schnell. Die Luft wird knapp, und ihr Atem geht stoßweise. Das Sweatshirt klebt schweißnass an ihrem Rücken.

Ohne Vorwarnung breitet sich die große Wiese wieder vor ihr aus, diesmal von der anderen Seite. Sie ist auf der Suche nach dem Geheimplatz im Kreis gelaufen. Das hier ist weder die Schmetterlingswiese noch die Spielwiese, von der aus Opa und sie immer losgegangen sind. Ihr Herz klopft so laut, dass sie es hören kann.

Wenn sie den Weg zurück finden will, muss sie die Lichtung überqueren, die ihr auf einmal unendlich groß vorkommt.

In den Bäumen und Sträuchern raschelt es. Dunkle Schatten springen zwischen den Stämmen hindurch auf die Wiese.

Einer ist riesig und hinter ihr her.

Mit einem großen Satz hüpft Maisy ins Gras und läuft, so schnell sie kann, davon.

15

Süße Ballettratte, denkt Peter Grohar und schlendert mit einem sanften Lächeln den Gehweg zu seiner Wohnung entlang.

»Da ist er ja endlich«, sagt jemand ganz in der Nähe der Eingangstür und ruft: »Grohar, wir warten schon eine Ewigkeit!«

Jäh aus seinen Träumen gerissen, blickt er in zwei Augenpaare, die ihn anstarren. Das eine gehört zu seinem Bewährungshelfer. Das andere, hinter den Brillengläsern, hat er auch schon einmal gesehen, kann sich jedoch nicht sofort erinnern, wo.

Bevor er weiter in seinem Gedächtnis kramen kann, liegt Viktor Arnolds Hand schwer auf seiner Schulter. »Mann, was machen Sie für Sachen?«

»Ich verstehe nicht …«, versucht Peter, der sehr wohl versteht, sich herauszuwinden. Schon wieder reiten sie auf den blöden Bewährungsauflagen herum, nur weil er einmal im Park war. Wie ihn das nervt. Die Bullen sollten sich um Wichtigeres kümmern.

»So, mein Freund, Schluss mit lustig«, herrscht ihn der andere Mann an, in dem Peter mit Schrecken den Polizisten erkennt, der ihn damals wegen Ljubica festgenommen und verhört hatte. Er ist älter geworden und hat inzwischen eine Glatze, aber es ist derselbe Mann. Was will der hier?

»Seit wann sind wir Freunde?«, fragt Peter leichthin und versucht, den Klammergriff seines Bewährungshelfers abzuschütteln.

»Sparen Sie sich Ihre Sprüche. Sie begleiten uns jetzt auf die Polizeistation, und dort klären wir die Geschichte auf.«

Verärgert über den Ton, reißt Peter seine Schulter unter der lästigen Hand weg. »Welche Geschichte?«

Keiner der beiden antwortet ihm, sie starren ihm nur herausfordernd ins Gesicht.

»Ohne Grund dürfen Sie mich nicht mitnehmen«, stellt Peter grimmig fest und wirft Arnold einen Blick zu, der um Zustimmung fleht.

»Da gebe ich Ihnen recht«, antwortet der. »Aber wie es

scheint, haben Sie selbst den Grund geliefert. Und das nicht nur einmal. Zuerst waren Sie, obwohl Ihnen klar war, dass es verboten ist, auf dem Kinderspielplatz und haben sich in eine sehr bedenkliche Situation gebracht.«

Zu Peter Grohars Missfallen ballt sein Bewährungshelfer, während er redet, die Hände zu Fäusten. Instinktiv macht er einen Schritt zurück.

»Und dann sind Sie gestern Abend nicht in Ihre Wohnung gegangen, sondern marschierten schnurstracks an Ihrer Eingangstür vorbei.«

»Wohin wollten Sie da? Ich nehme an, die Lust auf einen Verdauungsspaziergang wird es nicht gewesen sein, die Sie die Straße hinunter in Richtung Kreuzbergl getrieben hat.« Der Polizist hat ihm die Sätze förmlich ins Gesicht gespuckt. Die Augen hinter den Brillengläsern funkeln dunkel, und seine Glatze glänzt. Ein Schwall Eau de Toilette weht zu Peter, der angewidert die Luft anhält.

»Kreuzbergl?« Er kratzt sich nachdenklich am Hinterkopf und versucht, an das zu denken, was er gestern Abend nach der Rückkehr von der Polizeidienststelle gemacht hat.

Verschwommen tauchen Erinnerungen in ihm auf wie undeutlich hingekritzelte Zeichnungen. An manchen Stellen schimmert das raue Papier durch, als hätte ein Radiergummi das Grau des Bleistifts verschwinden lassen. Je mehr er sich darauf konzentriert, desto verschwommener wird alles, bis die Bilder in einem See hellroten Wassers zerfließen.

»Blut«, platzt es aus ihm heraus, und er beißt sich so heftig auf die Unterlippe, dass er welches schmeckt.

Er nimmt den raschen Blick wahr, den der Polizist und sein Bewährungshelfer austauschen. Als wüssten sie genau, was nicht einmal er weiß.

Der Polizist erscheint ihm auf einmal groß wie ein Riese, und Peter fühlt sich schrumpfen. Verzagt flüstert er: »Was liegt gegen mich vor, wessen werde ich diesmal beschuldigt?«

»Das fragen Sie noch? Wo ist das Mädchen, das Sie gestern auf dem Kreuzbergl getroffen haben und das seither wie vom Erdboden verschluckt ist?«

»Davon … weiß ich nichts«, stammelt Peter. Die Unsicherheit, die seine Stimme kippen lässt, ist verräterisch. Das spürt auch er.

»Nun, Sie werden uns schon noch erzählen, was letzte Nacht passiert ist. Das garantiere ich Ihnen.«

Kurz überlegt Peter, ob der Polizist ihm jetzt wohl den Arm verdrehen und an den Rücken pressen wird, um ihn in den Dienstwagen zu bugsieren, der gleich neben ihnen an der Straße steht. Rasch bückt er sich, um die Bewegung abzuwehren. Da spürt er Hände auf seinen Schultern, aber es sind nicht die des Polizisten, sondern Arnolds Finger, die sich in den Stoff seiner Jacke graben.

»Grohar«, beginnt sein Bewährungshelfer eindringlich und bläst ihm dabei seinen Pfefferminzatem ins Gesicht, »wenn Sie etwas wissen, so reden Sie, zum Teufel. Es geht um das Leben eines jungen Mädchens. Merken Sie denn nicht, dass sich die Schlinge immer enger um Ihren Hals zieht? Bald sind Sie wieder dort, wo Sie hergekommen sind. Machen Sie es uns allen doch nicht so verflucht schwer.«

Peter hört die Sätze wie durch Watte gedämpft an sein Ohr dringen. Wieder fühlt er sich an seine Kindheit am See erinnert, spürt überall am Körper das kühle Wasser prickeln, als er unter der Luftmatratze durchtaucht. Prustend und nach Luft schnappend schießt er in die Höhe.

Im ersten Moment kann er nichts hören, alles um ihn ist dumpf. Er beginnt heftig zu zittern, obwohl die Sonne in den Tröpfchen auf seinen Armen glitzert. Da ist so ein Druck hinter seiner Stirn. Er wackelt heftig mit seinem Kopf und spürt, wie sich die Spannung löst und das Seewasser aus seinen Ohren fließt.

Erleichtert atmet er aus. Da erst bemerkt er, dass er die Luft angehalten hat.

Der zitternde Bub in der gelben Badehose kehrt zurück in die Realität des späten Nachmittags und sieht sich als Mann vor einem grimmig blickenden Polizisten stehen.

»Ich bin der Hüter der Hilflosen«, erklärt er leise und fragt sich, ob das Verhör im Dienstzimmer des Polizisten stattfinden wird oder in einem dieser dürftig eingerichteten Kämmerchen, die den härteren Befragungen vorbehalten sind.

»Hüter der Hilflosen«, spricht der Polizist ihm nach, aber er zieht dabei die Augenbrauen verächtlich in die Höhe und trommelt ungeduldig auf das gewölbte Glas seiner Armbanduhr.

16

Kathi stützt die Ellbogen auf den Schreibtisch und legt ihren Kopf auf den Handflächen ab. Sie starrt aus dem Fenster, hin zu einem unsichtbaren Punkt in weiter Ferne.

»Julia, Julchen, Juli, wo bist du?«, flüstert sie.

Unwillig löst sie ihren Blick von dem flirrenden Nichts da draußen, legt ihre Hände auf das aufgeklappte Mathematikbuch und seufzt. Sie kann sich nicht konzentrieren, immer wieder taucht Julias Gesicht in den Bruchzahlen auf. Ihr Körper wird durch den Bruchstrich in zwei Hälften getrennt: oben der Kopf, unten die Beine, dazwischen ein schwarzer Balken. Kathi wischt über ihre Augen, um den Spuk zu vertreiben. Aber sosehr sie sich auch bemüht, statt der Ziffern sieht sie immer wieder in Julias Augen. Die Lippen ihrer besten Freundin bewegen sich, scheinen ihr etwas mitteilen zu wollen.

Obwohl sie weiß, dass es sich um ein Trugbild handelt, schreit sie Julia jetzt an: »Sag doch endlich, wo du bist! Was ist los mit dir? Warum jagst du uns solche Angst ein? Das ist längst kein Spaß mehr, Julia Krakolinig. Hast du mich verstanden?« Sie klatscht mit der flachen Hand auf die karierte Heftseite und bricht in Tränen aus.

Julias Gesicht ist auf einmal spurlos verschwunden, und die schwarzen Zahlen grinsen sie höhnisch aus dem Heft heraus an.

Ein beunruhigender Gedanke drängt sich in Kathis Bewusstsein. Was, wenn sie statt Julia oder mit ihr zur Spielwiese gegangen wäre?

Sie schnappt nach Luft. Auf einmal ist sie heilfroh, sich in ihrem kleinen Zimmer über die blöde Bruchrechnung ärgern zu dürfen.

Kathi fühlt sich schuldig. Sie hätte das verhindern können. Es wäre ein Leichtes für sie gewesen, Julia zu überreden, mit ihnen gemeinsam zu Mittag zu essen. Trotz Gerald. Vielleicht hätte sie ihr danach von ihrem Plan, zu dem Treffpunkt im Wald zu gehen, erzählt. Oder ihn gar nicht erst ausgeführt.

Ganz in ihre Gedanken vertieft, hat Kathi mit ihrem Kugelschreiber die ganze Zeit über kleine Bildchen auf das Übungsblatt neben dem Heft gezeichnet. Verwundert erkennt sie, was sie da hingemalt hat.

Große und kleine Herzchen.

»Kathi und Robby« steht da, mehrmals überschrieben, in ineinander verschlungenen Buchstaben. Sofort zerknüllt sie das Blatt und schleudert es in den Papierkorb. Wie kann sie nur so grausam sein, jetzt, nach Julias Verschwinden, auch nur eine Sekunde lang an Robby zu denken und sich vorzustellen, wie er sie küsst?

Sie erschrickt, als sie hinter sich die Stimme ihrer Mutter hört. »Kathi, was machst du noch hier, hast du die Zeit übersehen?«

Kathi springt erschrocken auf. Es ist Dienstag. Marisa ist heute bei ihrem Französischkurs. Der schrecklichen Ereignisse wegen hat sie glatt ihren Babysittertag vergessen. Sie muss um drei viertel sechs bei den Burgers sein.

Bräuchte sie das Geld nicht so dringend, würde sie bei Marisa anrufen und für heute absagen. Aber Kathi spart auf ein neues Notebook und braucht jeden Euro. Zudem gefällt es ihr, bei den Burgers rumzulümmeln. Das Haus ist schön, groß und neu. Sie haben einen riesigen Flatscreen, und ihr Kühlschrank ist bis zum Rand gefüllt. Marisa hat außerdem immer Schokolade, Kekse oder sonst etwas Gutes für sie vorrätig. Das liegt nicht nur daran, dass sie Kathi mag, sondern hat wohl auch damit zu tun, dass sie dankbar ist, ein wenig von daheim wegzukommen. Muss ja auch eintönig sein, die ganze Zeit mit einem kleinen Kind allein zu Hause.

Das einzig Unangenehme ist die Rückfahrt mit dem Rad durch die Dunkelheit.

Während Kathi sich rasch eine Kapuzenjacke überzieht und das Mathebuch in ihrer Tasche verstaut, sieht sie Maisys leuchtende Augen vor sich. Sie freut sich auf die Kleine, hat Lust, mit ihr zu spielen und gemeinsam Chips mampfend vor der Glotze zu hängen, um ihr dann ein Prinzessinnenmärchen zum Einschlafen vorzulesen. Das wird mich sicher auf andere Gedanken bringen, überlegt sie.

»Vielleicht sollte ich dort anrufen?«

»Wo?«

»Bei den Burgers natürlich!« Mama schaut sie überrascht an. »Wo bist du bloß mit deinen Gedanken, Kleine? Wohl ist mir nicht bei der Vorstellung, dass du heute Abend ganz allein unterwegs bist.«

»Ach, lass nur. Bei den Burgers erreichst du um diese Zeit ohnehin niemanden. Maisy sitzt in der Badewanne, ihr Papa arbeitet, und Marisa macht sich gerade fertig.«

Kathi fühlt sich trotz ihrer abwehrenden Worte unsicher und irgendwie verloren. Ein bisschen fürchtet sie sich, heute mit Maisy allein in dem großen Haus zu bleiben. Aber sie wird sich hüten, das ihrer Mama anzuvertrauen.

»Aber du rufst mich an, sobald du dort angekommen bist. Verstanden?«

»Ja, ja«, murrt Kathi, »ist ja keine Weltreise.« Insgeheim ist sie jedoch erleichtert über den Zirkus, den ihre Mutter veranstaltet. Es gibt ihr ein Gefühl der Sicherheit.

Sie will gerade die Haustür hinter sich zuziehen, als Mamas Stimme sie zurückhält: »Warte einen Moment! Ich begleite dich und hole dich dann wieder ab. Keine Widerrede.«

Dankbar fährt sie neben ihrer Mutter her. Es ist frisch, wie immer, wenn die Sonne langsam dem Horizont entgegensinkt und hinter den Abendwolken verschwindet. Der Himmel hat jetzt einen rosa Schimmer.

Wo Julia wohl ist? Ob sie das sehen kann?

Anders als sonst ist die Außenbeleuchtung bei den Burgers noch nicht eingeschaltet.

»Ich fahre erst los, wenn du drinnen bist. Wenn Maisys Mutter vom Kurs zurück ist, rufst du an und wartest im Haus, bis ich da bin.«

Kathi nickt und winkt ihrer Mama zu. Auf einmal ist ihr ganz leicht ums Herz. Sie drückt auf die Klingel und sieht im selben Moment, dass die Tür bereits offen ist. »Bis später, Mama!«, ruft sie und schlüpft durch den Türspalt ins Haus.

Im Vorraum ist es schummrig. Nur ein schmaler Streifen Licht fällt durch das kleine Fenster neben der Tür. Etwas ist anders als sonst. Normalerweise sind da Stimmen, der Fernsehapparat läuft, Marisas Stöckelschuhgetrappel ertönt aus dem ersten Stock, man hört Wasserplanschen aus dem Badezimmer. Kathi knipst das Flurlicht an. Eine Kinderzeichnung liegt vor ihr auf dem Boden, daneben ein weißer Bilderrahmen mit zerbrochenem Glas. Irritiert hebt sie die Zeichnung auf und sieht, dass Maisy ein Namensschild gemalt hat. Jedem Familienmitglied ist ein bunter Schmetterling zugeordnet. Lächelnd macht sie einen Schritt ins Wohnzimmer.

Entsetzt prallt sie zurück. Vor ihr, am Fuß der Wendeltreppe, liegt ein Mann in einer Blutlache.

Instinktiv fährt Kathis Hand zum Mund. Sie schreit, dreht sich um, reißt die Eingangstür auf und läuft aus dem Haus. »Mama, Mami!«, ruft sie in die letzten Sonnenstrahlen.

Aber da ist niemand. Verzweifelt sucht sie die Straße ab. Kein Auto, kein Rad, kein Mensch. Niemand ist zu sehen. Sie ist ganz allein.

Was soll sie jetzt bloß tun?

Sie rennt zurück ins Haus und reißt das tragbare Telefon aus der Aufladestation. Dann läuft sie zu dem alten Mann, der mit geschlossenen Augen reglos in der Blutlache liegt, und beugt sich über ihn. Jetzt erkennt sie ihn, es ist Herr Burger, Maisys Opa. Während sie angespannt lauscht, ob er noch atmet, tippt sie die Nummer des Notrufs ein.

Als das Freizeichen ertönt, nimmt sie all ihren Mut zusammen und tastet am kalten Handgelenk des Mannes nach seinem Puls.

17

Voller Furcht dreht Maisy sich mitten im Laufen um. Wo ist der lange Schatten, der vorhin hinter ihr her war? Schatten sieht sie keine, und auch sonst ist da niemand, aber die Bäume scheinen in die Höhe gewachsen zu sein. Es ist kein Stückchen Himmel mehr zu sehen. Schwer atmend bleibt sie stehen und beginnt zu weinen. Sie hat längst keine Ahnung mehr, wo sie sich in diesem Wald befindet. Dabei erschien es ihr so einfach, jederzeit den geheimen Ort zu finden. Mit Opi ist sie zwar auch ein Stück die Wege entlanggelaufen und hat Lichtungen überquert, aber so weit wie heute ist ihr die Strecke noch nie vorgekommen.

Hinter ihr raschelt und knackt es. Maisys Herz macht einen Sprung. Ein Hase schießt aus dem Gebüsch hervor und verschwindet sofort wieder im Wald. Was ihr sonst große Freude bereitet hätte, versetzt sie nun nur noch mehr in Angst. Ist auch er auf der Flucht? So wie sie? Jagt der Schatten auch ihn?

Der Waldboden ist uneben und übersät mit Tannennadeln. Manche Wurzeln sind so knollig, dass ihre Fußspitzen sich darin verfangen und sie zu stolpern droht. Immer wieder fängt sie sich und läuft weiter. Hier kommt ihr der Wald noch fremder vor als vorhin, daher wendet sie noch einmal und läuft in die andere Richtung. Wenn sie sich von hier entfernt, findet sie vielleicht die Spielwiese, und von dort weiß sie, wie sie zur Tanzschule kommt. Bei Brigitte wird sie warten. Sie kann nicht mehr verstehen, warum sie so einen Spundus vor ihrer Ballettlehrerin hatte. Im Vergleich zu dem hier ist die strenge Brigitte harmlos.

Irgendetwas fliegt ihr ins Gesicht, und Maisy schreit auf. Es ist so dunkel unter den Nadelbäumen, dass sie nicht erkennen kann, was es war. Auch hier war sie noch nie. Mit einem Mal wird zur Gewissheit, was sie die längste Zeit vor sich zu verbergen versuchte: Sie hat sich verirrt, ist irgendwo mittendrin im Kreuzberglwald. Und mit ihr eine Unzahl von Tieren. Da! Da vorne ist ein heller Schein. Aufgeregt läuft sie darauf zu. Eine Wiese breitet sich vor ihr aus. Doch hinter sich nimmt sie abermals Geräusche wahr. Es ist, als würde sie jemand rufen. Ein Zauberer? Die Hexe aus dem Märchen?

Maisy weint laut auf und läuft, so schnell sie kann, davon vor den Geräuschen und Schattengestalten, die sie verfolgen. Schweiß strömt über ihr heißes Gesicht, die Luft wird knapp. Aber sie muss raus aus dem Wald.

Plötzlich stolpert sie über einen Ast. Sie will sich festhalten, aber da ist nichts.

Maisy stürzt.

Sie fällt kopfüber in ein tiefes Loch.

Unten schlägt sie auf und verliert das Bewusstsein.

18

Waltraud hat ein mulmiges Gefühl. Um ihre Nervosität zu überspielen, singt sie laut vor sich hin. Die Straße ist menschenleer, niemand kann sie hören.

Sie hätte Kathi nicht allein in das dunkle Haus gehen lassen dürfen. Sollte sie nicht besser umdrehen, um sich zu vergewissern, dass alles in Ordnung ist? Kurz zögert sie und will schon auf der Straße wenden, als sie ruckartig stehen bleibt und das Fahrrad zwischen ihre Beine klemmt.

Es ist ein Abend wie jeder andere auch, ermahnt sie sich. Unzählige Male ist ihre Kleine schon mit dem Rad zu den Burgers gefahren und wohlbehalten zurückgekehrt. Sie muss sich keine Sorgen machen.

Einigermaßen beruhigt steigt sie wieder auf und fährt weiter. Gerald wartet sicher schon ungeduldig auf sein Abendessen. Sie wird aus den Resten des Huhns einen Salat richten. Mit Mayonnaise und Sellerie, so wie er es mag.

Wieder sieht sie die Frau auf dem Boden ihres Schlafzimmers kauern. Sie kommt ihr seltsam vertraut vor. Doch je genauer sie hinsieht, desto unklarer wird das Bild. Waltraud beginnt wieder zu singen. Ein großer Lastwagen überholt sie laut hupend, und einen Moment lang befürchtet sie, von seinem Sog mitgerissen zu werden. Erschrocken umklammert sie das Lenkrad.

Als sie an der Apotheke vorbeifährt, fallen ihr die Tabletten ein. »Komische Farben haben die«, summt Waltraud in den Fahrtwind. Sie hört erst mit dem Singen auf, als sie um die Ecke des ersten großen Häuserblocks ihrer Siedlung biegt. Wie eine Klammer umfängt sie die Angst vor dem Abend mit Gerald.

Sie hasst es, ihm sprachlos gegenüberzusitzen, jeder an einem Ende des Küchentisches. Sosehr sie sich bemüht, es kommt kein Satz aus ihrem Mund. Keine Geschichte, mit der sie ihn unterhalten könnte, fällt ihr mehr ein.

In ihr ist nur noch Leere.

Ein Feld verdorrter Sonnenblumen. Die langen Stiele sind

geknickt, das Sommergelb hat sich in ein bedrohliches Schwarz verwandelt.

Wahrscheinlich, so überlegt sie, kommen diese Gedanken vom Schlafmangel. Waltraud gähnt mit weit aufgerissenem Mund. Ihre Kiefer knacken. Sie ist so unendlich müde. Die Straße verschwimmt vor ihren Augen. Aufpassen, ermahnt sie sich, sonst fällst du noch vom Rad.

Heute Abend wird sie zwei, drei zerstoßene Tabletten in Geralds Hühnersalat geben, damit sie einmal eine Nacht Ruhe vor ihm hat.

19

»Mami!«

Kathi presst erleichtert ihr heißes Gesicht an den Hals ihrer Mutter.

Wie gut das tut! Ein wohliges Gefühl der Geborgenheit drängt die Angst der letzten Stunde in den Hintergrund.

»Ich bin so froh, dass du gleich gekommen bist.«

»Als du angerufen hast, war ich gerade mit Geralds Abendessen fertig. Ich habe für dich auch eine Portion im Kühlschrank. In der roten Schale. Zitronenhühnchen mit Mayonnaise. Und nimm auf gar keinen Fall den Salat aus der Glasschüssel, der ist für Gerald, hörst du?«

Kathis Magen scheint sich umdrehen zu wollen, aber sie unterdrückt den Brechreiz. »Ich bin nicht hungrig«, quetscht sie zwischen zusammengebissenen Zähnen hervor.

Waltraud reagiert nicht darauf, sondern schaut betreten zu Boden, als würde sie sich schämen. »So sehr habe ich mich noch nie beeilt. Was ist denn genau passiert?«

Kathis Magen zieht sich schmerzhaft zusammen. »Mami, es war so grauenhaft. Ich dachte zuerst, dass Maisys Opa tot wäre. Ich hatte solche Angst.«

»Arme Kleine.« Ihre Mutter wischt mit der Fingerkuppe sanft die Tränen aus Kathis Gesicht. »Wo ist eigentlich Maisy?«

Kathi starrt verwirrt in die abendliche Dämmerung vor dem Fenster. »Die ist sicher bei Marisa.«

»Hast du Marisa schon angerufen?«

»Natürlich. Aber es ging nur die Mailbox ran. Und die Handynummer von Dr. Burger kenne ich nicht.« Sie macht eine kurze Pause. »Ich glaube, Marisa hat mir letztes Mal etwas von einem Kongress erzählt, an dem ihr Mann teilnimmt. Vielleicht sind die beiden mitgefahren.«

»Trotzdem«, ihre Mutter hält kurz inne und wirft ihr einen besorgten Blick zu, »wir sollten das Haus gründlich nach der Kleinen absuchen. Vielleicht versteckt sie sich ja irgendwo?

Wenn sie bei ihrem Großvater war, als er die Treppe hinunterstürzte, hat sie jetzt sicher große Angst.«

Daran hat sie noch gar nicht gedacht. Mit einem mulmigen Gefühl marschiert Kathi gemeinsam mit ihrer Mutter von Zimmer zu Zimmer und schaut in alle Schränke, unter jedes Bett. Sogar in den Keller gehen sie. Von Maisy keine Spur.

Nicht dass Kathi das erwartet hätte.

»Hast du die Sanitäter gefragt, wohin sie Maisys Großvater bringen?«

»Gefragt habe ich nicht«, antwortet Kathi schuldbewusst, »aber ich habe gehört, wie sie mit der Notaufnahme im Klinikum telefoniert haben.«

»Kluges Mädchen.«

Als sie gemeinsam nach Hause radeln, macht sich trotz allem eine frohe Stimmung in Kathi breit. Als ihr Vater noch lebte, waren sie im Sommer oft in den Bergen unterwegs gewesen. Von ihm hat sie gelernt, was in einer Notsituation als Erstes getan werden muss. Abends kehrten sie erschöpft von ihren Ausflügen zurück, müde und durstig, aber glücklich. Auch Papa würde sagen, dass sie richtig gehandelt hat. Trotzdem bleibt da diese bohrende Angst, die ihre Stimmung trübt.

Drei

1

Marisa atmet tief durch.

Sie legt ihre Wange an die Fensterscheibe des Taxis und schließt die Augen. Noch immer kann sie nicht glauben, was sie getan hat.

Es ist schon Stunden her, aber den irritierten Blick der Empfangsdame hat sie weiterhin vor Augen. Atemlos, die eigene schrille Stimme kaum wiedererkennend, ließ sie sich zuerst auf den nächsten Zug nach Hause buchen und sich dann ein Taxi nach Udine rufen. Zulasten von Thomas' Konto, versteht sich. Mit wenigen Münzen in der Tasche ihrer Bluejeans, ohne Gepäck und Handy hatte sie zwei Stunden später, überwältigt vom eigenen Mut, aus dem Zugfenster in das weiße Wolkenmeer über sich gestarrt und war langsam wieder zu Sinnen gekommen.

Sie wird Tom verlassen. Nein, sie hat ihn bereits verlassen. Hals über Kopf ist sie davongelaufen. Es war keine Vernunftentscheidung, ihr Bauchgefühl hatte den Ausschlag gegeben. Sie kann sich gar nicht erinnern, wann das zuvor das letzte Mal der Fall war.

Früher war sie sich ihrer selbst sicher gewesen, hatte ihren Gefühlen vertraut. Dahin will sie wieder zurückfinden. So etwas wie im Hotellift darf ihr nie mehr widerfahren.

Das Taxi biegt um eine Kurve, und Marisa öffnet die Augen. Schläfrig schaut sie in das schwindende Licht des frühen Abends, der sich weich über Klagenfurt legt. In wenigen Minuten wird sie Maisy in ihre Arme schließen, sie ganz fest an sich drücken. Wenn sie die Kleine zu Bett gebracht hat, wird sie mit Michael reden. Sie hofft auf das Verständnis ihres Schwiegervaters.

»Warten Sie bitte, ich hole meine Brieftasche«, sagt sie, als das Taxi vor ihrem Haus hält, und steigt aus.

Eigenartig, denkt Marisa, nirgends Licht. Ist die Außenbeleuchtung denn kaputt?

Vor der Tür stellt sie fest, dass sie auch keinen Schlüssel

dabeihat. Sie drückt auf die Glocke und hört es im Haus läuten. Aber keine aufgeregten Schritte nähern sich der Tür. Außer ihrem Klingeln ist nichts zu hören. Sie schüttelt den Kopf und holt den Reserveschlüssel aus dem Vogelhäuschen neben der Garagenauffahrt. Sie öffnet die Tür und betritt verunsichert das Haus.

Intuitiv hat sie das Gefühl, allein hier zu sein.

»Maisy, Michael … hört ihr mich? Ist denn keiner zu Hause?«, ruft sie und knipst das Licht an.

Im ersten Moment findet sie den warmen Lichtschein beruhigend. Dann entdeckt sie auf dem Boden vor der Stiege Reste von Verpackungsmaterial und eine rote Pfütze. Wie betäubt starrt sie darauf.

»Blut«, stöhnt sie. Vor Angst beginnt sie zu würgen. Bilder schrecklicher Szenen kommen ihr in den Sinn: Maisy, die blutüberströmt auf dem Boden liegt. Michael, der die Treppe herunterfällt und sich das Genick bricht.

Ohne nachzudenken, läuft sie hinauf in Maisys Zimmer. Obwohl alles aussieht wie immer, bis hin zu den unzähligen Kuscheltieren auf dem Bett, wirkt der Raum fremd. Maisy fehlt.

Langsam beruhigt sich ihr Atem, und sie beginnt, klarer zu denken. Vorsichtig steigt sie die Treppe wieder hinunter, macht einen großen Bogen um die Blutlache.

Die Rettung muss hier gewesen sein oder ein Notarzt. Sonst läge das medizinische Zeug nicht auf dem Boden verstreut. Maisy muss mit Michael im Krankenhaus sein. Wer hat die Rettung gerufen? Und was ist mit Kathi? War sie dabei, als sich das Unglück ereignete?

Hektisch sucht sie nach ein paar Geldscheinen in der Lade des Küchentisches, tauscht ihre Ballerinas gegen Stiefeletten und zieht den erstbesten Pullover über ihre weiße Bluse. Sie muss sofort ins Krankenhaus, zu Maisy. Tränen fließen über ihr Gesicht, ohne dass sie es verhindern kann.

Kaum dass sie im Taxi sitzt, hat sie es sich anders überlegt. Vor Aufregung bringt sie kein Wort heraus. Sie hustet und klopft sich auf die Brust. Dann nennt sie dem Fahrer mit rauer Stimme Kathis Adresse. Sie muss unbedingt zuerst mit dem

Babysitter reden. Vielleicht ist Maisy gar nicht im Krankenhaus, sondern Michael, und Kathi hat die Kleine mit zu sich nach Hause genommen? Der Gedanke beruhigt Marisa ein wenig.

Vor Kathis Wohnblock angekommen, zahlt sie, gibt zu viel Trinkgeld und läutet Sekunden später Sturm.

Eine schmächtige Frau öffnet die Tür.

Marisa verliert das Gleichgewicht und taumelt. Sie fängt sich, umklammert den Türrahmen und stammelt: »Kathi? Ist Kathi da? Und hat sie Maisy bei sich?«

Ohne dass die Frau antwortet, hat Marisa Gewissheit: Maisy ist nicht hier.

Schweigen breitet sich zwischen ihnen aus, und als Marisa es kaum noch aushält, hüstelt die Frau. Als wäre sie aus einem unangenehmen Traum erwacht, schüttelt sie den Kopf und reißt die Augen dabei weit auf. Ihre Hände legen sich unerwartet sanft auf Marisas Schultern, und sie schiebt sie durch den dunklen Flur, tiefer in die Wohnung. Es riecht nach Sellerie und abgestandenem Fett.

»Sie müssen Marisa Burger sein. Nein, hier ist Ihre Kleine nicht.«

Kaum steht Marisa schwankend in der Küche, sieht sie auch schon in Kathis blasses Gesicht. Sie lehnt am Abwaschbecken und dehnt ein Geschirrtuch zwischen ihren Händen.

»Aber ich dachte, wir dachten ...«, sagt das Mädchen bestürzt und macht mit dem Geschirrtuch eine Bewegung in Richtung Küchenstuhl. »Wir dachten, Maisy wäre bei Ihnen?«

Marisa steht da wie vom Donner gerührt. Sekundenlang ist sie unfähig, sich zu bewegen. Dann lässt sie sich schwer auf den Holzsessel fallen. »Was? Ich verstehe nicht«, flüstert sie. Wie konnte das geschehen?

Die schmächtige Frau beugt sich zu ihr. »Ich bin Waltraud Ibounig. Kathis Mutter.«

Kathi gibt einen seltsamen Laut von sich.

Marisa schaut gebannt auf Kathis Mund. Sie fürchtet sich vor dem, was das Mädchen gleich erzählen wird.

»Ich ... also ... Maisys Großvater ist verletzt, aber er lebt noch. Er ist jetzt im Klinikum. Ich habe ihn ohnmächtig am Fuß der Treppe gefunden.«

»Und das gerade noch rechtzeitig«, wirft Kathis Mutter ein.

»Was ist mit Maisy? Sie war doch bei ihm?«

Kathi dreht sich stumm zur Seite. Marisa wird mit einem Mal eiskalt, erstaunt sieht sie, wie die feinen Härchen auf ihren Unterarmen sich aufstellen. Sie umklammert die Tischkante, bis ihre Fingerknöchel weiß werden. »Bitte«, flüstert sie aufgewühlt, »ich hätte gern etwas zu trinken. Etwas Wasser vielleicht?«

Kathis Mutter nimmt ein Glas aus dem Schrank und lässt Leitungswasser hineinlaufen. Sie stellt es vor Marisa auf den Tisch und beugt sich besorgt über sie.

Marisa schaut hilfesuchend zu ihr hoch. Als hätte Waltraud Ibounig die Macht, Schlimmes ungeschehen zu machen, den Lauf der Geschichte zu verändern.

Nach einem kräftigen Schluck hat sie sich so weit gesammelt, dass sie weiterfragen kann. »Was ist denn überhaupt passiert?«

»Heute ist doch Ihr Französischabend. Ich bin wie immer zu Ihnen gefahren, um auf Maisy aufzupassen.«

»Ich weiß. Ich habe völlig vergessen, dir für heute abzusagen«, sagt Marisa seufzend. »Wir waren auf einem Kongress. Ich musste früher zurück, weil …« Sie lässt den Satz unvollendet.

»Die Haustüre war offen, als ich ankam. Ich hab sofort gespürt, dass etwas nicht stimmt. Es war schrecklich, Maisys Opa da so liegen zu sehen. Ich wusste zuerst gar nicht, was ich tun sollte.«

Marisa beobachtet, wie Kathi aus ihren langen Strähnen sorgsam einen Zopf flicht. Sie schiebt einen blauen Stoffgummi von ihrem Handgelenk und schlingt ihn einige Male nervös um das dünne Zopfende.

Waltraud Ibounig setzt sich Marisa gegenüber an den Tisch und erzählt mit leiser Stimme: »Kathi rief an, und ich bin sofort losgefahren und habe sie mit dem Fahrrad abgeholt.«

»Bitte, Kathi, erzähl mir genau, was bei uns daheim passiert ist.« Fröstelnd schlingt Marisa die Arme um ihre Schultern.

Kathi gibt sich einen Ruck. Sie atmet tief durch. »Zuerst

dachte ich, dass niemand zu Hause ist. Aber dann habe ich Maisys Großvater am Fuß der Treppe gefunden.«

»Kathi hat sofort die Rettung gerufen. Die sind sehr schnell da gewesen und haben Ihren Schwiegervater ins Krankenhaus gebracht. Er lebt, ist aber ohne Bewusstsein.«

»Ich verstehe das alles nicht. Wurde mein Schwiegervater überfallen?« Marisa spürt, wie ihr schlecht wird. »Und Maisy? Wo ist Maisy?« Ihr Herz befindet sich in einem Schraubstock, der immer enger und enger wird.

»Der Sanitäter meinte, Ihr Schwiegervater sei vermutlich die Treppe heruntergefallen und habe sich dabei den Kopf aufgeschlagen.«

»Und? Haben die Rettungsleute etwas von Maisy gesagt?« Die Angst schnürt Marisas Kehle zu.

»Nein«, kommt es zögernd von Kathi. »Aber gefragt habe ich auch nicht, denn ich dachte wirklich, sie wäre bei Ihnen. Ich habe versucht, Sie anzurufen, aber Sie gingen nicht an Ihr Handy.« Sie dreht das Geschirrtuch zusammen, bis es wie ein Strick aussieht, und lässt eine Seite los. Sofort löst sich die Verwicklung in einer Spiralbewegung nach unten auf.

Wenn es bloß immer so wäre, dass Kompliziertes sich durch eine rasche Handbewegung vereinfacht, denkt Marisa. Fragen und Sätze vermischen sich in ihrem Kopf, bis nur ein einzelnes Wort übrig bleibt.

»Maisy«, flüstert sie. »Hast du das Haus nach ihr abgesucht? Alles, ich meine, jeden Winkel? Vielleicht hat sie sich vor Angst irgendwo verkrochen?«

»Selbstverständlich. Wir haben in jede Ecke geschaut«, sagt Kathis Mutter ruhig.

Eine jähe Hitzewallung schießt in Marisas Gesicht, und sie spürt, wie sie knallrot wird. »Heute Nachmittag hatte Maisy Ballettunterricht. Was, wenn sie nicht abgeholt wurde, weil Michael schon vorher ohnmächtig war?«

Die Stille, die sich im Raum ausbreitet, ist beängstigend. Es kommt Marisa vor, als hätte sogar das Brummen des Kühlschranks aufgehört.

Dann passiert alles auf einmal. Waltraud Ibounig beginnt zu

reden, Kathi macht einen Schritt nach vorn, und die Tür wird aufgestoßen. Ein magerer Mann mit blutunterlaufenen Augen steht gleich darauf mitten im Raum und sieht wütend von einer zur anderen.

»Was haben wir denn hier für eine Versammlung? Ein fröhlich beschwingtes Weibertreffen?«

»Gerald!«, ruft Kathis Mutter erleichtert. »Du kommst gerade im rechten Moment. Wir brauchen das Auto.« Sie packt Marisa, die sich seltsam erstarrt fühlt, am Oberarm und zieht sie hoch. »Wir fahren jetzt gleich zur Tanzschule und sehen nach.«

»Dumm gelaufen«, erwidert Gerald emotionslos. »Der Wagen hat einen Schaden, er ist in der Werkstatt.« Er reißt die Kühlschranktüre auf, und Marisa hört das Klimpern von Flaschen. Nachdem er sich eine herausgeangelt hat, öffnet er mit einer Drehbewegung den Verschluss und kommentiert das mit einem zufriedenen »Plopp!«.

Gerald leert die Flasche zur Hälfte und sieht triumphierend in die Runde. »Na, Kathi, haben die Bullen deine Freundin schon gefunden?«

»Gerald, halt deinen Mund«, kommt es scharf von Waltraud.

Marisa sieht verwirrt hoch.

»Frau Burger, Sie waren nicht da und haben es nicht mitbekommen. Julia Krakolinig, Kathis beste Freundin, ist letzte Nacht spurlos verschwunden.« Waltraud Ibounig nimmt ein Papiertaschentuch aus ihrer Jackentasche und schnäuzt sich umständlich.

Kathi zieht den Haargummi von ihrem Zopf und wickelt ihn um ihren Zeigefinger. »Gestern Vormittag ist ein Kindermörder aus dem Gefängnis entlassen worden, und am Abend ist Julia verschwunden. Wir haben den Mann im Bus gesehen. Vielleicht hat er etwas damit zu tun. Sagt der Polizist.«

»Ein Polizist?«, fährt Waltraud ihre Tochter überrascht an. »Hast du etwa mit einem geredet?«

Kathi zuckt zusammen. »Ja. Heute in der Schule. Der Direktor hat mich in sein Büro geholt. Dort war ein Kriminalinspektor und hat mir Fragen gestellt.«

»Davon weiß ich ja gar nichts.«

Kathi muss die Tränen zurückhalten. »Mama, ich habe mein Handy verloren. Und Julia ist ganz allein in den Wald gegangen, um es für mich zurückzuholen.«

»Wie bitte?« Waltraud ist blass geworden.

»Der Mann, der es gefunden hat, wollte mir mein Telefon zurückgeben. Am Abend auf dem Kreuzbergl. Aber ich wollte dort nicht hin.«

»Zum Glück ...«, flüstert Waltraud. »Ich will mir gar nicht vorstellen ...« Sie spricht nicht weiter.

»Julia ist vielleicht an meiner Stelle dorthin gegangen, weil ich zu feige dazu war.« Kathi streckt ihre Arme auf dem Küchentisch nach ihrer Mutter aus. Die ergreift mit der Rechten ihre Hände und streicht ihr mit der linken Hand über den Kopf.

»Kathi, gib dir nicht die Schuld. Es ist doch noch unklar, was wirklich geschehen ist. Und du warst nicht feige, sondern vernünftig genug, nicht allein in den Wald zu gehen, um einen fremden Mann zu treffen.«

»Das ist ja grauenvoll und tut mir auch sehr leid. Aber ich möchte im Moment nur wissen, wo mein Kind ist«, haucht Marisa in ihre vor dem Gesicht zusammengelegten Hände. In ihrem Kopf geht alles durcheinander. Sie wendet sich Waltraud zu. »Bitte rufen Sie mir ein Taxi«, sagt sie leise. Sie beobachtet, wie Mutter und Tochter sich kurz austauschen, kann aber kein Wort verstehen. Beide haben jetzt einen verzagten Ausdruck auf ihren blassen Gesichtern.

Waltraud Ibounig lässt mutlos ihre Schultern hängen. Sie wirkt müde und enttäuscht. Ihr Mann hat inzwischen ein weiteres Bier geöffnet und leert auch diese Flasche in großen, gierigen Zügen. Marisa sieht, dass seine Hände unkontrolliert zittern.

»Das Taxi ist in wenigen Minuten hier«, sagt Kathis Mutter, nachdem sie den Telefonapparat geholt und angerufen hat. »Wir sollten unten warten. Kathi und ich begleiten Sie. Wenn wir Ihre Maisy in der Tanzschule nicht finden, gehen wir zusammen zur Polizei.«

Marisa fühlt Entsetzen bei diesen Worten, aber auch tiefe Dankbarkeit, dass sie nicht ganz allein mit allem fertigwerden muss.

»Danke.« Bewegt streckt sie ihre Hand nach der verhärmt wirkenden Frau aus. Mit einem Mal fühlt sie sich mitten in alldem Schrecken der letzten Stunden geborgen.

2

Gerald flucht. Dass sein Auto in der Werkstatt ist, war gelogen. Zum Glück sind die lästigen Weiber jetzt fort und haben sich mit seiner Erklärung zufriedengegeben.

Der Wind lässt die Scheiben des halb geöffneten Küchenfensters klirren. Erschrocken fährt er zusammen und schließt es.

Er kratzt sich am Hinterkopf. Da gibt es eine schorfige Stelle, die verdammt juckt. Er fühlt sich benommen, in den Ohren lärmt es, und seine Augen müssen sich bemühen, einen Punkt scharf einzustellen. Das ist nichts Außergewöhnliches. Und immer noch besser als das Zittern und Schwitzen, wenn er keinen Schluck bekommt.

Manchmal versucht er ja, mit dem Trinken aufzuhören, aber dann peinigt ihn die Gier nach einem erlösenden Tropfen. Hat er kein Bier mehr zu Hause, begibt er sich sogleich zum Supermarkt und holt sich eine Kiste. Ist es für einen Besuch im Supermarkt bereits zu spät, schleppt er sich zur nächstgelegenen Tankstelle.

In letzter Zeit ist das Verlangen nach Alkohol wieder stärker geworden. Ihm ist klar, dass Waltraud ihn demnächst hinauswirft, wenn er nicht endlich zu saufen aufhört. Dann ist er nicht nur seine Frau los, sondern auch sein Zuhause. Wieder fällt ihm das Reh in seinem Kofferraum ein. Aber was macht's im Grunde schon aus?

Unruhig marschiert er in der Küche auf und ab. Er muss warten, bis es dunkel ist, und einen halbwegs klaren Kopf behalten, um dann den Kadaver an der Baustelle unbemerkt verschwinden zu lassen.

Zwischendurch ruft er Seppi an. Dem ist es ganz recht, dass er sich verspäten wird. »Im Dunkeln ist gut munkeln«, dröhnt er ihm ins Ohr.

Gerald freut sich schon auf Seppis selbst gebrannten Schnaps.

Zur Sicherheit hat er den Opel vorhin in einer Nebenstraße

geparkt. Das hätte ihm gerade noch gefehlt, dass Waltraud die Delle im Kotflügel entdeckt.

Ein, zwei Stunden noch, dann kann er es wagen. Niemand soll ihn dabei stören, wie er das Ding auslädt und in die Baugrube fallen lässt.

3

Willi öffnet die Haustür und tritt auf die Straße.

Es ist kühl und grau draußen. Das Wetter hat umgeschlagen. Er schüttelt sich angewidert und zieht die Arme enger an den Körper.

»Willi-Billi, alte Dumpfbacke«, sagt er halblaut und ahmt dabei Robbys verächtlichen Tonfall nach. Er ist sich nicht mehr sicher, was richtig, was falsch ist. Seine Welt ist ins Wanken geraten.

Er zieht den Reißverschluss seiner schwarzen Jacke zu und stülpt die Kapuze über seine widerspenstigen Haare.

Auch später am Nachmittag hat ihm sein Vater nicht zugehört. Bernti hatte Bauchschmerzen und brüllte wie am Spieß. Vielleicht hätte er genauso laut und beharrlich schreien sollen, bis die komplette Mannschaft im Haus zusammengelaufen wäre, damit man ihn bemerkt. Wütend haut er seine Sneakers in den Boden.

Zum Glück trifft er in wenigen Minuten Robby.

»Wenn's denn unbedingt sein muss, sehen wir uns in zehn Minuten im Schillerpark«, hat er ihm mitgeteilt, als Willi ihn eben anrief. »Beim Fluderbrunnen. Kapiert?«

Fröstelnd zieht Willi die Schultern hoch und biegt in den Weg zum Park ein. Blaulicht kreist durch die Nacht, ein Polizeifahrzeug kommt ihm entgegen. Die suchen immer noch nach Julia, denkt er beklommen und spürt es unangenehm in seinem Bauch rumoren.

Der Weg ist mit neuem Kies ausgelegt, und seine Schuhe verursachen bei jedem seiner Schritte ein knirschendes Geräusch. Vor ihm breitet sich dunkel und verlassen der Park aus. Aus dem Schatten der Bäume löst sich eine Gestalt.

»Na, was liegt an?«, begrüßt ihn Robby.

Willi lässt sich schwer atmend auf den Brunnenrand fallen. Er weiß nicht, wie er seine Gedanken formulieren soll, ohne dass Robby ihn auslacht. Verlegen reibt er seine kalte Nase und beginnt zögernd: »Auch auf die Gefahr hin, dass du mich blöd findest, Robby, wir müssen es melden. Wir machen uns schuldig, wenn wir schweigen. Ich habe das heute Nachmittag im Internet gelesen, es nennt sich Mitwisserschaft. Wir sind verpflichtet, es einem Erwachsenen, am besten der Polizei, zu erzählen.«

»Sag mal, Alter, tickst du noch richtig? Reicht's dir denn nicht, dass die Lehrer mich wegen der verschwundenen Klassenbücher in Verdacht haben und ich deshalb von der Schule fliegen könnte?«

Willi will etwas einwenden, doch sein Freund lässt ihn nicht zu Wort kommen.

»Du hörst mir jetzt zu. Wir beide werden niemandem etwas sagen, verstanden? Nur weil du dir in die Hose machst, willst du uns verraten? Du lieferst uns damit der Polizei aus, kapierst du das denn nicht? Das schlägt riesige Wellen, wenn das rauskommt, die werfen uns beide vom Gymnasium. Und wer nimmt uns dann noch?«

»Aber hier geht es um Mord oder Totschlag oder … keine Ahnung. Du und ich wissen, was passiert ist. Wir sind es Julia schuldig.«

Robby springt von der Bank gegenüber dem Brunnenrand, auf der er gehockt hat, und schreit zornig: »Wenn du jemandem auch nur ein Sterbenswörtchen verrätst, rede ich nie wieder mit dir! Dann bist du für mich gestorben!« Er reißt ein Büschel Gras aus und wirft es mit den feuchten, erdigen Wurzeln Willi mitten ins Gesicht. Dann läuft er davon.

»Wir können nicht so tun, als ginge uns das Ganze nichts an. Wir hängen da mit drin. Mach dir nichts vor!«, brüllt Willi ihm nach. Mit dem Zipfel seiner Jacke wischt er Gras und Erde aus seinem Gesicht. Langsam geht er den Weg zurück, hinaus aus dem dunklen Schillerpark. Weit vor sich sieht er Robby, der im Eiltempo den Villacherring überquert. Er hat keine Lust, ihn einzuholen. Willi spürt, dass er seinen besten Freund soeben für immer verloren hat.

Aber das ist nicht mehr wichtig.

Er weiß jetzt, was er zu tun hat.

4

Ängstlich kauert Marisa auf dem Rücksitz des Taxis neben Waltraud. Kathi sitzt vor ihnen und starrt aus dem Seitenfenster.

»Hoffentlich finden wir sie«, flüstert Marisa. Sie sieht ihr kleines Mädchen vor sich, wie es mit wippenden Haaren neben Michael die Sterneckstraße entlang zur Ballettschule marschiert.

Waltraud schüttelt zuerst stumm den Kopf, dann nickt sie heftig. Es wirkt, als könne sie sich nicht entscheiden. Ihre Sprachlosigkeit macht Marisa ungeduldig. Besorgt starrt sie auf ihre Hände, die schwer und bleich auf ihren Oberschenkeln liegen. Langsam, wie in Zeitlupe, hebt sie ihre Finger und verhakt sie sorgfältig ineinander, bis sie wie ein geflochtener Zopf aussehen. So wie Kathis Zopf vorhin.

Einen Moment lang denkt sie an die hervortretenden Adern auf Toms Handrücken. Aber Thomas ist so weit weg.

Immer wieder sieht sie Maisy, wie sie blutend unter einem Auto liegt, wie sie von einem fremden Mann festgehalten wird, wie sie weint und ängstlich nach ihrer Mama ruft.

»Da, da vorne ist die Tanzschule, stopp, stehen bleiben!«, ruft sie dem Fahrer zu und deutet aufgeregt aus dem Fenster.

Das Taxi bleibt ruckartig stehen. Kathis Mutter bittet den Fahrer zu warten, und sie steigen aus.

Draußen hat es merklich abgekühlt. Und dunkel ist es inzwischen geworden. Trotzdem hat Marisa mit einem einzigen Blick erfasst, dass Maisy nicht vor der Ballettschule steht.

»Sie ist nicht da«, flüstert sie erschüttert. Obwohl sie in ihrem Innersten nicht einen Moment lang mit der Möglichkeit gerechnet hatte, ihr Kind jetzt noch hier draußen anzutreffen, ist sie nun noch eine Spur verzweifelter.

Sie kneift die Augen zusammen und schaut die Sterneckstraße hinunter. Nichts. Dann starrt sie angestrengt in die andere Richtung.

Kathi überquert rasch die Straße und verschwindet in einer

Gasse, während ihre Mutter abwechselnd an die Glastüre der Ballettschule hämmert und den Finger auf den Klingelknopf presst. Eine Windböe wirbelt auf dem Boden liegende Blätter hoch und lässt den Deckel der Mülltonne klappern. Es riecht nach Regen.

Kathi taucht wieder auf, überquert die Straße und ruft: »Hier ist sie nirgends, ich habe in allen Gassen und über die Zäune in die Gärten der Villen geschaut!« Sie niest.

Marisa zuckt zusammen. Ob Maisy friert? Ihr wird so schnell kalt. Hoffentlich hat Michael sie warm eingepackt.

»Gesundheit«, sagt Waltraud und hämmert ungeduldig weiter an die Tür.

Auf einmal, als sie schon nicht mehr daran glauben, schwingt die Tür der Tanzschule auf, und Brigitte steht mit strengem Blick vor ihnen. Sie zieht ihre geschwungenen Augenbrauen erstaunt in die Höhe. »Ja?«

In ihrem schwarzen Trikot und den weißen Ballettschuhen wirkt sie zerbrechlich und streng.

»Meine Tochter … Ist Maisy bei Ihnen?« Marisa fürchtet Brigittes Antwort so sehr, dass ihr Herz fast stehen bleibt. »Sie ist doch bei Ihnen da drinnen?«, flüstert sie beschwörend, als die Tanzlehrerin nicht sofort antwortet.

»Jetzt reden Sie schon!«, herrscht Kathis Mutter sie mit rauer Stimme an und macht einen Schritt auf Brigitte zu, die erschrocken zurückweicht.

»Maisy? Nein, die ist nicht hier. Aber lassen Sie mich überlegen. Sie war heute im Ballettunterricht. Und«, sie zögert, »ich glaube, sie hat dann längere Zeit draußen vor der Tür gewartet.« Sie wirft Marisa einen vorwurfsvollen Blick zu. »Ich wollte sie schon wieder zu mir hereinholen. Aber als ich noch mal rausschaute, war sie dann weg. Natürlich dachte ich, sie sei abgeholt worden. Ist sie denn nicht nach Hause gekommen, ist etwas passiert?«

»Wir wissen es nicht«, sagt Marisa hastig. »Ihr Großvater hatte einen Unfall und konnte sie daher nicht abholen …« Sie bricht ab und hält die Hand vor den Mund. Tränen stehen ihr in den Augen.

Waltraud legt beschützend den Arm um sie. »Wir finden sie«, sagt sie behutsam.

Brigitte lehnt sich an den Türrahmen. »Vielleicht ist sie ja mit einem der anderen Mädchen mitgegangen? Wahrscheinlich hat eine der Mütter bemerkt, dass Maisy vergeblich wartet, und …«

»Ja, und die konnte uns nicht erreichen. Ja, genau! So könnte es gewesen sein«, fällt Marisa ihr erfreut ins Wort.

Schon im nächsten Moment, während Brigitte ihnen anbietet, schnell die Mütter der Mädchen anzurufen, denkt sie bang, dass auch ein Fremder ihre Tochter mitgenommen haben könnte.

Waltraud geht zum Taxi und bittet den Fahrer, noch etwas zu warten. Dann folgen sie Brigitte ins Büro der Tanzschule. Der Raum ist hell, und an den Wänden hängen silbern gerahmte Bilder preisgekrönter Ballerinas.

»Das da bin ich«, sagt Brigitte selbstgefällig zu Waltraud und Kathi und zeigt auf ein großes Foto.

Wie kann sie nur so eitel sein in so einer Situation?, denkt Marisa.

Waltraud schüttelt den Kopf und sieht die Tanzlehrerin streng an.

Marisa bemerkt, dass Kathi unter ihrer Kapuzenjacke zittert. »Dir wollte ich noch danken«, sagt sie. »Du hast das großartig gemacht. Zum Glück habe ich vergessen, dir für heute abzusagen.«

Kathi lächelt scheu. Und während die Tanzlehrerin Mutter um Mutter von der Liste der Kinderballettgruppe anruft, denkt Marisa bestürzt, dass sie Michael vor Sorge um Maisy völlig vergessen hat. Sie hätte sich schon längst im Krankenhaus nach seinem Befinden erkundigen müssen.

Nach einigen kurzen Telefonaten sieht Brigitte Marisa bedauernd an. »Leider! Keine der Mütter hat Maisy mitgenommen. Eine hat das wohl dem Großvater angeboten, aber der hat abgelehnt. Das war allerdings vor dem Unterricht.«

»Danke«, sagt Waltraud knapp. »Wir müssen jetzt sofort zur Polizei, es hilft nichts.«

Marisa ist dankbar, dass Kathis Mutter die Führung übernommen hat. Sie selbst hat keinen Plan. Am liebsten würde sie hinauslaufen und »Maisy, Maisy, wo bist du?« in die Dunkelheit rufen. Anstandslos befolgt sie, was Waltraud vorschlägt.

»Mama, Julia und Maisy ist doch nichts passiert?«, fragt Kathi zaghaft und nimmt die Hand ihrer Mutter. Sie kommt Marisa auf einmal viel jünger vor.

»Ach du meine Güte«, folgert Brigitte. »Richtig, Maisy ist ja nun schon das zweite Mädchen, das innerhalb kürzester Zeit verschwindet. Da wird es doch keinen Zusammenhang geben?«

»Was reden Sie denn da? Sehen Sie nicht, dass Frau Burger vor Angst fast umkommt?«, faucht Waltraud erbost und zieht Kathi und Marisa vor die Tür.

Marisa, der zum ersten Mal bewusst wird, dass es einen Zusammenhang geben könnte, muss sich bemühen, nicht aufzuschreien.

Werde jetzt bloß nicht hysterisch, beschwört sie sich innerlich und klettert unter Zusammennahme all ihrer Kraft auf den Rücksitz des Taxis.

5

So verärgert wie jetzt ist Viktor Arnold selten. Zuerst hatte van Hals ihn vor Grohars Unterkunft einfach auf der Straße stehen lassen. Dann musste er zu Hause sein Auto holen, und mittlerweile sitzt er seit Stunden auf dieser muffigen Polizeistation. Das Warten vergällt ihm die Laune nachhaltig.

Zu allem Überfluss durfte er auch noch seine Tennisstunde absagen. Alles wegen eines Klienten, dem er selbst nicht über den Weg traut und den man jetzt für das spurlose Verschwinden eines Mädchens verantwortlich macht.

»Verdammt!«

Zwei Köpfe fahren in die Höhe.

Viktor wirft den beiden Polizisten vor ihm einen auffordernden Blick zu. »Ist was?«

Abwechselnd mustert er die Beamten, die sich kommentarlos wieder ihren Aufgaben zuwenden und weiter keine Notiz von ihm nehmen.

Van Hals ist vor einer halben Ewigkeit mit Peter Grohar im Verhörzimmer verschwunden. So wie es aussieht, stehen die Sterne für Viktors Klienten ausgesprochen schlecht. Kein Wunder, wenn man bedenkt, dass sich just nach dessen Entlassung ein Teenager in Luft aufgelöst hat. Grohar konnte vorhin keine vernünftige Angabe zu seinem Aufenthaltsort gestern Abend machen. Da muss man wirklich kein Genie sein, um zu erkennen, was geschehen ist.

Inzwischen wütend, trommelt Viktor mit seinen Fingerknöcheln einen rasanten Marsch auf die Tischplatte.

Da fliegt die Eingangstür auf, und fast übergangslos ist der Raum voller Stimmen, Unruhe und fremder Gerüche.

»Mein Kind ist verschwunden, bitte helfen Sie mir!«

Die beiden Polizisten springen auf.

Viktor dreht sich um. Die Tonlage, in der die Frau ihr Anliegen vorgebracht hat, klingt bedrohlich. Das ist nicht bloß Hysterie. Da scheint wirklich etwas vorgefallen zu sein.

Er mustert die kleine Menschengruppe, die nun von den Polizisten aufgefordert wird, genauer zu berichten, was passiert ist.

Ein sommersprossiges Mädchen mit einem Kapuzensweater umklammert die Hand einer blassgesichtigen Frau, die ihren dünnen Arm beruhigend um die verzweifelt dreinblickende Mutter geschlungen hat. Die Mittdreißigerin, die ansonsten viel Wert auf ihr Äußeres zu legen scheint, ist nur noch ein kleines Häufchen Elend. Dunkles Lockengekräusel, das feucht an ihrem Gesicht klebt. Schwarz verschmierte Wimperntusche unter den Augen. Lippen, die zu einem rosa Strich zusammengepresst sind. Einen Moment lang scheint das Trio zu erstarren, dann reden alle drei gleichzeitig, und die Frau, der das Kind abhandengekommen ist, lässt sich schwer atmend auf einen Holzstuhl fallen. Viktor bemerkt, dass sie schmutzige Stiefeletten unter zu engen Jeans trägt.

»Maisy ist fort. Ich will mein Kind zurück!«, ruft sie weinerlich. Sie wirkt durcheinander.

»Alles der Reihe nach«, versucht einer der beiden Polizisten, sie zu beschwichtigen. »Wie lange ist Ihre Tochter denn schon abgängig? Wann haben Sie sie zuletzt gesehen?«

»Zu Ihrer Beruhigung: Die meisten Teenager kehren nach einer Weile wohlbehalten wieder zurück«, ergänzt der andere.

»Maisy ist doch erst fünf! Sie ist nicht bloß auf eine Party gegangen oder nach einem Streit davongelaufen, falls Sie das meinen«, entgegnet eine scharfe Stimme. Irgendetwas an ihr kommt Viktor bekannt vor.

Er betrachtet die Frau, die gesprochen hat, und versucht zu ergründen, was es ist. Sie spürt wohl, dass er sie anstarrt, und blickt kurz zu ihm herüber.

»Waltraud?« Viktor steht auf und macht einen Schritt auf sie zu. »Das gibt's doch nicht! Erkennst du mich denn nicht?«

Kaum zu glauben, dass da seine Jugendliebe vor ihm steht!

»Viktor«, flüstert sie. »Doch, ja, natürlich. Bitte entschuldige.« Sie reicht ihm die Hand. »Hast du mich denn sofort erkannt?«

»Mama?«, sagt Kathi erstaunt.

»Erst als du mich eben mit deinen smaragdgrünen Augen

angesehen hast. Die konnte ich nie vergessen.« Viktor lächelt, wird aber sofort wieder ernst. Er bemerkt, dass er noch immer ihre Hand festhält, und lässt sie ertappt los. »Was ist denn passiert? Wer ist die Kleine, die verschwunden ist?«

Als Waltraud und die andere Frau gleichzeitig zur Antwort ansetzen, schwingt die Tür des Verhörraums auf, und van Hals stürmt zu ihnen herein. Unbemerkt von Viktor hat einer der beiden Polizisten den Chefinspektor in den Raum gerufen.

Nachdem van Hals alle im für ihn unerwartet vollen Dienstzimmer mit einem kurzen Blick gemustert hat, stellt er sich hinter einen der beiden Beamten und flüstert ihm etwas zu. Van Hals' Kollege nickt einige Male stumm, dann weist er auf die Frauen und erklärt halblaut, ohne van Hals dabei anzuschauen, den Sachverhalt.

»Arnold!« Van Hals überlaute Stimme dröhnt durch den Raum. »Ab sofort wird der Gefängnisaufseher Ihre Aufgabe als Kindermädchen übernehmen. Grohar schweigt beharrlich, aber es wird auch so ziemlich eng für Ihren Klienten. Wir haben ein zweites verschwundenes Kind.«

Viktor erspart es sich, auf van Hals' überhebliches Getue einzugehen. Er ist überrascht, als er sich sagen hört: »Möglicherweise ist das zweite Kind aber auch verschwunden, während mein Klient hier auf dem Revier war und von Ihnen verhört wurde. Und überhaupt, haben Sie Grohar gesagt, dass er das Recht auf die Anwesenheit eines Anwalts beim Verhör hat?«

»Arnold, glauben Sie, ich bin ein Dilettant? Er hat auf einen Anwalt verzichtet, beteuerte, er hätte ohnehin nichts zu sagen. Aber Verdacht ist Verdacht. Sie kennen ja den alten Spruch: Wo Rauch ist, ist auch Feuer.«

Die Frau in Waltrauds Begleitung schaut alarmiert von einem zum anderen. Es wirkt, als würde sie dabei den Atem anhalten. Viktor kann die blaue Ader auf ihrem hellen Hals unter dem Puls flattern sehen. Sie ist wie erstarrt vor Angst.

Van Hals fragt nach dem Namen der Frau, die sich als Marisa Burger vorstellt, und dreht sich dann zu Waltraud und dem Mädchen um. Während er redet, fährt er mit dem Zeigefinger über den Bügel seiner Brille. »Kapuze runter, Kleine«, sagt er bissig und macht mit der anderen Hand eine Bewegung, als würde er eine Mütze abstreifen.

Das Mädchen befolgt wie in Trance die Anweisung, und dickes blondes Haar quillt unter der Kapuze hervor.

»Wir beide hatten heute schon das Vergnügen, nicht wahr? Du bist doch Kathi Sandner, die beste Freundin von Julia Krakolinig?«

Viktor ist erstaunt über die eigenartige Technik des Inspektors, Fragen zu stellen, deren Antwort er bereits kennt.

Kathi nickt und lässt die Hand ihrer Mutter dabei nicht los. Viktor wundert sich gerade, warum die beste Freundin von Julia Krakolinig zusammen mit der Mutter eines weiteren verschwundenen Kindes auf die Polizeistation gekommen ist, als van Hals auf die Sitzfläche eines der Holzstühle neben einem der Schreibtische klopft und überraschend freundlich sagt: »Kleine, ich beiße nicht, außer du lügst mich an. Setz dich zu mir und klär mich auf, was da läuft.«

Während Kathi und die beiden Frauen auf den Stühlen Platz nehmen, hält van Hals an seinen Kollegen gewandt die rechte Hand mit abgespreiztem Daumen und Zeigefinger an sein Ohr. Der versteht sofort und verlässt den Raum. Auch Viktor kapiert, dass der Polizist jemanden anrufen soll.

Van Hals lässt sich gründlich aufklären, fragt immer wieder umständlich nach und wackelt besorgt mit seinem Kopf.

Marisa Burger knetet währenddessen ihre Finger einzeln durch, holt dann tief Luft und sagt sehr laut und bestimmt: »Ich will mein Kind zurück. So tun Sie doch endlich etwas. Wenn Sie hier nur rumsitzen und reden, finden wir sie nie. Sie ist da draußen ganz allein. Sie müssen den See absuchen und das Gelände auf dem Kreuzbergl. Das ist direkt hinter der Ballettschule, wo sie zum letzten Mal gesehen wurde. Auch bei der Sattnitz sollten Sie nachsehen und in den Hinterhöfen. Maisy ist doch noch so klein. Jetzt ist es bald Nacht, und sie friert vermutlich. Ihr Opa hat ihr bestimmt nichts Warmes angezogen, er wollte sie ja pünktlich abholen.«

Ihre Worte zeigen Wirkung, in erster Linie jedoch bei

Viktor. Obwohl er ihren Kummer nachfühlen kann, ist ihm diese Mutter mit ihrem näselnden Oberschichtgehabe zutiefst unsympathisch.

Waltraud legt ihre Hand sanft auf Marisas Unterarm. »Keine Angst, wir werden sie finden«, sagt sie.

Das hätte Viktor sich in seinen kühnsten Tagträumen nicht ausgemalt: seine Waldi, nach so vielen Jahren neben ihm im Auto, nur einen halben Meter von ihm entfernt. Die Blicke, die sie ihm von der Seite her zuwirft, treffen ihn irgendwo zwischen Magen und Brust. Sie haben etwas Vertrauensvolles, so als hätte er die Macht, etwas zum Besseren zu wenden.

Waldis Wimpern werfen Schatten über das Grün ihrer Augen. Ihr Mund ist eine verwackelte Linie im blassen Gesicht. Sie sieht aus, als würde sie jede Minute zu weinen beginnen.

»Vikerl«, spricht sie ihn jetzt mit seinem alten, vergessen geglaubten Kosenamen an. »Vikerl, danke, dass du uns zum Krankenhaus fährst.«

Niemand anderer hat ihn je so nennen dürfen. Er unterdrückt ein Räuspern.

»Van Hals braucht mich im Moment nicht, und für meinen Klienten«, er stockt und fährt dann hastig fort, »kann ich jetzt nichts tun.«

Waltraud sieht ihn fragend an. »Glaubst du, er hat tatsächlich etwas mit dem Verschwinden von Julia zu tun?«

»Nein, das kann ich mir nicht vorstellen«, verteidigt er Grohar zu seinem eigenen Erstaunen.

»Seit wann wird dieser schreckliche Mann denn schon auf der Polizeistation verhört? Bitte, es ist wichtig.« Marisa Burger stemmt, während sie spricht, ihre Füße gegen die Rückenlehne des Fahrersitzes.

Viktor rutscht verärgert ein Stück vor. Auch wenn ihre Aufregung nachvollziehbar ist, nervt ihn diese Frau gehörig.

»Van Hals hat ihn am Nachmittag bei seiner Wohnung abgeholt.« Er überlegt, um wie viel Uhr Grohar endlich aufgetaucht war. »Da war es ungefähr sechs, glaube ich. Der Inspektor weiß sicher die genaue Zeit. Warum wollen Sie das wissen?«

»Maisy war im Ballettunterricht, und der endete um fünf.« Marisas Stimme überschlägt sich.

Da Viktor befürchtet, dass sie gleich zu weinen anfängt, antwortet er schnell: »Ich erkundige mich bei van Hals. Versprochen.«

»Wenn der Mann so kurz nach dem Ende des Ballettunterrichts schon auf dem Polizeirevier war, kann er nichts mit Maisys Verschwinden zu tun haben«, erklärt Waltraud bestimmt.

Sie denkt mit. Befriedigt nimmt Viktor den Fuß vom Gas. Immer weniger kann er an eine Schuld seines Klienten glauben.

»Außer«, hört er jetzt die zaghafte Stimme von Waltrauds Tochter, »er hat sie kurz vorher entführt, irgendwohin gebracht und ist dann noch einmal zu sich nach Hause gegangen.«

Marisa neben ihr auf dem Rücksitz zieht erschrocken die Luft ein.

»Du hast entschieden zu viele Krimiserien gesehen, Kathi. Bitte, lass es gut sein. Es ist für Frau Burger so schon schwierig genug«, ermahnt Waltraud ihre Tochter und wendet sich Marisa zu. »Nein, keine Angst, so war es sicher nicht«, versucht sie, die weinende Frau zu trösten.

»Aber wenn doch?«

Marisa Burger erinnert Viktor in unangenehmer Weise an seine Exfrau, deren Stimme immer entweder zu schrill oder kaum hörbar war.

»Warum sollte Grohar ein kleines Mädchen bei der Ballettschule abfangen und es irgendwohin bringen? Was hat das für einen Sinn? Und danach geht er seelenruhig nach Hause und lässt sich vom Inspektor aufs Revier mitnehmen? Nein, das ist zu weit hergeholt.« Waltrauds Stimme ist fest und hat einen beruhigenden Unterton.

»Es gibt sicher für alles eine harmlose Erklärung«, murmelt Viktor und weiß selbst, wie unglaubwürdig das klingt. »Die Kleine hat sich vielleicht nur verlaufen.« Er zögert und fügt dann rasch hinzu: »Und wartet in Sicherheit.«

»Kathi«, hört er Waltraud leise zu ihrer Tochter sagen, »vorhin, als ich auf dem Polizeirevier zur Toilette musste, habe ich auf dem Gang Julias Eltern getroffen. Sie machen dir keinen

Vorwurf, aber sie haben mich darum gebeten, dass du dich morgen mit ihnen triffst.«

»Ja, klar, mache ich«, murmelt Kathi.

»Die armen Eltern, sie sind sicher völlig verzweifelt. Auch ihr Kind ist verschwunden. Und die Polizei sitzt bloß herum und stellt dumme Fragen, anstatt nach den beiden Mädchen zu suchen!« Marisa schluchzt auf.

»Nun, ganz so untätig ist die Polizei nicht.« Viktor spürt Groll in sich aufsteigen. »Sie durchkämmen das Kreuzbergl und suchen die Straßen, die Gegend um den Wörthersee und die Gärten ab. Es sind bereits sehr viele Polizisten und Streifenwagen im Einsatz. So, wie Sie es von van Hals verlangt haben.«

»Und woher wollen Sie das wissen?«

»Das hat Ihnen doch der Assistent von van Hals erklärt und auch gemeint, dass Sie am besten zu Hause warten sollen, falls Maisy dort auftaucht.«

»Ich werde das ganz sicher nicht tun. Zuerst gehe ich zu Michael, vielleicht ist er ja aufgewacht und kann mir sagen, wo sie ist. Wenn nicht, rufe ich alle zusammen, die ich kenne, und suche Maisy. Lassen Sie mich bitte beim Eingang zur Notaufnahme heraus.« Marisa streckt hilfesuchend die Hand nach Waltraud aus. »Versprechen Sie mir bitte, dass Sie mir helfen.«

»Natürlich. Viktor fährt Kathi und mich jetzt nach Hause. Ich richte Gerald das Abendessen, und sobald er schläft, melde ich mich bei Ihnen.«

»Ich habe mein Handy in Grado liegen lassen.«

»Dann werde ich Sie im Krankenhaus anrufen oder selbst vorbeikommen.«

Marisa drückt Waltrauds Hand ganz fest, bevor sie sie wieder loslässt. »Danke«, flüstert sie.

Die beiden Frauen scheinen sehr vertraut miteinander zu sein. Viktor überlegt, ob Marisa mit ihnen auf der Schule war. Doch sie kommt ihm um einiges jünger vor.

Der Regen, der irgendwann leise und unauffällig begonnen hat, peitscht jetzt gegen die Scheiben des Autos. Ein scharfer Wind wirbelt Blätter durch die Luft. Aus dem beginnenden Sommer scheint binnen weniger Stunden Herbst geworden zu sein. Dann taucht das Krankenhaus vor ihnen auf, und Viktor hält an. Im Auto umarmen sich die Frauen und beteuern einander, dass alles gut werden wird.

Marisa Burger läuft durch einen silbernen Vorhang aus Regentropfen, den Pullover über den Kopf gezogen, auf den hell erleuchteten Eingang der Notaufnahme zu.

6

Zuerst ist da nur ein dickes, flaumiges Grau.

Wolkenweich senkt es sich auf Michael. Er möchte sich in der flauschigen Zartheit verlieren.

Aber da ist auch etwas Drängendes, das ihn keine Ruhe finden lässt. Ähnlich dem unerträglichen Kopfschmerz, der hinter seiner Stirn pocht. Er versucht, die Augen zu öffnen. Es ist so mühsam, so anstrengend.

Wo bin ich?

Hat er das gesagt oder bloß gedacht? Langsam, wie in Zeitlupe, lösen sich seine Oberlider von den Unterlidern.

Zunächst ist die Welt ein schmaler Spalt. Grelle Blitze. Flirrende Kälte. Er will schreien, bringt jedoch kein Wort hervor.

Dann ist da ein breites Lächeln auf roten Lippen unter aufmerksamen Augen. Jemand beugt sich über ihn. Heiße Luft streift sein Gesicht.

»Herr Burger? Sind Sie wach?«, flüstert der freundliche Mund. »Ich bin Schwester Sabrina. Können Sie mich verstehen?«

Ja, will Michael antworten, ich kann Sie hören. Doch er bringt kein Wort hervor. Seine Zähne haften fest aufeinander, lassen sich nicht lösen. Er fühlt sich seltsam schwerelos, treibt dahin, wieder dem Grau entgegen.

Halt! Da ist etwas. Eine Erinnerung überkommt ihn, ein grelles Zucken.

Maisy. Er hat seine Enkelin nicht von der Ballettschule abgeholt. Sie läuft jetzt durch die Nacht, müde, hilflos und allein. Sie hustet und verirrt sich zwischen dichten Tannen, kriecht durch stachelige Sträucher. Er kann sie vor sich sehen.

Ein Mann taucht auf, er trägt Maisys Ballettköfferchen. Lächelnd nimmt sie seine Hand.

Das Grau wird heller, fließt hoch und lässt gelbes Licht einfallen.

»Michael.« Seine Frau steht neben ihm und lächelt ihn an.

Sie ist ihm so nahe. Er will sie berühren. Doch seine Hand tut nicht, was er ihr befiehlt. Sie lässt sich nicht bewegen.

Es wird heller, kristallklar. Er liegt in einem Krankenhausbett. Eine Schwester ist da.

»Elisabeth! Komm zurück.«

»Ja, Herr Burger, haben Sie etwas gesagt? Versuchen Sie es noch einmal. Gut so. Gut. Sehr gut.«

Michael versucht es mit aller Kraft, kann aber nicht. Er bringt keinen Ton hervor.

Die Schwester beugt sich über ihn, ihr Ohr ist seinem Mund sehr nahe. Ihr langes Haar streift sein Kinn. Sie richtet sich auf und legt beruhigend eine Hand auf seine Schulter. »Brav so. Morgen wird es Ihnen besser gehen.« Ihr Lächeln ist breit, und noch mehr heiße Luft streicht über sein Gesicht.

Angst erfasst ihn. Er kann nur eine Seite spüren, alles andere ist taub.

Michael merkt, wie eine Träne aus seinem Auge über die Gesichtshälfte fließt, die er spürt.

»Weinen Sie nicht, alles ist gut gegangen. Sie leben. Das allein zählt.«

Michael kämpft gegen die Zähne an, zwingt sie auseinander.

Maisy. Ballett. Mann.

Wieder waren die Worte nur in seinem Kopf.

»Mmmmmm Taa…«

Ein hohes, schrilles Geräusch ertönt. Das Gesicht ist jetzt nicht mehr über ihm.

»Ihr Blutdruck steigt, Sie müssen sich beruhigen. Ich hole den Arzt.«

Nein, bleib da! Ich muss Marisa warnen. Da ist ein Mann hinter Maisy her. Ich habe es gesehen. Sie wartet vor der Tanzschule. »Bbbbb… Mmannnnnn.«

Die aufkommende Unruhe im Raum nimmt Michael wie durch ein Rauschen wahr. Jemand macht sich an seinem Infusionsständer zu schaffen.

»Ganz ruhig, alles wird gut.«

Nein, Hilfe! Maisy. Der Mann.

Sanfte Stimmen.

»Jetzt wirkt es gleich.«

Das Grau schwebt wieder auf ihn zu. Umfängt ihn, macht auch die andere Seite schwerelos. Lässt ihn vergessen.

7

Marisas Herz klopft, als sie die Tür des Krankenzimmers öffnet.

Davor hat sie einige Zeit vor der großen Glasfensterfront ausgeharrt und verzweifelt auf die Betten mit den verdrahteten Mumien gestarrt. Wenn die freundliche Schwester nicht durch eine der Scheiben auf ihren Schwiegervater gezeigt hätte, wäre sie achtlos an ihm vorbeigegangen.

Michael erinnert an einen bandagierten Riesenwurm. Überall um ihn herum baumeln Kabel und blinken Lichter in grellen Farbtönen. Das hohe Surren der Geräte ist sogar durch das Fensterglas zu hören. Unablässig jagen Zahlen und Linien über die Bildschirme der Monitore neben dem Bett. Sein armes Gesicht glänzt fiebrig rot unter dem riesigen weißen Turban aus Mull.

Ein junger Arzt war vor Marisa ins Zimmer gegangen. Er beugt sich über ihn und hebt seine Augenlider sanft, eines nach dem anderen, hoch. Dann notiert er etwas auf einem Blatt am Fußende des Betts. Eine Schwester mit wippendem Haar steht neben dem Arzt und lächelt ihn vertraulich an. Langsam hebt sie Michaels Hand hoch. Als sie sie wieder loslässt, sieht Marisa den Arm wie einen nassen Waschlappen auf das Leintuch zurückfallen.

Der Arzt bemerkt Marisa und sagt etwas zur Schwester, woraufhin diese ihren Kopf hebt und sie ansieht. Marisa versucht zu lächeln, aber es gelingt ihr nicht. Die Angst um Maisy und Michael hat sie starr gemacht, ihre Lippen liegen verkrampft über den Zähnen. Dann ist die Schwester neben ihr.

»Ich bin Schwester Sabrina. Sie müssen Frau Burger sein. Ihr Schwiegervater befindet sich bei uns auf der Intensivstation in guten Händen. Auf Sie mag der Anblick verstörend wirken. All diese fremden Geräusche und Maschinen. Aber ich kann Sie beruhigen, momentan ist Ihr Schwiegervater stabil und in Sicherheit. Wir passen gut auf ihn auf.«

»Was ist mit ihm geschehen?« Marisas Stimme klingt dünn.

»Er hat ein paar Brüche, aber die heilen wieder. Es ist sein Kopf, der uns Sorgen macht. Wir sind noch dabei, abzuklären, ob er einen Schlaganfall hatte und deshalb stürzte oder ob der Aufprall die Blutung verursacht hat.«

»Blutung? Heißt das …«, beginnt Marisa, wird von der Schwester aber sogleich am Weitersprechen gehindert.

»Das können wir im Augenblick noch nicht sicher sagen, so leid es mir tut. Gehen Sie zu ihm. Auch wenn er schläft, wird er Ihre Nähe spüren.«

Marisa nimmt Michaels schlaffe Hand und presst sie an ihre Wange. Ohne es verhindern zu können, strömen Tränen aus ihren Augen. Eine schreckliche Angst hält sie umfangen.

»Maisy, Michael«, weint sie.

Als sie eine Hand auf ihrer Schulter spürt, sieht sie auf.

Die Schwester steht neben ihr. Sie reicht Marisa ein Taschentuch.

»Es wird schon wieder. Herr Burger verfügt über eine ausgezeichnete Konstitution.«

Marisas Hände zittern so unkontrolliert, dass ihr das Papiertaschentuch entgleitet und zu Boden segelt. »Er muss aufwachen! Meine kleine Tochter ist verschwunden. Die Polizei sucht nach ihr. Michael konnte sie nicht mehr von der Ballettstunde abholen. Niemand weiß, wo Maisy jetzt ist.« Sie sehnt sich so sehr nach ihrer Tochter, dass es wehtut.

Die Schwester sieht sie bestürzt an. »Das ist ja furchtbar. Aber verlieren Sie nicht die Hoffnung, sicher wird man Ihre Tochter schon bald finden. Es ist schlimm genug, dass Ihr Schwiegervater diesen Unfall hatte, zwei Unglücke an einem Tag darf es einfach nicht geben.«

»Ja. Manchmal glaubt man, dass es schlimmer nicht kommen kann.« Marisa sieht Thomas vor ihrem inneren Auge im Fahrstuhl stehen und eine junge rothaarige Frau küssen. Die Vorstellung ist gar nichts im Vergleich zu dem hier. Wie betäubt schaut sie auf ihren bewusstlosen Schwiegervater. »Und dann kommt es doch ärger.«

Vor dem Fenster hat sich ein Unwetter zusammengebraut. Ein greller Blitz brennt Zacken in den Nachthimmel. Es vergehen nur wenige Sekunden, bis ein dröhnender Donnerschlag beide Frauen zusammenfahren lässt.

Ungefähr so sieht es in Marisas Innerem aus.

»Weil er mich betrügt, habe ich meinen Mann verlassen«, zischt sie. »Ich dachte eigentlich, dass das bereits das Schlimmste ist, was ich heute erlebt habe.«

Sofort schämt sie sich für ihren Ausbruch. »Es tut mir leid, ich bin völlig durch den Wind«, murmelt sie verlegen.

»Wen wundert das?«, kommt es mitfühlend von Schwester Sabrina, die sich bückt, um das Taschentuch in den Papierkorb zu werfen. Sie reicht Marisa ein frisches. »Ich dürfte Ihnen das eigentlich nicht sagen. Aber vorhin versuchte Herr Burger, mir etwas mitzuteilen. Er regte sich sehr auf dabei. Doch da sein Sprachzentrum in Mitleidenschaft gezogen wurde, brachte er nichts Verständliches hervor. Seine Körperfunktionen gerieten außer Kontrolle.«

Ein Gefühl, das sie nicht benennen kann, erfasst Marisa. Sie packt ihren Schwiegervater bei den Schultern und schüttelt ihn. »Michael, bitte wach auf!«, schreit sie in sein regungsloses Gesicht.

Sanft, aber nachdrücklich zieht Schwester Sabrina sie von ihm weg. »Ich kann Ihre Verzweiflung sehr gut verstehen, aber das müssen Sie unterlassen, zum Wohl des Patienten. Wenn Sie mir versprechen, ruhig zu bleiben, dürfen Sie eine Weile neben ihm sitzen. Aber bitte regen Sie ihn nicht auf. Ich bin draußen auf dem Gang und kann Sie durch das Fenster sehen. Falls Sie etwas brauchen, winken Sie mir zu.«

Trotz ihrer Aufregung versteht Marisa die Botschaft. Fest drückt sie die Hand ihres Schwiegervaters. Dann nimmt sie auch die andere Hand und verstärkt den Druck. »Michael«, flüstert sie trostlos, »bitte hilf mir. Wir müssen Maisy finden, bevor es zu spät ist.«

Einen Moment lang meint sie, ein leichtes Flattern seiner Augenlider zu bemerken. Doch als sie eine Hand alarmiert loslässt und gebannt hinstarrt, liegen die Lider wie unbewegliche Stahljalousien über seinen Augen.

»Michael«, fleht sie lautlos und knetet einen seiner Finger nach dem anderen.

Wie kraftlos sie sich anfühlen. Leblos. Und kühl.

»Erwidere den Druck, wenn du mich hören kannst. Bitte, lieber Michael«, wispert sie und zieht fröstelnd die Schultern hoch.

Ohne dass sie hinschauen muss, spürt Marisa den prüfenden Blick der Krankenschwester auf sich.

8

Maisy starrt erschrocken in die Nacht, die pechschwarz über ihr hängt.

Wo ist sie? Ihr Kopf brummt. Ängstlich kneift sie die Augen zusammen, kann aber nichts erkennen. Was ist passiert?

Ihr ist schwindlig. Es ist dunkel. Als hätte sie einen Schleier vor den Augen, der sie am Sehen hindert. Und sie zittert vor Kälte.

»Mami«, weint sie. Es ist so eng hier. Ihr Mund ist trocken. Überall ist Erde. Unter ihr, neben ihr und sogar in der Luft um sie herum. »Au!« Alles tut ihr weh.

Über ihr heult der Wind. Krampfhaft beginnt Maisy zu husten. Erdpartikel kitzeln in ihrer Nase und bringen sie zum Niesen.

»Mama!« Sie ist irgendwo tief unten, wo es ganz wenig Platz gibt. Maisy schüttelt sich vor Ekel. »Opi!«

Warum kommt denn niemand? Ihr wird schlecht. Um sie beginnt alles rasend schnell zu tanzen. Jetzt funkeln spitze silberne Sterne vor ihren Augen, durchbrechen die Dunkelheit. Sie hüpfen immer wilder auf und ab. Alles schaukelt.

Maisy beugt sich vor und erbricht.

»Mama?«, ruft Maisy ängstlich in die Dunkelheit. Ihr Schrei klingt dumpf und fremd. Der Geruch nach Erde erinnert sie an den Friedhof. Ihr fällt das mit Blumen und Kerzen geschmückte Grab ihrer Großmutter ein. Ein Schutzengel aus Stein wacht über ihre Oma. Manchmal nimmt Opi sie dorthin mit. Ihre Mama sieht das nicht gern.

Ist sie denn tot? Verzweifelt schlingt sie die Arme um ihren Körper. Sie zittert immer heftiger. Ihre Zähne klappern.

Vorsichtig bewegt sie die Finger. Das können Tote nicht, die liegen still mit geschlossenen Augen und gefalteten Händen auf weißen Leintüchern. Und denken können die auch nicht mehr. Maisy weiß das genau, weil sie die Toten in einem Film gesehen hat. Sie lebt also.

Vorsichtig dreht sie ihren Kopf und stöhnt schmerzvoll auf. Ihren Fuß kann sie nicht spüren. Es ist so eng hier und kalt. Wo ist sie?

»Mama? Opa?« Als sie den Mund bewegt, spürt sie mit einem Mal ein Brennen und Stechen an ihrer Wange.

Verstört streicht sie über ihr Gesicht. Die Haut fühlt sich nass und verkrustet an. Ihre Hände sind eiskalt. Maisy beginnt zu weinen. Sie weiß nicht, wo sie sich befindet.

Regnet es? Tropf, tropf, tropf klopft es laut gegen die Blätter über ihr, und ihre Haare liegen in nassen Strähnen auf ihren Wangen. Ja, es regnet.

Warum hat sie das erst jetzt bemerkt?

In ihrem Kopf geht immer noch alles drunter und drüber.

Sie hebt ihr Gesicht, versucht, das dichte Schwarz zu durchdringen, aber da ist nichts außer dem Regen.

Inzwischen ist Maisy durch und durch nass, die Kleidung klebt unangenehm an ihrem fröstelnden Körper. Sie mag das nicht. Jeder Knochen tut ihr weh, und sie friert.

Was hängt da an ihrer Schulter? Ihr Ballettköfferchen.

Die Tanzschule, Brigitte und Hemma, ihre neue Freundin, die das gleiche rosa Sweatshirt wie sie anhatte.

Langsam fällt ihr alles wieder ein.

9

Peter Grohar schwitzt.

Nun ist er auch noch für das Verschwinden eines zweiten Kindes verantwortlich.

Gerade hat der Chefinspektor verärgert vor sich hin murmelnd das Verhörzimmer verlassen. Sein junger Kollege, der bisher nichts gesagt hat, ist nun allein mit ihm.

»Blöde Geschichte, in die Sie da hineingeraten sind. So ein schlimmer Verdacht würde jeden von uns aus der Fassung bringen. Bewundernswert, wie Sie mit dieser Situation umgehen.« Er lächelt nachsichtig, aber Peter weiß, dass dieses Verständnis pure Heuchelei ist.

Sie wollen nur ein Geständnis von ihm.

Doppelmord. Zuerst die Große, danach die Kleine. So hätte der Polizeibeamte es gern.

Ein mulmiges Gefühl breitet sich in ihm aus. Diese Typen kennt er nur allzu gut. Psychologisch geschult im Umgang mit Schwerverbrechern, schleichen sie sich wendig in deren Seele ein, vermitteln Einfühlungsvermögen und Anteilnahme. Sobald der Widerstand des Verdächtigen jedoch gebrochen scheint, fahren sie ein anderes Programm. Sie kreisen ihr Opfer ein und lassen es so lange im Hamsterrad im Kreis rennen, bis auch der letzte Funke Gegenwehr erlischt. Umso mehr heißt es jetzt, auf der Hut zu sein, sich keine Blöße zu geben, keinen Fehler zu machen. Jedes einzelne Wort kann gegen ihn verwendet werden.

Da ist ihm van Hals mit seinem Jähzorn um einiges lieber. Auch wenn der Kripomann stolz auf sein Pokerface ist, sieht Peter ihm jede Regung an. Gebannt vertieft er sich in die Unebenheiten der Mauer, als käme von dort die Erlösung.

10

Wie ein Aussätziger fühlt Gerald sich, als er den dunklen Weg entlangschleicht.

Seine Schultern presst er unter dem Blouson eng zusammen. Der Regen verbessert seine Situation auch nicht. Genervt zieht er die Kapuze über seine feuchten Haare. Ein scharfer Wind pfeift ihm um die Ohren und bläht das Nylon seines Blousons auf. Den Blick hält er krampfhaft auf den nassen Gehsteig gerichtet, die Hände in den Hosentaschen.

Gerade noch rechtzeitig war es ihm gelungen, das Haus zu verlassen, bevor Waltraud und Kathi zur Tür hereinmarschiert sind. Irgend so ein Trottel hat sie mit dem Auto hergebracht. Darum wird er sich später kümmern.

In welcher dieser verdammten Nebenstraßen hatte er doch gleich den Wagen abgestellt?

Alle Gassen gleichen einander wie ein Ei dem anderen. Schmutzig und grau biegen sie von der Hauptstraße im rechten Winkel ab, um dann, von düsteren Häuserzeilen flankiert, immer weiter aus der Stadt hinauszuführen.

Da vorne steht sie ja, seine Rostschüssel!

Erleichtert atmet er aus und löst seine Hände aus den Hosentaschen. Als er sich dem Auto genähert hat, ist das flaue Gefühl wieder da. Unwillig schüttelt er sich und kramt in seinem Blouson nach dem Schlüssel. Das hätte ihm gerade noch gefehlt, wenn er ihn zu Hause vergessen hätte. Aber dann entspannt er sich. Der Schlüssel steckt in der Gesäßtasche seiner Jeans.

Schnell öffnet er die Tür und lässt sich auf den Sitz fallen.

Ein fauliger Geruch hängt im Inneren des Autos. Während er die Fenster öffnet und losfährt, hält er mit zusammengepressten Lippen die Luft an.

Ein Blitz zuckt über den Himmel, und Gerald tritt nervös auf die Bremse.

Nach Stunden des Herumkurvens hatte er am Nachmittag endlich die geeignete Baustelle gefunden. Nicht allzu weit entfernt von ihrem Siedlungshaus in St. Ruprecht. Hinter dem Südring, in einer der schmalen Nebenstraßen, wird gerade ein Einkaufszentrum gebaut. Eine weiße Marmorsäule liegt neben Stuck und Metallverstrebungen auf dem Boden. Er kann den protzigen Bau bereits vor sich sehen. Morgen zeitig in der Früh soll betoniert werden. Die Mischmaschine steht bereit, und auch das Gitter, in das die Säule hineinkommen wird, liegt schon über dem Loch. Er muss es bloß anheben, den Schutt beiseiteräumen, das tote Wild hineinwerfen und alles wieder wie vorher aussehen lassen.

Keine große Sache also. Trotzdem wird ihm schon bei der Vorstellung schlecht. Der Gedanke, das blutige Reh anzugreifen, lässt ihn würgen. Er spürt, wie sich sein Magen nach oben wölbt und ihm das Wasser im Mund zusammenläuft.

Gerade noch rechtzeitig kann er anhalten und sich aus dem Auto beugen. Als sein Magen sich wieder beruhigt hat, lässt er sich erschöpft zurück in den Sitz fallen. Auf dem Beifahrersitz liegt eine Dose Bier. Erleichtert zieht er die Lasche ab und nimmt ein paar Schlucke. Es ist warm, aber besser als nichts. Er überlegt, ob er sich vielleicht einen Virus eingefangen hat. Denn vom Kadaver im Kofferraum allein kann dieser Ekel nicht kommen.

Wenn er von seinem Kumpel zurückkommt, wird er das Wild begraben. Zu dieser vorgerückten Stunde kann er sich sicher sein, niemandem zu begegnen.

»Begraben«, sagt er zögernd und startet den Motor.

Ohne es zu wollen, sieht er sich am offenen Grab seines Vaters stehen. Auf dessen Sarg liegt ein einzelner Kranz mit einer schwarz glänzenden Schleife. Da er noch klein ist und nicht lesen kann, versteht er nicht, was die weißen Buchstaben darauf bedeuten. Es riecht nach Kerzenwachs und verwelkten Blumen. Neben ihm weint seine Mutter laut und verzweifelt. Darüber wundert sich Gerald. Denn als sein Vater noch lebte, stritten seine Eltern sich rund um die Uhr.

Ihn selbst macht der Tod seines Vaters zufrieden und nicht traurig. Nie wieder wird er toben – und keinen von ihnen mehr schlagen. Auch wenn seine Mutter immer versuchte, die frischen Wunden, blauen Flecken und silbernen Narben vor ihm zu verstecken, er hat sie gesehen. Niemals mehr wird er sich unter der Sitzbank in der Küche vor seinem Vater verstecken oder in den dunklen Keller laufen müssen.

Um seine Mutter zu trösten, nimmt er ihre kalte Hand. Doch sie stößt ihn von sich.

Gerald schreckt aus seiner Erinnerung auf. Erstaunt und angewidert wischt er eine Träne von seiner Wange. Dann dreht er so lange am Lautstärkenregler des Radios, bis Schlagermusik das Auto zum Vibrieren bringt. Er fährt weiter und biegt in den Südring ein. Wie üblich hat er den Blinker vergessen und zeigt dem hupenden Autofahrer hinter sich seinen Mittelfinger.

Erbost faucht er: »Was soll der Scheiß? Begraben? Wer kommt denn auf so einen Mist? Ablegen werde ich den Kadaver, genau wie geplant.«

Warum er überhaupt so ein Getue um ein totes Vieh macht, ist ihm selbst nicht klar. Er schluckt den Kloß in seiner Kehle hinunter und blinkt vorschriftsmäßig, als er an einem Polizeiwagen vorbei in die Ebentaler Straße in Richtung Fischlsiedlung abbiegt. Sein Tempo hat er nicht nur wegen des Unwetters reduziert. Eine Kontrolle fehlte ihm gerade noch.

11

Um Kathi zu finden, braucht er kein Google Earth. Als er unlängst bei seinem Klassenkollegen Philip zum Lernen war, hat er Kathi im Hof der Siedlung gesehen. Sie stand vor einem riesigen Berg nasser Wäsche, die sie zum Trocknen aufhängen wollte, und sah sofort weg, als sie ihn bemerkte.

»Ich bin im Hobbykeller!«, ruft er in Richtung Küche. Als niemand von ihm Notiz nimmt, schleicht er zur Haustür und zieht sie geräuschlos hinter sich zu.

Mit dem Jammern seines kleinen Bruders im Ohr radelt er die nasse Straße hinunter. Der Fahrtwind zerrt an seiner Kleidung, Regen prasselt auf seine Mütze. Bernti, die kleine Nervensäge, quälen Bauchschmerzen. Willi fragt sich, ob es nur eine Theorie ist, um das Plärren der Babys zu erklären. Sehen kann man schließlich nichts. Das Grübeln über die Koliken seines Bruders lenkt ihn ein wenig ab.

»Shit!«, flucht er, weil er fast eine Abzweigung verpasst hätte.

Kurze Zeit später taucht die Siedlung grau und abweisend wie eine Festung vor ihm auf. Am liebsten möchte er wieder umkehren. Obwohl er weiß, was er zu tun hat, fällt ihm dieser Weg schwer.

Als er sein Fahrrad angeschlossen hat, hält er kurz inne und überlegt, in welchem der Gebäude Kathi wohnen könnte. Es muss wohl das Haus sein, das Philips Wohnung gegenüber liegt. Er kann den Namen Sandner an keinem der Klingelschilder entdecken. Kurz entschlossen drückt er auf fünf Klingelknöpfe gleichzeitig. Die Haustür schwingt knarrend auf, und Willi hastet die Treppe hinauf. Mit vor Aufregung klammen Fingern klopft er an jede der Türen, bis im zweiten Stock Kathi vor ihm steht.

»Du?«

»Können wir reden? Es ist wichtig«, bringt Willi außer Atem hervor.

»Das ist jetzt nicht so günstig«, sagt Kathi leise, macht einen Schritt nach vorn und zieht die Wohnungstür hinter sich zu.

Jetzt stehen sie im Flur knapp voreinander. Das Licht geht aus, Kathi dreht sich um und klopft energisch auf den Schalter. Sofort wird es wieder hell. Willi spürt, wie seine Kehle sich verkrampft.

»Und?« Kathi wischt sich ungeduldig eine Haarsträhne aus der Stirn. Ihre Sommersprossen leuchten wie goldene Punkte in ihrem bleichen Gesicht.

»Das mit Julia …«

»Ja?«

»Ich weiß, was passiert ist«, flüstert er.

Wieder geht das Licht aus, und Kathi macht einen Schritt auf ihn zu. Sie stehen jetzt im Dunkeln, ohne dass einer von ihnen etwas sagt. Schwach nimmt er den Geruch seiner nassen Kleidung wahr. Da packt ihn eine Hand hart an seiner Schulter, und Kathis Gesicht ist auf einmal direkt vor seinem. »Was weißt du, verdammt noch mal?«, zischt sie und rüttelt ihn.

»Ich … ich war dabei«, stammelt er.

12

Erfüllt von Furcht betritt Kathi den hell erleuchteten Raum.

Willi ist nur einen Schritt hinter ihr. Sie kann seinen Schweiß riechen. Er hat sicher noch mehr Schiss als ich, denkt sie und wünscht sich, dass ihre Mutter doch mit hereingekommen wäre. Inspektor van Hals schiebt geräuschvoll seinen Sessel zurück. Das Deckenlicht spiegelt sich in seiner Glatze. Kathi fürchtet sich vor seiner Reaktion.

»Deine Mutter hat dem Polizisten am Empfang gesagt, ihr müsstet dringend mit mir reden. Wenn sie nicht so hartnäckig darauf bestanden hätte … Nun, wir sind ziemlich beschäftigt. Also kommt zur Sache.« Er sieht sie abweisend an und kommt hinter seinem Schreibtisch hervor. »Ob euer Besuch hier allerdings positiv zu bewerten ist, wird sich noch herausstellen.« Mit einer flüchtigen Handbewegung deutet er auf die Besucherstühle an der Wand, und sie setzen sich.

Es riecht wie in ihrem Klassenzimmer: nach Kreide, halb aufgegessenen Äpfeln und nassen Socken.

»Was verschafft mir also das späte Vergnügen?«, bohrt van Hals nach, als weder sie noch Willi etwas sagen.

Kathi knufft mit dem Ellbogen auffordernd in Willis Seite. »Jetzt erzähl es ihm schon«, knurrt sie und wirft ihm einen zornigen Seitenblick zu, als er noch immer nicht reagiert.

Willis Gesicht ist bis unter den Haaransatz rot angelaufen.

»Er und sein Freund haben mir das Handy weggenommen und sich am Treffpunkt auf dem Kreuzbergl versteckt«, beginnt Kathi entnervt.

Sie spricht nicht weiter, weil van Hals plötzlich direkt vor ihnen steht und Willi anfährt. »Wie bitte?«

Willi springt auf und rammt Kathi dabei schmerzhaft den Ellbogen in den Oberarm.

»Ich, es tut mir leid, ich weiß, dass unser Verhalten nicht richtig war. Jede Sekunde denke ich daran und frage mich, ob alles anders geworden wäre, wenn …«

»Mit Philosophieren kommen wir hier nicht weiter«, brummt van Hals. »Also alles schön der Reihe nach.«

Kathi läuft ein Schauer über den Rücken, als Willi zu erzählen beginnt. Sie lehnt sich fest an die Wand und presst ihre Handflächen auf den aufgerauten Sitz der Holzbank.

»Julia und Kathi saßen im Bus vor uns. Robby hat bemerkt, dass Kathis Handy aus dem Schulrucksack gefallen war. Er hat es heimlich eingesteckt. In der ersten Stunde erklärte er mir seinen Plan. Er würde mit verstellter Stimme drangehen, wenn ein Anruf käme, und die Mädchen auf das Kreuzbergl locken.«

Van Hals unterbricht ihn scharf: »Und du fandest das in Ordnung?«

Willi zögert. »Ja, mir gefiel die Idee, den beiden einen kleinen Schrecken einzujagen. Das gebe ich zu. Zumindest am Anfang.« Er kratzt sich verlegen hinter den rot angelaufenen Ohren und verschweigt, dass er im Grunde eher den Gedanken, Kathi einmal außerhalb der Schule zu treffen, aufregend fand.

Kathi sieht, wie sich van Hals' Gesichtszüge verfinstern. Er geht zum Waschbecken und füllt einen Plastikbecher. Mit einem großen Schluck leert er ihn.

Draußen prasselt Regen gegen die Fensterscheibe.

»Und?«, fährt er Willi an: »Weiter.«

»In der großen Pause haben die Mädchen dann tatsächlich angerufen. Und Robby war gut. Er hat sogar mich überzeugt.«

Kathi hört den Stolz auf seinen Freund in Willis Stimme mitschwingen. »Das macht es nicht besser, finde ich!«, schimpft sie erbost. »Ist dir denn nicht klar, was ihr damit ausgelöst habt?«

Van Hals bringt sie mit einem Blick zum Schweigen.

Kleinlaut schiebt Willi einen Fuß vor den anderen. Die Röte von vorhin ist einer grünlichen Blässe gewichen. »Es tut mir so leid«, sagt er kaum hörbar und fährt fort: »Wir haben uns im Gebüsch versteckt. Spätestens da bekam ich es mit der Angst zu tun. Ich hatte Schiss, dass die Mädchen die Polizei mitbringen. Ich war schon drauf und dran abzuhauen, als eine einzelne Gestalt den Weg entlangkam. Im Dunkeln konnte ich nicht erkennen, ob es Kathi oder Julia war. Auch nicht, als die

Scheinwerfer eines Autos sie von hinten anstrahlten. Sie blieb stehen und rief, dass wir rauskommen sollten, der Spaß sei vorbei, sie habe uns erkannt. Ich fand das total mutig von ihr. Weil Robby sich bewegt hatte und es im Gebüsch raschelte, kam sie direkt auf uns zu. Aber dann …« Willi hört zu reden auf und hält sich die Hand vor den Mund.

Kathi traut sich nicht, ihn anzuschauen. Betreten senkt sie den Blick.

»Für den großen Katzenjammer ist jetzt keine Zeit. Erzähl zu Ende.«

Kathi wundert sich, wie gelassen der Inspektor bleibt. Sie an seiner Stelle wäre schon längst aufgesprungen und hätte die armselige Gestalt neben sich an der Gurgel gepackt.

Es kostet Willi sichtlich Überwindung weiterzureden. »Aus irgendeinem Grund drehte sie um und sprang zurück auf die Straße. Vielleicht hatte sie Angst bekommen, der Wald war voller Geräusche, und …« Sein lautes Schluchzen hindert ihn am Weiterreden.

»Da, trink einen Schluck.« Van Hals reicht ihm den Plastikbecher und ein Papiertaschentuch.

Während Willi sich geräuschvoll die Nase putzt, telefoniert van Hals leise mit einem Kollegen, woraufhin ein zweiter Polizist ins Zimmer kommt und sich zu ihnen setzt.

»Sie ist mitten in das Scheinwerferlicht eines entgegenkommenden Autos gesprungen und wurde zu Boden geschleudert. Robby und ich lagen mucksmäuschenstill im Gebüsch, wir trauten uns nicht mal, richtig zu atmen.«

»Wer war es, was für ein Auto, konntet ihr das erkennen?« Der zweite Polizist ist um einiges jünger als sein Chef und trägt einen dunklen Oberlippenbart und Koteletten, die bis zu den Mundwinkeln reichen.

Willi scheint seine Anwesenheit noch gar nicht bemerkt zu haben, er schrickt hoch wie aus einem Traum. »Nein, ich weiß nicht, wer das war. Die Automarke habe ich auch nicht erkannt, die Scheinwerfer haben uns geblendet. Der Wagen war aber eher alt als neu, er sah irgendwie unmodern aus. Ein bisschen schäbig.«

»Was hat der Fahrer getan? Trug er eine Schirmmütze? Hat er euch bemerkt? Red schon«, fordert der zweite Polizist aufgeregt.

Willi weint jetzt laut. »Soviel wir sehen konnten, hob er Julia auf und packte sie in den Kofferraum. Dann fuhr er davon«, erzählt er. »Ich glaube nicht, dass er uns bemerkt hat.«

Als Kathi realisiert, was das alles zu bedeuten hat, schluchzt sie ebenfalls laut auf. Wird Julia jemals wieder mit schiefem Grinsen zu ihr sagen: »Also ehrlich, Kate, was hast denn du wieder für langweilige Klamotten aus der Mottenkiste gefischt?«

Sie klammert sich an diese Erinnerung, die so traurig ist.

»Du sagtest, du konntest das Mädchen selbst im Scheinwerferlicht nicht genau erkennen. Hast du an dem Abend denn zu irgendeinem Zeitpunkt eindeutig deine Mitschülerin Julia Krakolinig erkannt?«, will van Hals wissen.

»Nein«, antwortet Willi kaum hörbar. »Nur dass es sich entweder um Julia oder um Kathi gehandelt haben musste, war mir klar.«

»Was habt ihr mit dem Handy gemacht?«

»Das haben wir in den zweiten Kreuzberglteich geworfen«, kommt es schuldbewusst von Willi.

»Aha«, meint van Hals, »kein Wunder also, dass wir es nicht orten konnten. Was ist mit deinem Freund, weiß er, dass du hier bist?«

»Nein«, Willi zögert. »Er meinte, wir sollten das alles schnell vergessen. So weitermachen, als wäre nie etwas geschehen. Er wollte nicht, dass ich zur Polizei gehe.«

»Schöner Freund, dein Robby«, ätzt van Hals.

»So verstehen Sie doch …«

»Ich verstehe nur, dass dein Freund ein Schuft ist«, fährt van Hals dazwischen.

Kathis Wut auf die beiden Buben wird immer stärker. Zudem ist sie tief enttäuscht. Wie konnte Robby so etwas Schreckliches tun? Und dann nicht einmal dafür geradestehen wollen. So ein elender Feigling!

Der Sessel ist hart und drückt gegen ihre Oberschenkel.

»Wie kann ich es wiedergutmachen? Ich tu alles!« Willis Stimme ist leise und tränenverhangen.

Kläglich, denkt Kathi und zischt ihm zu: »Gutmachen? Nie wieder kannst du gutmachen, was du getan hast. Ich hasse dich für immer und ewig. Dich und Robby.«

Willi erträgt ihre Standpauke mit gesenktem Kopf, und Kathi fühlt sich kein bisschen besser.

»Bevor wir das zu Protokoll nehmen, brauche ich jetzt dringend eine Zigarette«, sagt van Hals zu seinem Kollegen. Beide verlassen den Raum.

Kathi steht auf und stellt sich vor Willi. »Wenn das hier vorbei ist, rufen wir nicht meine Mutter an, sondern du bringst mich nach Hause und wartest so lange unten auf der Wiese vor meinem Fenster, bis ich dich rufe. Egal ob es blitzt, stürmt, regnet, hagelt oder donnert. Hast du mich verstanden? Wenn alle schlafen, suchen wir so lange nach Maisy, bis wir sie gefunden haben. Das ist das Einzige, das du tun kannst.«

»Maisy?«

»Das kleine Mädchen, auf das ich manchmal aufpasse, ist ebenfalls verschwunden. Ist eine längere Geschichte. Ich erzähl dir alles auf dem Heimweg.«

Willi nickt fast unmerklich und verschlingt seine Beine zu einem verkrampften Gebilde.

Hoffentlich können sie hier bald weg. Doch es scheint nicht so, denn als Inspektor van Hals und sein Kollege zurückkommen, lässt der jüngere Polizist Willi alles noch mal in ein Aufnahmegerät hinein erzählen.

Fortwährend geistern Erinnerungen an die langen Jahre ihrer Freundschaft mit Julia durch Kathis Kopf. An die schlimme Sache im Wald mag sie nicht denken. Sie will nicht wissen, was noch passiert ist, möchte die winzig kleine Hoffnung, dass ihre Freundin noch lebt, nicht im Keim ersticken.

Als Willi endlich fertig ist, geht die Tür auf, und es stürmen weitere Polizisten herein. Der Raum ist erfüllt von Stimmen. Ständig läutet das Telefon. Van Hals gibt abwechselnd Kattnig, so heißt der Polizist mit dem Bart, und einem weiteren Kollegen Anweisungen wie »Spurensicherung anfordern«, »Einsatzfahrzeuge zum Tatort schicken« und »Umkreis genau absuchen«.

Kathi überlegt, wie viele Polizisten es zur Erledigung dieser

Aufgaben wohl geben mag, da doch die meisten nach Maisy suchen.

Einer der Beamten wird losgeschickt, Robby aus dem Bett zu klingeln.

Kathi kauert während des ganzen Trubels wie erstarrt neben Willi.

13

Maisy weiß jetzt, wo sie ist.

Auf dem Kreuzbergl ist sie. Da ist sie in ein tiefes Loch gefallen. Wahrscheinlich ganz in der Nähe von ihrem Geheimplatz, dieser wunderschönen Wiese, die nur Opi und sie kennen. Im Gras blühen bunte Blumen, über die gelbe und blaue Schmetterlinge flattern.

Sie fürchtet sich. Als sie noch klein war, ist sie immer zu Mami ins Bett gekrochen, wenn es gedonnert hat. Bei jedem Blitz macht sie sich ganz klein. Jetzt hört das Getöse langsam auf, aber der Regen wird nicht weniger.

Sekundenlang wird es wieder hell über dem Loch. Endlich haben sie mich gefunden, denkt Maisy. »Hier bin ich, Opi!«, ruft sie, so laut sie kann.

Dann verlischt das Licht. Und es ist noch dunkler als vorher.

Weit entfernt grollt Donner. Wieder war es nur das Gewitter und keine Taschenlampe.

Was ist, wenn niemand nach ihr sucht?

Der fremde Mann, der ihr vor der Ballettschule begegnet ist, fällt ihr wieder ein. Er hatte auf seinem Rückweg nach ihr sehen und sie mitnehmen wollen, wenn niemand sie abgeholt hätte. Brigitte und er glauben wahrscheinlich, dass sie längst zu Hause ist. Aber Mami ist mit Papa in Grado, und Opa vergisst in letzter Zeit so viel. Hat er auch sie vergessen?

Da, über ihr raschelt es. Maisy starrt in die Dunkelheit, kann aber nichts erkennen. Wieder wird sie von einer mächtigen Angst erfasst. Letzten Sommer hat Opa ihr von den Jägern auf dem Kreuzbergl erzählt. Sie schießen auf alles, was sich im Dickicht des Waldes bewegt. Maisy hat Angst vor diesen finsteren Gestalten in den grünen Jacken. Sie tragen Schnauzbärte, Knickerbocker und Gewehre über ihren Schultern – und die erlegten Rehe. Es gibt sogar einen Film über sie. Den hat sie mit Mami gesehen.

Jetzt schreit Maisy vor Angst.

Wäre sie doch bloß mit dem fremden Mann mitgegangen! Sie hätte auf ihn warten sollen. Er wollte ja zurückkommen und sie holen.

Wütend drischt Maisy den Fuß gegen die Erdwand und schreit vor Schmerz auf. Jetzt tut das Bein noch mehr weh.

Das hat sie also vom Bravsein! Der Mann hätte sie sicher nach Hause gebracht, und sie müsste nicht mitten in der Nacht in diesem finsteren Loch hocken und warten.

14

»Wenn du noch einen trinkst, garantiere ich für nichts«, sagt Seppi und lacht dröhnend. Ohne Geralds Reaktion abzuwarten, gießt er trotzdem nach.

»Dein Selbstgebrannter ist eine Wucht«, lallt Gerald. Er muss sich Mut ansaufen für das, was er noch zu erledigen hat. Sogar sehr großen Mut, und der verlangt eben einen guten Tropfen Schnaps.

»Pass bloß auf. Vorgestern im Schweizerhaus warst du genauso blau und bist dann wie der Teufel das Kreuzbergl hinuntergedonnert. Wir haben von ganz oben deine Reifen nur so quietschen gehört. Dass dich da kein Bulle erwischt hat, ist das reinste Weltwunder, Alter. Alle Achtung.«

Gerald wird es eiskalt ums Herz. Innerhalb von Sekunden fühlt er sich um zwanzig Jahre gealtert. Das Reh schaut ihn traurig an.

»Was ist los? Du bist ja ganz bleich im Gesicht.«

»Nix ist los.« In seinem Mund sammelt sich eine Unmenge an Speichel, den er krampfhaft zu schlucken versucht.

Seppi betrachtet ihn eingehend, verliert aber bald das Interesse. Gelangweilt steckt er eine Kerze in eine leere Bierflasche und fährt mit dem Zeigefinger ununterbrochen durch die flackernde Flamme. Irgendwann hält er inne und wischt den Ruß in seine Hose. Dann taucht er seine Fingerspitze in das heiße Wachs und betrachtet, wie es sich an der Luft in ein durchsichtiges Hütchen verwandelt. Erfreut bohrt er nun den Daumen ins Wachs.

Wenn eins Gerald noch unruhiger machen kann, als er ohnehin schon ist, dann das. »So, Seppi«, beschließt er lallend. »Ich verzieh mich jetzt.«

In Wirklichkeit möchte er hierbleiben und so lange weitertrinken, bis er sich an nichts mehr erinnern kann. Bis er in ein wohltuendes Koma fällt, das ihn alles Unerträgliche vergessen lässt.

Waltraud kommt ihm in den Sinn. Den verfluchten Typen, bei dem sie im Auto saß, wird er anständig verprügeln.

Noch etwas drängt sich hartnäckig in seine Gedanken. Es ist schlimmer als die Kopfschmerzen, die sein Hirn fest gegen die Schädeldecke zu drücken scheinen. Schemenhaft sieht er Gestalten durch seine Küche huschen. Aufgeregte Stimmen flattern an seinem Ohr vorbei.

»Du kotzt mir doch jetzt nicht ins Wohnzimmer?«

Seppis Faust zwischen seinen Schulterblättern reißt ihn zurück in die Gegenwart.

»War nur so in Gedanken«, brummt er und ärgert sich über die Grobheit seines Freundes.

»Du und denken?« Seppi lacht schallend und knallt ihm die andere Faust in den Oberarm. Dann fuchtelt er mit den Fäusten vor Geralds Nase herum. Dabei tänzelt er schwerfällig auf und ab. Ständig droht er zu kippen.

Gerald findet diesen Pseudo-Boxkampf überhaupt nicht lustig. Er taumelt zurück, weg von Seppis Händen und kracht unsanft mit der Hüfte gegen die Kommode. »Scheißhütte!«, flucht er und presst die Hand auf die schmerzende Stelle.

»Jetzt spiel nicht den Beleidigten.« Mit einer versöhnlichen Geste hält Seppi ihm ein weiteres Glas Schnaps hin.

Gierig schüttet Gerald das scharfe Zeug in sich hinein. Es kann nicht schaden, die unleidige Angelegenheit benebelt anzugehen. Er muss bloß darauf achten, den Weg zu finden und den Wagen halbwegs gerade auf der Straße zu halten.

»Ich schau mir jetzt deine Karre an. Nimm dir ruhig noch einen Tropfen.«

»Scheiße! Nein!« Wie von der Tarantel gestochen, springt Gerald in die Höhe. Das hat er völlig vergessen! Wie konnte er so leichtsinnig sein? Seppi darf erst an sein Auto, wenn er den Kadaver losgeworden ist.

»Tscheri, Tscheraldo, warum die Aufregung? Versteckst du etwa eine Leiche im Kofferraum?«

Seppi hustet vor Lachen über seinen eigenen Witz, hält sich seinen dicken Bauch und kippt rückwärts aufs Sofa. Umgeben von bestickten Plastikkissen schnauft er, bis sein Gesicht rot anläuft. Unaufhörlich klatscht er sich dabei auf die Oberschenkel.

Gerald wird von einer mächtigen Wut gepackt. Sie durchströmt seinen Körper, verdrängt sogar die Kopfschmerzen und macht ihn mit einem Schlag nüchtern. Er könnte Seppi an die Gurgel gehen und ihm jeden seiner widerwärtigen Lacher einzeln aus dem Mund prügeln. Dieser verdammte Schwachkopf!

Doch er tut nichts dergleichen, sondern haut sich neben Seppi auf die schäbige Couch und lacht mit ihm um die Wette. »Guter Witz«, bringt er unter Keuchen hervor, »bringen wir doch meine Leiche zu deiner hinunter in den Keller.«

»Du hast es aber drauf«, grölt Seppi und schlägt sich und Gerald nun abwechselnd mit der flachen Hand auf die Schenkel.

Das klatschende Geräusch und der brennende Schmerz treiben Gerald zur Weißglut. »Ich muss dann«, sagt er scharf und steht erneut auf.

»Was musst du dann? Pissen? Gleich hier drinnen?« Seppi kann sich vor Heiterkeitssalven kaum mehr halten.

Gerald möchte ihn an der Gurgel packen und seine Finger so lange in den schwammigen Hals seines Freundes drücken, bis Seppis Gesicht dunkelviolett anläuft.

Wieder tut er nichts dergleichen. »So ähnlich«, brummt er stattdessen, denn er wird den Kumpel später noch brauchen. Keiner kann so wie Seppi, ohne groß zu fragen, einen Blechschaden unsichtbar machen. Wenn es darauf ankommt, ist sein Freund unbezahlbar.

Unter Gelächter und heftigem Schulterklopfen trennen sie sich.

Der Regen ist inzwischen so stark, dass Gerald trotz des heftigen Knatterns und Reibens der Scheibenwischer kaum etwas erkennen kann. Immer wieder blenden ihn grelle Blitze. Problemlos findet er den Weg zur Baustelle. Nass und finster tauchen die Gerüste vor ihm auf. Schon einige Meter bevor er den Wagen anhält, schaltet er zur Sicherheit das Abblendlicht aus.

Plötzlich rast eine Welle von Übelkeit von oben nach unten durch seinen Körper, und innerhalb von Sekunden ist er klitschnass. Sogar über seiner Lippe steht der Schweiß und sickert salzig über die Mundwinkel in seinen Mund. Vor seinen Augen tanzen Sterne, springen übereinander und wirbeln so schnell, dass er die heftig aufsteigende saure Kotze nicht mehr zurückhalten kann. In einem Schwall ergießt sie sich auf den Beifahrersitz.

»Grauenhaft«, schimpft Gerald, »so eine verdammte Schweinerei!« Darum wird er sich später kümmern müssen.

Der Nebel vor seinen Augen verzieht sich langsam. Angestrengt versucht er, sich zu konzentrieren.

»Aussteigen, Lage sondieren, Kadaver rausholen und in die Grube werfen. Bauschutt drüber – abhauen!«

Ist ja gar nicht so schlimm, denkt er, um sich Mut zu machen, und steigt hastig aus, mitten in eine Pfütze hinein. Schuhe, Socken und Hosenbeine triefen vor Nässe. Jetzt, im Stehen, dreht sich alles um ihn. Er fühlt sich wie in einem Karussell. Regen und Wind peitschen gegen seinen Körper. Doch anders als vorhin empfindet er das Wetter jetzt als tröstend. Er hebt sein Gesicht dem Himmel entgegen.

»Tscheri, Tscheraldo, mach jetzt nicht schlapp, altes Haus«, ahmt er Seppis Stimme nach.

Vorsichtig tastet er sich am Auto entlang zum Kofferraum. Wie nicht anders zu erwarten war, klemmt das Schloss. Daher kostet es Gerald einige Anstrengung, den Deckel in die Höhe zu stemmen. Auch darum wird Seppi sich kümmern müssen. Gerald prallt zurück. Der metallische Gestank nimmt ihm die Luft.

Und dann überfällt ihn mit einer ungeahnten Heftigkeit Entsetzen.

15

»Michael.«

Er spürt, dass Marisa neben ihm auf dem Bett sitzt. Die Matratze wölbt sich nur leicht unter ihrem Fliegengewicht.

Wie hübsch sie doch ist, denkt Michael, obwohl er sie nicht sehen kann. Seine Lider kleben wie schwere Teigklumpen auf den Augen. Er ist unfähig, sie aufzubekommen. Aber er kann Marisas Maiglöckchenduft riechen. Elisabeth hat ihr dieses Eau de Toilette vor Urzeiten geschenkt. Auf dem Seidenpapier der Box waren Maiglöckchensträuße in Weiß und frischem Grün.

Er fällt rücklings in türkises Wasser, treibt mit geschlossenen Augen auf den warmen Wellen des Faakersees. Von allen Seen liebt er diesen am meisten. Als Kind hat er auf der kleinen Insel mit seinen Freunden Wasserschlangen auf Weidenruten gespießt und über dem offenen Feuer gebraten. Gegessen haben sie die gerösteten Dinger nie, sich aber mit diebischer Freude gegenseitig einen Schrecken damit eingejagt.

Michael fährt aus seiner Erinnerung hoch. Wo ist seine Enkelin? An der Hand von einem großen Mann geht sie, den Ballettkoffer an sich gepresst, die Sterneckstraße hinunter.

Sein Herz beginnt zu rasen. Ein schrilles Geräusch erreicht sein Ohr. Es ist die Glocke seiner alten Schule, sie läutet die große Pause ein. Rudi umklammert seine Hand. Quetscht und drückt seine Finger. Ärgerlich will er Rudis Hand abschütteln. Aber sein Freund lässt nicht los. Zieht ihn über die spitzen weißen Steine hin zum Seeufer. Reißt ihn weiter. Über ihnen der tiefblaue Himmel.

Ihr Gelächter vermischt sich mit dem Geschrei der Schwalben an diesem heißen Spätsommertag.

Rudi und er tauchen jetzt durch die schilfgrünen Fluten des Faakersees. Das Wasser ist warm. Mit geöffneten Augen nähert Michael sich dem schlammigen Grund. Sie sind auf Schatzsuche. Silbern schillernde Fische treiben an ihnen vorbei.

Ein Schrei dringt unter Wasser zu ihm durch. Er kann seinen

Freund nicht mehr sehen. Gerade noch war er neben ihm, mit seiner vom Wasser aufgebauschten blauen Badehose. Hastig schwimmt er auf die Wasseroberfläche zu. Es muss etwas passiert sein! Unruhige kleine Wellen kitzeln seine Beine.

Vom Wasser gedämpfte Worte erreichen seine Ohren. »Gib mir ein Zeichen, dass du mich verstehen kannst. Nur ein winzig kleines. Bitte.« Es ist unverkennbar Marisas verzweifelte Stimme.

In diesem Moment durchstößt sein Kopf die Wasseroberfläche, und er macht einen gewaltigen Atemzug. Schaut mitten ins Sonnenlicht und schließt dann geblendet seine Augen.

Fest drückt er die Hand seiner Schwiegertochter.

16

Peter Grohar presst seinen Rücken gegen die Lehne des Sessels. Unauffällig drückt er seine verkrampften Muskeln gegen die Holzverstrebungen. Es fühlt sich wie eine Massage an. Sein Mund verzieht sich zu einem Lächeln.

»Was gibt's da zu grinsen?«, herrscht van Hals ihn an. »Wir haben noch einiges zu besprechen.«

Ertappt senkt Peter den Blick und vertieft sich ins unruhige Muster des Linoleumbodens.

Es riecht muffig im Raum, obwohl das Fenster einen Spaltbreit offen steht. Der Wind raschelt in den Lamellen der staubigen Jalousie.

Einen Moment lang erwägt er, zum Fenster zu laufen und durch den verheißungsvoll geöffneten Spalt in die Freiheit zu springen. Mitten hinein ins Unwetter. Als er sich jedoch die drei Stockwerke, die er am Nachmittag mit dem Polizisten hochgekommen ist, in Erinnerung ruft und sich im Abwärtsflug in die Tiefe fallen und auf dem Asphalt aufprallen sieht, verwirft er den Gedanken.

Wie eine zerquetschte Tomate möchte er nach seinem Tod nicht aussehen.

»Ich habe Ihnen etwas mitzuteilen.«

Verunsichert durch die fremde Stimmlage des Gruppeninspektors sieht Peter hoch und begegnet van Hals' lauerndem Blick.

Die Sparglühbirnen an der Decke tauchen das Verhörzimmer in ein fahles Licht; anders als die Schreibtischlampe, die mit ihrem grellen Strahl nun direkt auf sein Gesicht zielt. Wohl, um ihn zum Reden zu bringen.

All das kennt er schon.

Van Hals' Ankündigung wertet er als Befragungsstrategie.

Genauso war es auch damals, als er ihn wegen Ljubica verhörte. Immer und immer wieder. Hätten neugierige Nachbarn das Kind nicht in sein Auto steigen sehen, wäre er durch das grobmaschige Netz bloßer Vermutungen geschlüpft.

Von sich aus hätte er nie gestanden.

Trotzdem war es dann eine große Erleichterung gewesen, die Geschichte endlich erzählen zu dürfen.

Jahrelang war die kleine Ljubica durch seine Träume gegeistert. Manchmal konnte ihr Asthmaspray sie retten, dann wieder erstickte sie vor seinen Augen.

Doch jedes Mal war da dieser ungläubige Ausdruck in ihrem Gesicht. »Hilf mir doch«, schien sie zu flehen.

Aber das konnte er nicht, auch nicht in seinen Träumen. Gegen Ljubicas schwere Krankheit war er machtlos gewesen. Das hatte er doch nicht wissen können. Nur vor dem Regen wollte er sie schützen, damit sie sich nicht erkältete.

Die Knastpsychologen, die meinten, dass im Traum alles möglich und korrigierbar sei, lagen falsch. Allesamt. An der grausamen Wirklichkeit führt kein Weg vorbei.

Anders als jetzt war er zu Beginn der Haft ständig mit der Schuldfrage konfrontiert gewesen. Und auch wenn Polizei, Psychiater und Gefängniswärter ihm sein Gewissen abgesprochen hatten, verfügte er sehr wohl über eine Vorstellung von Recht, Unrecht, Schuld und Unschuld.

Es ist nicht so, als hätte er sich nie gefragt, warum er handelte, wie er handelte. Warum er seine Hand nicht von Ljubicas Mund genommen hat? Manchmal ist das Schicksal eben schneller.

Das Einzige, was er für sie tun konnte, war, ihr ein anständiges Begräbnis zu verschaffen.

Und das hat er auch getan.

»Wie lange werden Sie sich noch in Ihrer sicher nicht uninteressanten Parallelwelt aufhalten?«, schnauzt van Hals ihn an. »Sind Sie nicht neugierig, was ich Ihnen sagen wollte?« Van Hals donnert mit seiner Faust auf die Tischplatte, und Peter schreckt aus seinen Gedanken hoch.

»Ich habe ihr Haar gewaschen und einen Blütenkranz aus Margeriten hineingeflochten«, erwidert Peter Grohar kaum hörbar.

»Wie bitte?« Van Hals springt auf und stellt sich direkt vor Peter. »Was reden Sie da?«

»Sie tat mir so leid. Es war ein Unfall. Ich wollte ihr ein schönes Begräbnis ermöglichen.«

Van Hals' Aufregung scheint den ganzen Raum in Schwingung zu versetzen. An seinem Hals pulsiert eine Ader. »Besitzen Sie also doch ein Auto? Wo steht es?«

»Auto? Nein, den Wagen habe ich, bevor ich damals die Haft antrat, verkauft.«

»Wie kam es zu dem Unfall?«

»Ach, das wissen Sie doch schon alles.«

»Gar nichts wissen wir. Wohin haben Sie das Mädchen gebracht? Wo ist sie? So reden Sie schon. Sie kriegen mildernde Umstände, wenn Sie mithelfen, sie zu finden. Das wissen Sie.« Van Hals lehnt sich an die Tischkante. Unter seinem rechten Auge zuckt ein Nerv.

Mildernde Umstände? Peter Grohar versteht auf einmal gar nichts mehr, vor allem nicht die sichtbare, immer größer werdende Unruhe des Gruppeninspektors. »Das ist doch schon so lange her.«

Van Hals wirft ihm einen Blick zu, der Peter erstarren lässt.

»Wo ist Julia, wohin haben Sie ihre Leiche gebracht?«

»Julia? Ich rede doch nicht von Julia«, entgegnet er leise.

»Sie Narr«, brüllt van Hals ihn an und stößt sich von der Tischkante ab. Das Klappern der Tassen, die darauf stehen, steigert sich in Peters Ohren zu einem unerträglichen Getöse.

»Schluss! Aus!«, schreit er in Panik und verbirgt sein Gesicht in den Händen.

Doch van Hals zieht seine Hände weg und sieht ihn bestürzt an. »Haben Sie mir jetzt etwa zum hundertsten Mal die Geschichte der bedauernswerten Ljubica erzählt? Oder versteckt sich dahinter doch noch etwas anderes? Sie wissen genau, es geht hier um Julia, eine Dreizehnjährige, die gestern in der Nähe der Spielwiese verschwand. Inzwischen wissen wir, dass sie niedergefahren und dabei höchstwahrscheinlich getötet wurde. Die Julia, wegen deren Verschwinden wir Sie hierhergebracht haben. Wissen Sie etwas davon? Waren Sie in der Nähe? Haben Sie den Unglückswagen gefahren und nach dem Unfall Fahrerflucht begangen?«

Während der Inspektor auf ihn einredet, prasseln Gedanken

und Erinnerungen auf Peter ein und verdichten sich zu einem schwindelerregenden Wirbel.

»Aufhören!«

Er sieht schemenhafte Bilder zweier Buben, die mitten in der Nacht wie Indianer über das Kreuzbergl jagen.

»Nichts weiß ich, das habe ich Ihnen schon tausendmal gesagt. Ich habe einen kurzen Spaziergang zur Kreuzberglkirche gemacht und bin dann über den Lendkanal zu meinem Zimmer zurückgegangen. Mir war kalt. Dass die Kleine in den Wald gelaufen ist, dafür kann ich doch nichts.«

Selbst in seinen Ohren klingt das unglaubwürdig.

»Wald? Was sagen Sie da?« Van Hals steht auf und dreht Peters Sessel zu sich.

»Ich … ich habe ein Mädchen laufen sehen.«

»Warum erzählen Sie mir das erst jetzt? Sie halten mit möglicherweise lebenswichtigen Informationen hinter dem Berg. Ist Ihnen das nicht kar? Oder gefällt Ihnen Behinderung einer laufenden Ermittlung besser?«

Peter zuckt zusammen und dreht sich unter van Hals' vor ihm aufragendem Körper weg. »Sie war so schnell. Ich hätte sie niemals einholen können.«

»Mann«, stöhnt van Hals auf. »Sie machen es uns wirklich nicht leicht.« Er atmet einmal tief durch und setzt neu an. »Also gut, reden wir noch mal über Maisy, das andere Mädchen, wegen dessen Verschwinden wir Sie befragt haben.« Seine Stimme schwankt zwischen Drohung und Überredung. »Selbst wenn Sie mit Julia Krakolinigs Verschwinden tatsächlich nichts zu tun haben sollten, gehe ich immer noch davon aus, dass Sie sich die Kleine geschnappt und in den Wald gebracht haben. So wie vor fast drei Jahren die arme Ljubica. Und wegen des Teenagers sag ich Ihnen, Sie sind schuldig, bis ich vom Gegenteil überzeugt bin!«

Peter rutscht, so weit es geht, auf seinem Sessel zurück. »Maisy«, sagt er und hält die Hand abwehrend vor sein Gesicht. Maisy heißt die Kleine also.

Endlich hat er einen Namen für das entzückende Geschöpf, das seinen Weg gekreuzt hat.

»Maisy«, murmelt er wieder und fasst einen Entschluss.

Jetzt ist ohnehin alles egal. Wegen Julia werden sie ihn sowieso in den Bau stecken, und nun ist er auch noch wegen Maisy dran. Doch vielleicht kann er sie retten. Für Maisy gibt es noch eine Chance.

Ja, er würde die Polizei bei der Suche nach dem kleinen Mädchen unterstützen, das ganz allein da draußen die Nacht in Gewitter, Wind und Regen verbringt.

Vor dem Fenster zuckt ein grelles Licht auf, gefolgt von krachenden Donnerschlägen.

»Lassen Sie mich helfen«, sagt Peter Grohar gefasst.

Ein seltsames Gefühl macht sich in ihm breit.

Von der Turmuhr schlägt es Mitternacht.

Vier

1

Der erste Schlag trifft sie unerwartet. Ebenso das grelle Licht im Vorzimmer.

Waltraud prallt zurück, kracht gegen die Wohnungstüre. Ihre Beine fühlen sich wie Gelee an und geben unter ihr nach.

Die Messingklinke im Rücken und Geralds Alkoholatem im Gesicht rutscht sie langsam zu Boden. Über ihr seine lodernden, blutunterlaufenen Augen.

»Wo treibst du dich herum, Schlampe? Wo warst du mit dieser wimmernden Tussi?«

»Das war Marisa«, erwidert sie, »die Mutter der Kleinen, auf die Kathi hin und wieder aufpasst.«

Waltrauds Wangen brennen von Geralds Schlägen. Im Badezimmer hat sie wegen des Wasserhahns die Wohnungstür nicht gehört und ist ihm direkt in die Faust gelaufen.

»Und der Hornochse, der Kathi und dich in seiner Kutsche hergebracht hat? Den knöpf ich mir vor! Versprochen. Wer, verdammt, war das überhaupt?«

»Das war nur Viktor. Den kenn ich noch von der Schule. Ist schon mehr als eine Ewigkeit her«, spielt sie die Begegnung herunter. »Er ist mir zufällig über den Weg gelaufen. Tscheri, ich habe mit dem Essen auf dich gewartet. In der Glasschüssel im Kühlschrank ist Hühnchensalat, so wie du ihn magst. Kathi und ich waren auf der Polizeiwache. Marisas Tochter Maisy ist verschwunden.« Sie spricht hastig, will gar nicht aufhören zu erzählen, so als könnte sie damit das Unvermeidliche abwenden.

Den ganzen Abend hat sie ruhelos auf Geralds Heimkehr gewartet. Geduld war noch nie ihre Stärke. Das weiß Waltraud.

Bei jedem Geräusch war sie hellhörig geworden – wie in einem Urwald mit kreischenden Vögeln. Mit jeder endlosen Minute war die Unruhe in Waltraud gewachsen.

Irgendwann war Kathi zurückgekommen, mit verweinten Augen und einer unglaublichen Geschichte. Bei Kamillentee erzählte sie ihr, was Robby und Willi getan hatten. Als sie die beiden zur Wache brachte, hatte Waltraud das Ausmaß von Willis gestammeltem Geständnis noch nicht einmal ansatzweise erahnen können. Die arme Julia. Und ihre armen Eltern. Kathi war dann in ihr Zimmer gegangen.

Wieder hatte Waltraud am Küchentisch gesessen und auf Gerald gewartet. Dann war sie ins Badezimmer gegangen und hatte sich ein wenig frisch gemacht.

Seine Hand brennt einen weiteren roten Umriss auf ihre Stirn. »Blöde Kuh! Von wegen, Freund aus Jugendzeiten. Für wie blöd hältst du mich? Und überhaupt, in Zukunft wird Kathi die Kohle fürs Babysitten bei mir abliefern. Ihr Beitrag zum gemeinsamen Leben, damit das klar ist.«

Auch wenn Gerald lallt, kann Waltraud jedes Wort verstehen. Reine Übungssache.

»Marisa, Maisy. Was ist das überhaupt für ein idiotischer Name? Kommt wahrscheinlich vom Maisacker. Die Eltern haben's wohl im Türkenfeld getrieben.«

Immer hat sie Pech!

Sie hatte Gerald freundlich lächelnd in der Küche empfangen und liebevoll bewirten wollen. Dann hätte sie nur noch warten müssen.

Die bunten Plastikkapseln der Pillen hatte sie sorgfältig aufgedreht, darauf bedacht, kein einziges Staubkorn des Pulvers zu verlieren, und fasziniert beobachtet, wie es sich im Hühnersalat langsam mit der Marinade vermischte und darin auflöste. Sehr bald wäre er nach dieser beruhigenden Kombination aus Alkohol und Schlafmitteln weggedämmert. Viktor wäre gekommen und hätte sie zu Marisa ins Krankenhaus gebracht. Er hatte es angeboten, und sie war dankbar dafür.

Vikerl, denkt sie sehnsüchtig, als der nächste Schlag ihre Nase trifft. Sie hört das Knacken, spürt jedoch weder den Schmerz noch das Blut, das über ihre Lippen zum Kinn fließt.

Es war so überraschend gewesen, Viktor wiederzusehen. Und wunderbar, aufregend sogar.

Waltraud richtet sich auf und rutscht auf den Knien zur Seite, wird von Geralds kräftigen Händen an ihrem Haar jedoch unerbittlich nach oben gezerrt.

»Schlampe!«

Er lässt abrupt los, und eine blonde Strähne segelt an Waltrauds Gesicht vorbei und gleitet träge zu Boden.

Gerald treibt Waltraud vor sich her zur Küche. Er riecht durchdringend nach Knoblauch und Bier.

Waltraud spürt einen kräftigen Stoß in ihrem Rücken, und sofort kommt der Schmerz zurück. Geralds Hand umklammert ihren Nacken, seine Finger pressen sich in ihr Fleisch. Mit der anderen Hand greift er nach der Schüssel auf dem Küchentisch. Gierig stopft er sich eine Faust voll Salat in den Mund.

»Was ist das für ein widerlicher Fraß? Fisch oder Huhn? Das soll ein Abendessen sein? War wohl eher das verdorbene Mittagessen. He? Mit so etwas kommst du mir nicht noch einmal. Verstanden?« Zur Bekräftigung schmiert er ihr Salat in Mund und Gesicht.

Waltraud beginnt zu würgen.

»Na, wer wird denn gleich ersticken?«, höhnt er und versetzt ihr einen heftigen Tritt. Erneut stürzt sie zu Boden.

Hat er genug vom Salat gegessen? An diese Hoffnung klammert sie sich. Von unten sieht sie, wie er sich ein Bier aus dem Kühlschrank holt. Hat sie jetzt Schonfrist?

Ihre Hände sind schwach, zittern unkontrolliert. Ermattet richtet sie sich auf und lehnt sich keuchend an das Tischbein.

Es ist jetzt nicht die Zeit zu staunen, dennoch nimmt Waltraud mit Verwunderung Geralds schmatzende Geräusche wahr, als er den Hühnersalat in sich reinschaufelt. Dann gurgelt das Bier durch seine Kehle, gefolgt von einem zufriedenen Rülpser.

Erleichtert zählt sie die Minuten, bis ihr Peiniger einschläft und sie erlöst ist.

Waltraud wehrt sich nicht mehr gegen die Bilder, die unaufhaltsam aus einer tieferen Schicht ihres Hirns hochsteigen. Allzu deutlich zeigen sie ihr, wer diese bedauernswerte Frau ist, die, gequält, missbraucht und geschlagen, Morgen für Morgen mit Camouflage ihr Gesicht zukleistert. Sie selbst ist das.

»Ich bin Waltraud, eine misshandelte und verletzte Frau. Aber damit ist jetzt Schluss«, murmelt sie und spürt unerwarteten Kampfgeist in sich aufsteigen.

»Was nuschelt meine Alte da? Oder betest du um dein Leben? Dass ich nicht lache!«

Von oben herab regnet es die Reste vom Hühnersalat. Dann donnert die Glasschüssel auf Waltraud, die sich erfolglos wegzuducken versucht. Überall Splitter.

Hoffentlich wacht Kathi nicht auf.

Sein Fußtritt prallt hart an ihrem Oberschenkel ab. Sie muss sich endlich wehren!

Doch ihre erhobenen, um den Kopf geschlungenen Arme bieten keinen Schutz gegen seine Aggression. Sie ist Geralds Brutalität wehrlos ausgeliefert.

Unter seinen Schlägen stehen ihr verschreckende Bilderfolgen vor Augen: blutende Gesichter, Skalps schwenkende Indianer, Soldaten im Krieg, angstverzerrte Gesichter, schreiende Münder.

Gehetzt suchen ihre Blicke die Küche ab. Vor ihr im Messerblock stecken die neuen Klingen, nur zwei Meter entfernt.

Sie kann Geralds heißen Atem auf ihrem Gesicht spüren. Er beugt sich über sie. In Panik schnellt sie nach vorne.

Doch schon ist er über ihr, stößt sie fluchend zur Seite.

Während sie stürzt, versucht sie, sich am Tischtuch festzuklammern, und reißt es mit sich. Sie sieht ihren Kaffeebecher wie in Zeitlupe durch die Luft segeln und in tausend Stücke zerbrechen. Waltraud schmeckt kalten, süßen Kaffee auf ihren Lippen.

»Das wolltest du?«, brüllt er und zerrt ein Messer aus dem Block.

»Tscheri«, wimmert sie und weiß, dass jede Bitte zwecklos ist. Nichts hilft, wenn er sich in diesem Zustand befindet.

Im Hintergrund hört sie einen der Nachbarn heftig gegen die Wand donnern.

Scheiße, denkt sie, anstatt mir zu helfen, beschwert der sich über den Lärm, den es macht, mich totzuprügeln.

Waltraud blickt auf und sieht die kalte Entschlossenheit in Geralds Augen. Ihr wird klar, dass er jede Hemmung verloren hat und sie das hier nicht überleben wird.

Die scharfe Klinge schwebt über ihrer Brust.

Kathi, betet sie, schlafe tief und bleibe unbeschädigt.

Kathi, fleht sie, wach auf und rette mich.

Dann saust die Messerspitze auf sie herab.

Die Angst überwältigt Waltraud und macht sie wie hunderte Male zuvor so klein, dass sie mühelos ihren schmerzenden Körper verlassen kann.

Wenn sie nicht mehr da ist, kann Gerald sie auch nicht zerstören.

Jetzt ist sie wieder Skipper, die Barbiepuppe aus ihrer Kindheit mit den steifen Gliedern und dem langen, glatten Haar. Bald wird sie Skooter, ihre beste Freundin, treffen und mit ihr Ken, Barbie, Midge und Allen auf dem Boot besuchen. Sie haben sich vorgenommen, am Nachmittag zur kleinen Insel zu fahren, um dort zu picknicken.

Vor dem Fenster dröhnt der Donner.

Die Messerstiche, die ihre Haut durchdringen, spürt sie nicht, spürt auch nicht das Blut, das aus den Wunden strömt.

2

Nach Luft ringend fährt Kathi hoch.

Irgendetwas hat sie geweckt. Dabei hatte sie doch wach bleiben wollen, bis Gerald eingeschlafen war und Mama von Viktor abgeholt wurde.

Doch unter dem gleichmäßigen Gedudel aus ihren Kopfhörern hatte der Schlaf sie eingeholt. Immer tiefer und tiefer war sie in eine Traumwelt gesunken, in der die Ereignisse der letzten Tage sich wirr wie zu einem Horrorfilm vermengten.

Da! Wieder dieser Krach, der sie wohl aus der Besinnungslosigkeit zurück in die Realität geholt hat und jetzt die Fensterscheibe ihres Zimmers zum Dröhnen bringt.

Innerhalb von Sekunden ist sie schweißüberströmt.

Mit zitternden Knien springt Kathi vom Bett, reißt die Fensterflügel auf und starrt in die Dunkelheit hinaus.

»Wie lange dauert es noch? Langsam erfriere ich«, flüstert von unten eine Stimme, die sie nicht gleich zuordnen kann.

Willi, denkt sie erschrocken.

»Ich bin kurz eingeschlafen. Warte, ich schau nach, wie es heroben aussieht.«

Im hell erleuchteten Vorzimmer stolpert sie über die Schuhe ihrer Mutter und wundert sich. So still, wie es in der Wohnung ist, hätte Mama schon längst bei Marisa im Krankenhaus sein müssen. Anscheinend ist Gerald noch immer nicht zurück, seine Stiefel stehen nicht auf der Ablage.

Nachdenklich öffnet sie die Küchentür und prallt erschrocken zurück.

Helles Rot ist das Erste, was sie wahrnimmt. Überall Blut. Dann sieht sie ihre Mutter zusammengekrümmt auf dem Boden liegen.

»Mama!«, schreit Kathi und kniet nieder.

Doch Waltraud bewegt sich nicht. Sie liegt einfach nur da, mit geschlossenen Augen, in der immer größer werdenden Blutlache.

Sekundenlang ist Kathi starr vor Angst.

Weder traut sie sich zu lauschen, ob ihre Mutter atmet, noch zu schauen, wo all das Blut herkommt. Wie in Trance steht sie auf, geht an Gerald vorbei ins Kinderzimmer und öffnet das Fenster.

Da unten im schimmernden Nieselregen steht Willi und sieht zu ihr herauf.

»Ruf sofort die Polizei! Gerald hat meine Mama erstochen. Sie ist tot! Schnell!«

Während sie in die Nacht hinausbrüllt, wird ihr schlagartig bewusst, was sie gesehen hat: Gerald, der schnarchend mit ausgestreckten Armen auf dem Küchentisch liegt, in der rechten Hand ein blutverschmiertes Messer, und ihre Mutter in einem Bad aus Blut auf dem Küchenboden.

Kathi beginnt unkontrolliert zu zittern. Sie weiß nicht, wie lange sie so dasteht. Irgendwann dringen Willis Rufe zu ihr durch, und sie läuft zum Fenster.

»Öffne die Haustür!«

Willi kommt durchs Treppenhaus nach oben gelaufen. »Gleich kommen sie. Sie müssten schon fast hier sein.«

Sie steht nur da und starrt ihn an.

Bis sie den Sinn seiner Worte erfasst, wiederholt er mehrere Male ruhig: »Kathi, du wartest unten auf Rettung und Polizei. Wo ist deine Mutter? Ich gehe zu ihr und schaue, ob ich helfen kann.«

Sie will ihm antworten, bringt aber keinen Ton hervor. Ihre Stimmbänder fühlen sich gelähmt an.

Dann setzt sie sich ruckartig in Bewegung und hastet die Treppe hinunter, den blauen Lichtkegeln der Einsatzfahrzeuge entgegen.

Mit jedem Schritt, den sie sich von ihrer Wohnung entfernt, wird ihr Herz leichter und der Kopf klarer.

3

Marisa schreckt hoch, als sie durch das Glasfenster des Intensivraums ein Krankenbett vorbeiflitzen sieht.

Selbst durch die geschlossene Scheibe dringen die aufgeregten Stimmen. Bestürzt steht sie sich auf und sieht nur noch die weißen Mäntel der Ärzte flattern, dann ist der Tross um die Ecke verschwunden. Als sie sich gerade wieder zu Michael ans Bett setzen will, bemerkt sie zwei Gestalten am Eingang zur Intensivstation. Ein Bub mit roten Haaren hat den Arm um ein zitterndes Mädchen gelegt. Irgendetwas an den beiden kommt ihr bekannt vor.

Sie schaut genauer hin, und in diesem Moment hebt das Mädchen seinen Kopf, wischt sich eine feuchte Strähne aus dem Gesicht, und Marisa erkennt Kathi.

Verwirrt drückt sie Michaels Hand und haucht dem Schlafenden einen Kuss auf die Stirn. »Ich bin gleich wieder zurück bei dir.«

Voll böser Vorahnung eilt sie auf die beiden verängstigten Jugendlichen zu. »Kathi, um Himmels willen, was ist passiert?«

Das Mädchen schält sich aus dem Arm des Buben. Ihr tränenüberströmtes Gesicht sagt mehr als tausend Worte.

»War das deine Mutter, da auf dem Bett?«, fragt Marisa mit kratziger Stimme.

»Gerald hat mit dem Küchenmesser auf sie eingestochen«, sagt Kathi weinend. »Und jetzt ist Mama tot.« Verzweifelt birgt sie das Gesicht in den Händen. Marisa fällt auf, dass ihre Nägel bis zur Haut abgekaut sind. »Wenn Willi nicht Steinchen gegen meine Fensterscheibe geworfen hätte, wäre ich nicht wach geworden, niemals«, schluchzt sie auf.

»Aber du bist aufgewacht und konntest deine Mama dadurch retten«, sagt der Junge neben ihr. »Sie lebt, Kathi. Verstehst du? Deine Mutter lebt. Der Rettungssanitäter hat das immer wieder gesagt, weil er gemerkt hat, dass du gar nicht zuhörst. Du warst felsenfest davon überzeugt, dass sie tot ist. Glaub mir doch, sie hätten sie sonst nicht auf die Intensivstation gebracht!« Er sieht Marisa hilfesuchend an.

»Die Ärzte werden sicher alles tun, um sie zu retten. Sie haben meinen Schwiegervater auch hingekriegt. Deine Mama wird sicher wieder gesund«, tröstet Marisa sie.

»Da war so viel Blut. Alles war rot. Ein einziger Mensch kann doch gar nicht so viel Blut haben.«

Eine hoch aufgeschossene Krankenschwester kommt mit raschen Schritten und wippendem Pferdeschwanz den Korridor entlang auf sie zu. »Bist du die Tochter von Frau Ibounig?«

»Ja«, kommt es ängstlich von Kathi. »Ist meine Mama …« Sie bricht ab und presst die Hand auf ihren Mund.

Auch in Marisa breitet sich eiskalte Angst aus. Erst Michael, dann Maisy und jetzt Waltraud. Beim Gedanken an ihre Tochter verknotet sich etwas in ihrem Inneren zu einem Knäuel. Längst schon hat sie alle Verwandten, Bekannten und Freunde angerufen und um Hilfe bei der Suche gebeten. Stadt und Wald müssen voll von Suchtrupps sein.

»Beruhige dich«, durchbricht die gedämpfte Stimme der Krankenschwester ihre Gedanken. »Deine Mutter wird schon wieder. Sie ist zäh, sie schafft das. Sie ist jetzt im Operationssaal, aber wenn sie in den Aufwachraum kommt, darfst du sofort zu ihr. Ich hole dich dann. Versprochen.«

Erleichtert schluchzt Kathi auf. Mit zum Plafond gewandtem Kopf flüstert sie: »Danke.«

Dann nimmt sie Marisas Hand und drückt sie fest. »Weiß man schon was von Maisy?«

Durch Marisas Adern schießt ein Strom kochend heiße Lava.

»Nein, der Inspektor hat angerufen, aber er sagt, es gibt nichts Neues. Sie suchen die ganze Stadt samt Umgebung ab. Michael ist noch nicht wieder zu Bewusstsein gekommen, nur einmal habe ich kurz geglaubt, er wacht auf. Er hat meine Hand gedrückt, und ich dachte schon …« Sie hält inne. »Kathi?« Fragend hebt sie die Augenbrauen und deutet auf die bunte Stofftasche an Willis Schulter.

»Die gehört Mama. Willi hat sie mitgenommen, wegen der Ausweise und so.«

»Da drin läutet ein Handy.« Sie nimmt Willi die Tasche ab. Mit einem einzigen Griff fischt sie das Telefon heraus und nimmt das Gespräch an.

»Waldi«, ruft eine aufgeregte Männerstimme, »warum meldest du dich denn nicht?«

Marisa schaut irritiert aufs Display und sieht dort »Vikerl« stehen. Vikerl? Es ist wie ein Name aus einer anderen Welt. Krampfhaft versucht sie, sich zu erinnern.

Der Sozialarbeiter, fällt ihr ein. Dieser undurchschaubare, leicht schmuddelig wirkende Typ, der sie vom Revier ins Krankenhaus und Kathi und ihre Mutter nach Hause gefahren hatte. Ihn hätte sie fast vergessen, da sie so auf Michael konzentriert war.

»Hallo! Hier ist Marisa Burger, Maisys Mutter«, beginnt sie und fasst dann in kurzen Worten zusammen, was passiert ist.

Vor den Fenstern der Intensivstation ist es jetzt stockdunkel. Die Blitze haben aufgehört, die Nacht zu erhellen.

4

Peter Grohar versteht die Welt nicht mehr.

Er hatte der Polizei seine Hilfe angeboten. Doch wieder war *er* der Verdächtige.

Eigentlich hätte er es sich denken können.

Die Ordnungshüter sind noch nie seine Freunde gewesen. Das scheint er tatsächlich vergessen zu haben. Ab jetzt wird er peinlichst genau darauf achten, zu wem er was sagt.

Von einer starken inneren Unruhe getrieben, verlangt er ein Glas Wasser. Langsam trinkt er, um Abstand zwischen sich und seinen Groll zu bringen. Bewusst konzentriert er sich darauf, die lauwarme Flüssigkeit seine Kehle hinunter in den Magen fließen zu spüren. So wie er es im Knast gelernt hat. Ablenkung und Distanz verschaffen einen klaren Kopf.

Tatsächlich waren der Chefinspektor und seine Assistenten sofort nach seinem Hilfsangebot voller Erwartung mit ihm zur Ballettschule gefahren. Ihre Anspannung hatte sich Peter durch einen stechenden Schweißgeruch im Fahrzeuginneren bemerkbar gemacht.

Am Ziel angekommen, war der Fahrer abrupt stehen geblieben und mit seinen Kollegen hektisch aus dem Auto gesprungen. Einer von ihnen hatte Peter mit sich hinaus auf den Gehsteig gezogen.

Frage um Frage prasselte auf ihn ein. Die Hälfte davon verstand er nicht, denn sein Blick wurde von etwas ganz Außerordentlichem festgehalten: dem fluoreszierenden Licht, das nach dem Gewitter den Himmel überzog, während der Wind immer noch in den Bäumen stöhnte.

Van Hals hatte ihn am Arm gepackt, Peter zu sich gerissen und dabei spöttisch seine schmalen Lippen verzogen. »In der Nachtluft werden Sie keine Erklärungen finden. Also, Grohar, schauen Sie mich an und hören Sie auf, in den Himmel zu gaffen. Welche Hilfe wollten Sie uns anbieten?«

»Hier habe ich das kleine Mädchen warten sehen. Genau

da«, hatte er geantwortet und zögernd auf die Stelle unter der mächtigen Kastanie gezeigt. Um ihn herum roch es auf einmal durchdringend nach Wald.

»Und?« Das war von einem jungen Polizisten gekommen. »Für wie dumm wollen Sie uns verkaufen? Dass die Kleine nach dem Unterricht hier gewartet hat, wissen wir doch längst. Wenn Sie etwas gesehen haben, Grohar, dann reden Sie, und zwar jetzt, sonst …« Er hatte den Satz unvollendet gelassen und van Hals einen bedeutungsvollen Blick zugeworfen.

Peter überlegte unterdessen, wer von den Polizisten heftiger nach Schweiß stank, gelangte aber zu keinem Ergebnis.

»Hier hat sie gestanden. Als ich später zur Tanzschule zurückkam, war sie nicht mehr da. Eine Horde größerer Mädchen tobte wild um den Baum herum, während ihre Mütter nichts Besseres zu tun hatten, als zu tratschen. Die Kinder waren denen völlig egal.«

»Wenn das alles ist, hätten wir uns die Mühe sparen können. Aber«, der Kriminalinspektor machte ein Fuchsgesicht, »vielleicht ist da ja noch etwas? Wenn dem so ist, rate ich Ihnen dringend auszusagen. Wir kommen so oder so dahinter.«

Fasziniert hatte Peter die Spiegelung der Straßenlaterne in Van Hals' Brillenglas betrachtet.

»Also, wohin haben Sie das bedauernswerte kleine Mädchen gebracht?«

Wieder hatte er schuld sein sollen. Sie wollten ihm einfach nicht glauben.

Weiches Moos, harzig duftende Rinden und der faulige Geruch von Stinkmorcheln. Peter läuft durch seinen inneren Wald. Vorbei an Sträuchern, Bäumen und mitten durchs Dickicht, springt er auf eine mondbeschienene Wiese. Hier ist es still.

Hätte er doch seinen Mund gehalten!

Aber dieses verdammte Hilfsangebot war ihm vorhin einfach so herausgerutscht. Danach hätte er sich am liebsten auf die Zunge gebissen.

Die Bilder der vermissten Maisy flimmern jetzt hartnäckig vor Peters überreizten Augen. Ungeachtet der strafenden Blicke der Polizisten im Verhörzimmer versinkt er immer wieder in seiner eigenen Welt.

Wie oft soll er ihnen noch sagen, dass er Kinder beschützt und ihnen nicht, wie van Hals und seine Kollegen ihm unterstellen, schaden will?

Während die Polizisten mit scharfer Stimme auf ihn einreden, wendet Peter sein Gesicht dem Fenster zu, wo der Regen feine Rillen auf die Scheibe gezeichnet hat. Längliche silberne Spuren – Traumpfade in eine andere Welt.

Hat das kleine Mädchen eine Wetterjacke mit? Als er Maisy vor der Ballettschule warten sah, war sie viel zu leicht bekleidet: Sie trug weiter nichts als einen rosa Pulli aus dünnem Stoff.

Gut, das Gewittertoben der vergangenen Stunden hat aufgehört, doch diesem wilden Wetter ohne Jacke ausgesetzt zu sein, bedeutet für so ein zartes Wesen womöglich den Tod.

Diesmal wird er jedoch nichts sagen.

Je heftiger die Fragen auf ihn einhageln, desto tiefer driftet er in seine Gedankenwelt ab.

Da knallt van Hals' Faust auf den Tisch. Die Tassen wackeln, und der Kaffee schwappt an die Ränder.

»Schluss damit«, dröhnt der Bulle. »Grohar, jetzt geht's ans Eingemachte. Ich kann Ihnen sagen, wie es passiert ist: Sie haben das Mädchen erschreckt, es ist vor Ihnen davongelaufen, Sie haben es eingeholt, wollten verhindern, dass es schreit, und den Rest kennen wir beide doch wohl.«

Sein eifriger Kollege scheint nur auf diesen Ausbruch gewartet zu haben. Denn van Hals' Assistent erhebt sich von seinem Sitz und baut sich vor Peter auf. Mit einem geübten Griff zerrt er ihn vom Stuhl. Es geht so schnell, dass Peter es kaum realisiert. Hart wird er mit dem Rücken gegen die Wand gestoßen und spürt auf einmal eine Hand unter seinem Kiefer. Er beißt sich in die Oberlippe und schmeckt Blut.

»Wenn Sie nicht reden wollen, müssen wir Ihnen eben jeden Buchstaben des Alphabets einzeln beibringen.«

5

Maisy träumt, dass sie in ihrem Bett liegt, umgeben von ihren Schmusetieren: dem Bambi, der Schnecke, dem Osterhasen und ihrem Igelchen.

Es ist weich, kuschelig und mollig warm.

Mami beugt sich über sie und umschlingt sie fest mit beiden Armen. Sie riecht nach Maiglöckchen.

»Nimm mich mit, wenn du das nächste Mal wegfährst. Versprich es mir. Ich habe dich so vermisst«, flüstert Maisy verzagt in Marisas Ohr.

Denn auf einmal ist sie traurig, ohne zu wissen, warum. Sie hat keinen Grund dazu. Mami ist doch zurückgekommen, und Opa repariert das Puppenhaus.

Im Bett ist es auf einmal nicht mehr warm. Eine dunkle Wolke senkt sich auf ihren Körper, und sie bekommt keine Luft mehr.

Mit einem Schreckensschrei wacht Maisy auf.

Ihr Herz pocht wild gegen den Brustkorb, als hätte es Flügel bekommen und wollte jeden Moment wegschwirren. Die Zunge klebt am Gaumen fest. Und tief in ihr drin sitzt eine mächtige Angst, die mit ihren Klauen beharrlich nach ihren Eingeweiden greift. Im ersten Augenblick weiß Maisy wieder nicht, wo sie ist – auf keinen Fall aber zu Hause in ihrem warmen Bett.

Tränen treten in ihre Augen. Nur hat sie diesmal das Gefühl, als liefen sie durch ihre Nase in ihren Körper hinein und nicht ihre Wangen hinab.

Auf einmal fällt Maisy alles wieder ein: Sie ist in ein tiefes Loch gefallen, weil sie allein zu ihrem Geheimplatz gelaufen ist.

Opa hat vergessen, sie von der Ballettschule abzuholen. Ein fremder Mann wollte sie mitnehmen. Halt! Den hat sie schon einmal davor gesehen, mit Opa auf dem Weg zum Supermarkt. Jetzt fällt es ihr wieder ein.

Vielleicht war er auch im Wald hinter ihr her?

Um sie mit sich zu nehmen? Oder um ihr zu helfen?

Sprich nicht mit Fremden, verstanden? Opas strenge Worte hallen immer noch in ihren Ohren.

Maisy ist tropfnass und schmutzig. Überall klebt Erde auf ihr. Sie friert so sehr, dass sie beide Arme um den Körper schlingt. Mit klappernden Zähnen lehnt sie sich zurück. Wurzeln ragen wie dicke Schläuche aus der schlammigen Wand des Loches heraus und drücken in ihr Fleisch.

Sind das die Finger von Gespenstern?

Drachenzungen?

»Mami!«, schreit sie schrill.

Im Europapark hat sie einmal einen umgefallenen Baum gesehen. Da waren unten am Stamm auch diese Schläuche. Mama hat ihr erklärt, dass sie die Bäume und Pflanzen mit Wasser versorgen.

Wasser.

Sie ist so durstig. Ihr Hals fühlt sich kratzig an, und sie kann kaum noch rufen. Da hat Maisy eine Idee. Sie bückt sich und sammelt Regenwasser aus einer Pfütze am Boden in ihrer hohlen Hand, nimmt gierig einen Schluck und spuckt den sumpfigen Brei angeekelt wieder aus. Hustend versucht sie es noch einmal, pickt mit den Fingerspitzen so viel wie möglich vom Schmutz heraus und leckt dann die krümelige Flüssigkeit vom gewölbten Handteller. Auch wenn es grauslich schmeckt, löscht es ein wenig den Durst.

Maisy beginnt laut zu weinen.

Der Himmel hängt wie eine schwarze Glocke über ihr. Wenigstens hat der Regen aufgehört, das Gewitter ist vorüber.

Es riecht nicht mehr nach Frühlingsblumen, sondern nach dem ekligen Matsch zu ihren Füßen und um sie herum.

Maisys Sweatshirt klebt an ihr wie eine zweite Haut. Wenn sie es mit den Fingern von ihrem Körper wegzieht, schnalzt der nasse Stoff mit einem lauten Schmatzen sofort wieder zurück.

Über ihr ist die Welt erfüllt von Tönen. Zuerst hat sie das Rascheln, Knistern und Winseln nicht bemerkt. Doch jetzt dringen die Geräusche zu ihr herab und erfüllen sie mit Panik.

Heult da ein Wolf?

Rascheln Schlangen durchs Gras?

Nähern sich flüsternde Schatten?

»Mami!« Wieder gellt ihr Schrei durch die Nacht. Warum hört sie denn keiner?

Verzweifelt knabbert Maisy am Daumennagel. Längst schon ist der Hunger einem brennenden Schmerz im Magen gewichen. In ihrem Ballettkoffer hatte sie ein Päckchen Traubenzucker und einen Fruchtriegel gefunden.

Maisy hat eine Idee.

Sie steht auf und schreit vor Schmerz, als sie das Gewicht dabei auf den linken Fuß verlagert. Tränen rinnen über ihre Wangen. Es tut so weh. Mit den Händen tastet sie die klebrig nasse Erde um sich herum ab, bis sie die Wurzelschläuche gefunden hat. Wie Steigbügel hängen sie aus der Wand. Vorsichtig setzt sie den rechten Fuß in die erste Schlaufe und zieht sich mit den Händen an den darüberliegenden Wurzeln hoch.

Der Himmel ist jetzt etwas heller geworden, mattes Mondlicht lässt sie Wolkenfetzen erkennen.

Als sie versucht, den anderen Fuß in die nächste Wurzelschlaufe zu schieben, verlässt sie die Kraft.

Erschrocken lässt sie los und fällt zurück ins Loch.

Benommen und weinend kauert sie auf der schlammigen Erde.

6

Eine vertraute Stimme flüstert hartnäckig in ihr Ohr.

Geralds Faust hämmert unaufhörlich auf ihr Gesicht. Es tut so weh. Jemand schüttelt ihren Unterarm. Ununterbrochen.

»Mami, wach bitte auf.«

Waltraud taucht aus einem Alptraum auf. Schläfrig öffnet sie die Augen. Zuerst kann sie nichts erkennen. Da ist nur Nebel.

»Mami.« Kathis Gesicht hebt sich deutlich vom Dunst ab. Es ist nass von Tränen. Doch im Bruchteil einer Sekunde verschwindet der schmerzvolle Ausdruck. Ihre Tochter beginnt zu strahlen. »Du bist aufgewacht. Du lebst.«

Waltraud verzieht ihre Lippen zu einem Lächeln. Ja, sie lebt.

Krampfhaft umklammert Kathi ihre Hand. So als wolle sie sie nie mehr loslassen.

»Kathi, mein Schatz …« Waltrauds Stimme ist kaum hörbar. Sie kratzt schmerzhaft durch ihre wunde Kehle.

Langsam kommt die Erinnerung zurück.

»Bin ich im Krankenhaus? Wie spät ist es?«

»Du wurdest operiert, im allerletzten Moment, das war vor mehr als zwei Stunden. Mama, da war so viel Blut.« Kathi schluchzt trocken auf. »Ich war mir sicher, dass du tot bist.«

»Was ist mit Gerald?« Waltraud sieht sich mit dem neuen Küchenmesser auf ihn einstechen.

Hat sie ihn umgebracht?

»Dieses Schwein interessiert mich nicht. Gerald kommt nie wieder in unsere Wohnung.«

»Ach, Kathi«, wimmert Waltraud.

Das Bild verändert sich. Die scharfe Klinge des Küchenmessers sticht tief in ihr eigenes Fleisch. Nicht in Geralds. Es schneidet ihren Körper in handtellergroße Stücke, aus denen dunkles Blut quillt.

Waltraud schreit auf.

»Was ist? Soll ich den Arzt holen?«

Bevor Waltraud sie daran hindern kann, läuft Kathi schon aus dem Zimmer. Erschöpft entspannt sie ihre Muskeln, die nach Kathi greifen wollten. Wohliges Vergessen senkt sich über Waltraud, wird aber schlagartig von den Szenen des vergangenen Schreckens durchbrochen.

Ein herbeieilender Arzt mit Riesenaugen hinter einer Eulenbrille tritt an das Krankenbett und nimmt ihre Hand. »Frau Ibounig, beruhigen Sie sich. Alles ist in Ordnung. Sie sind in Sicherheit. Ihre Tochter hat Sie rechtzeitig gefunden, das war ein großes Glück. Ohne Katharina und ihren Freund …«

»Willi ist nicht mein Freund«, unterbricht Kathi scharf.

»Jedenfalls steht fest, dass Sie es ohne die beiden nicht geschafft hätten. Der Blutverlust war enorm, und Sie waren bereits ohne Bewusstsein.«

»Was ist mit Gerald?«, wiederholt Waltraud drängend ihre Frage.

Pillen in unterschiedlichen Farben flattern vor ihrem inneren Auge wie hochgeworfenes Konfetti im Fasching durch die Luft. Im Zeitlupentempo rieseln sie auf Waltraud hernieder. Das gleichmäßige Piepen und Summen der Geräte, das Auskunft über ihre heftigen Gefühle gibt, steigert sich zu einem schrillen Getöse.

»Es gibt nichts, worüber Sie sich aufregen müssten«, beruhigt der ahnungslose Arzt sie sanft und winkt durch das Glasfenster eine Schwester herbei. »Hier kann Ihnen nichts passieren. Ihr Mann ist in Polizeigewahrsam. Die lassen ihn so schnell nicht mehr raus. Von ihm droht Ihnen keine Gefahr mehr.«

Langsam breitet sich Wohlbehagen in Waltraud aus, ausgelöst durch die Flüssigkeit, die nach der Ankunft der Schwester zusammen mit dem Schmerzmittel in ihre Adern tröpfelt. Die Worte des Arztes sinken in ihr Bewusstsein ein und lassen sie entspannen.

»Maisys Opa ist auch auf dieser Station«, hört sie Kathis Stimme aus einiger Entfernung sagen.

Bei jedem Wort läuft sie ein Stück weiter weg von ihr.

»Geh zu ihm, frag ihn, ob er etwas weiß, und …«, bringt

Waltraud unter großer Anstrengung heraus, bevor ihre Augenlider zuklappen.

Diesmal wird sie von keinem Alptraum überwältigt. Ihr Schlaf ist tief und traumlos.

So, wie sie es sich schon seit Langem gewünscht hat.

7

Peter Grohar reibt über seine glühende Wange.

Den Blick hält er dabei hartnäckig auf den Boden gesenkt. Die Buchstaben des Alphabets haben gesessen. Jeder einzelne.

Bewusst kontrolliert er seinen Atem. Kein zu heftiges Schnaufen soll die innere Qual verraten. Zu sehr fürchtet er eine neuerliche Konfrontation mit den Polizeibeamten.

Unter dem Schreibtisch sieht er van Hals' schmutzige Schuhspitzen ungeduldig auf und ab wippen. Das nervöse Trommeln der Finger auf der Tischplatte schreibt er ebenfalls der immer gereizter werdenden Stimmung des Inspektors zu. Van Hals' Assistent schleicht von einer Ecke zur anderen, mürrisch vor sich hin schimpfend.

Vor dem Fenster ist es gespenstisch still.

Die Turmuhr hat irgendwann aufgehört, mahnend eine weitere vorgerückte Stunde anzuzeigen. Ist sie stehen geblieben, oder hat Peter den Glockenton bloß überhört?

Die silbernen Spuren des Regens auf der Scheibe sind verschwunden und in die Vergangenheit gerückt, wie auch das Gewitter, an dessen Heftigkeit er sich kaum mehr erinnern kann.

Ruhe beherrscht die Welt da draußen. Sie macht Peter schläfrig. Seine Gedanken driften ab ins Land der Träume, wo sie sich mit guten und schlechten Erinnerungen vermischen.

Plötzlich springt van Hals hoch. Peter reißt seine Augen auf und gähnt. Um nicht wieder einzuschlafen, konzentriert er sich abermals auf die braunen Schlieren unter seinen Füßen. Andächtig betrachtet er jede Unebenheit.

»So.«

Van Hals spuckt die beiden Buchstaben in seine Richtung wie Schrotkugeln, die nur knapp ihr Ziel verfehlen.

Peters Magen verkrampft sich schmerzhaft. Das bedeutet nichts Gutes. Er fürchtet sich vor dem, was jetzt auf ihn zukommt.

Unentrinnbar und seines Einflusses beraubt, muss er sich wieder einmal den Entscheidungen anderer unterordnen.

Auch wenn er die wohltuende Geborgenheit seiner Gefängniszelle gelegentlich vermisst, dorthin zurück möchte er niemals mehr.

»Nein«, kommt es daher automatisch aus seinem Mund.

Prompt spürt er van Hals' unvermeidliche Gegenwart. Der große Holländer baut sich wie ein Schlachtschiff vor ihm auf und bläst seinen bitteren Kaffeeatem direkt unter Peters empfindliche Nase. Geröstete, nein, verbrannte Bohnen, denkt er, als er auch schon die Hände des Gruppeninspektors seine Schultern umschließen spürt. Mit einem einzigen Ruck wird er hochgezogen.

»Bürschchen. Sie wollen es ja nicht anders. Wenn Sie nicht reden, werden Sie die nächsten Tage in der Einsamkeit einer Zelle verbringen.«

Peter fügt sich ins Unabwendbare. Er beißt seine Zähne so fest zusammen, dass sie ein Stück Wange mitnehmen.

8

»Los, Willi, komm schon. Steh da nicht so herum. Wir sind in Eile.«

»Was ist mit deiner Mutter? Wie geht es ihr? Als vorhin der Arzt an mir vorbeigerauscht ist, war ich erschrocken. Es ist doch nichts?«

»Sie war kurz wach. Wegen Gerald hat sie sich fürchterlich aufgeregt. Wahrscheinlich, weil ihr alles wieder eingefallen ist. Du hättest hören sollen, was die Geräte für schauerliche Geräusche gemacht haben.«

»Hab ich«, sagt Willi leise.

Kathi bemerkt zwei hektische rote Kreise auf seinen Backenknochen. Sie stehen in einem merkwürdigen Kontrast zu seinem orangeblonden Haar.

»Mama schläft jetzt wieder. Die Schwester hat ihr ein Beruhigungsmittel gegeben. Ich soll inzwischen nach Maisys Opa schauen. Er ist ja auch hier, in einem der Zimmer.«

»Glaubst du, er ist inzwischen bei Bewusstsein? Eigentlich hätte ich in der Zwischenzeit fragen können, wo er liegt.«

»Was weiß denn ich?«, fährt Kathi ihn an.

Ihre Nerven sind immer noch aufs Höchste angespannt. Außerdem bringt Willi sie mit seinem Musterschülergehabe zur Weißglut. Der soll lieber darüber nachdenken, wofür er und Robby verantwortlich sind. Sie lässt ihn nur hier bei sich im Krankenhaus bleiben, weil er ihr bei der Suche nach Maisy helfen kann, und dafür ist sie ihm trotz allem dankbar.

Auf dem Gang riecht es durchdringend nach Desinfektionsmittel, stärker noch als im Zimmer ihrer Mutter. Der Boden ist so rutschig, dass Kathi sich vorkommt wie auf einer spiegelglatten Eisfläche.

»Julia«, murmelt sie und sieht sich mit ihrer Freundin bunt gekleidet auf dem unteren Kreuzberglteich Pirouetten drehen. Mit sieben Jahren war es ihr und Julias größter Wunsch gewesen, berühmte Eiskunstläuferinnen zu werden. Kathi versucht krampfhaft, Julias Gesicht zu erkennen, doch zu ihrem großen Kummer verblassen deren Züge bereits, wie bei einem Foto, das zu lange in der Sonne gelegen hat.

»Eigentlich ist es nur Verwandten erlaubt, ins Intensivzimmer zu gehen«, sagt Kathi, um die traurigen Gedanken an Julia zu vertreiben.

Willi zieht sie in eine Besucherecke mit quietschgelben Plastiksesseln. »Ich lenke die Schwestern und Pfleger in der Dienstkanzel ab, und du huschst währenddessen zu Maisys Opa hinein. Okay? Danach treffen wir uns wieder hier.« Er sieht sie beifallheischend an, aber sie nickt nur ungeduldig.

Inzwischen hämmert es in ihrem Kopf, als würde jemand mit Spitzhacken auf ihre Schädeldecke einschlagen. Ihr Mund ist trocken, und ihre Haut fühlt sich sandig an. Immer wieder kämpft sie gegen eine neue Welle Müdigkeit an, die durch ihren Körper kriecht.

Mit einem beklommenen Gefühl wartet Kathi in der Besucherecke, und als sie Willi im Schwesternzimmer verschwinden sieht, schleicht sie auf Zehenspitzen zu Maisys Großvater.

Erschrocken hält sie die Luft an. Wüsste sie nicht, dass er in diesem Zimmer liegt, sie hätte ihn nicht wiedererkannt unter all den Verbänden und den vielen Drähten, an denen er hängt. Sein Gesicht ist fast so hell wie die Bettwäsche. Das Grau seiner Haare bildet den einzigen Kontrast. Sie spürt einen feinen Stich.

Behutsam setzt sie sich neben ihn aufs Bett und ergreift seine Hand.

Wie kühl sie doch ist.

»Herr Burger«, beginnt sie zaghaft, »bitte sagen Sie uns, wo Maisy ist. Bitte.«

Er reagiert nicht.

»Bitte helfen Sie uns«, setzt sie mit gepresster Stimme nach und drückt seinen Arm.

Doch Michael atmet unverändert flach. Der alte Mann gibt keinen Mucks von sich. Das gleichmäßige Surren der Apparate verstärkt Kathis Benommenheit.

Wie automatisch knetet sie seinen Unterarm, während sie

zuerst eifrig, dann immer monotoner »Wo ist Maisy? Bitte sagen Sie es uns« wiederholt.

Ihre Worte gleichen einem einschläfernden Singsang. Ihr Körper fühlt sich erschöpft an, wie nach der anstrengenden Bergtour auf den Mittagskogel, die sie als Volksschulkind mit ihrem Vater unternommen hat.

Immer schwieriger wird es, gegen den Schlaf anzukämpfen. Unaufhaltsam klappen ihre Augen zu. Wie von einem mächtigen Sog gezogen, schwebt Kathi dem Traumland entgegen. Die dichten Haare fallen über ihre Wangen, ihr Kopf kippt vor. Ein feiner Speichelfaden hängt an ihrer Unterlippe.

Ihr Atem geht schnaufend, wenn auch gleichmäßig.

»Maisy … Kreuzbergl … Wiese … unser Geheimnis.«

Auf einmal ist Kathi hellwach.

War das die Stimme von Maisys Opa, die sie geweckt hat?

9

Warum tut man ihm das an? Mit gesenktem Kopf und den hinter seinem Rücken in Achtereisen gelegten Händen lässt er sich von van Hals' übereifrigem Kollegen in den dunklen Korridor schieben.

Er möchte nur noch abhauen, weg von hier, so weit es geht.

Soll er eine Flucht wagen?

Kaum ist der Gedanke in seinem Kopf, als sich auch schon seine Muskeln anspannen. Er sieht sich dem Polizisten seinen Ellbogen in die Seite rammen und schreit: »Ich habe der Kleinen nichts getan!«

Den Überraschungseffekt nützend, läuft er, so schnell er kann, nach vorne, hinter sich derbe Flüche und das sich nähernde Getrampel der schweren Polizeistiefel. Er ist schon fast am Ende des Korridors und nur noch knapp von der Stiege entfernt, als eine Tür auffliegt und seiner Flucht ein jähes Ende setzt. Sofort ist er umzingelt, wird festgehalten, angebrüllt und brutal in eine Zelle gestoßen.

Stundenlang haben sie ihn mit der immer gleichen Frage gequält: »Wo hast du das Mädchen hingebracht? Wo! Red endlich!«

Sein Fluchtversuch hat ihm nichts gebracht.

Jetzt krümmt sich Peter auf dem Bett zusammen und zieht die grobe Wolldecke über den Kopf. In ihm tobt ein unerträglicher Schmerz. Der Kummer droht ihn zu überwältigen. Peter stöhnt auf. Verzweifelt presst er seine Handballen auf die Augäpfel, bis silberne Sterne durch die Schwärze spritzen.

So, wie es aussieht, wird er nun wieder unendlich lange Tage hinter Gefängnismauern verbringen.

Unter allen Insassen sind Kindermörder der letzte Abschaum. Da spielt es keine Rolle, ob es geplanter Mord oder Totschlag war. Es ist ebenso unwesentlich, ob er eine dieser Taten begangen hat oder nicht.

Schon während der Untersuchungshaft reicht es, »Kindermörder« quasi auf der Stirn geschrieben zu tragen. Eine Gerichtsverhandlung ist nicht mehr notwendig.

Alle sind sich einig: »Schuldig.«

Gestochen scharf sieht Peter dieses Wort vor seinen geschlossenen Augen. Es ist wie bei einem leeren Blatt, auf dessen weißer Fläche Buchstabe um Buchstabe erscheint.

SCHULDIG.

Hatten die Bullen das mit dem Alphabet so gemeint? Buchstabe für Buchstabe wollten sie es ihm beibringen.

Nun, denkt Peter, das L wie Ljubica hatten sie schon erreicht, als sie aus unerfindlichen Gründen aufgaben. Dabei wäre danach das M gekommen. M wie Maisy.

Hier kann er nicht bleiben.

Mit einem Mal wird Peter von einem glasklaren Licht überschwemmt. Unter der kratzigen Decke ist es schlagartig taghell geworden. Nicht weniger grell leuchtet es in Peters Kopf und in seinem Herzen.

10

Viktor Arnold knallt seinen Schuh hart in die durchnässte Erde. Der Dreck spritzt wütend in alle Richtungen.

Es gäbe weitaus Besseres für ihn, als mit dieser Oberschichtstussi die Nacht zu durchforsten. Wirre Locken kräuseln sich um ihr bleiches Gesicht, in dem der knallrote Mund wie eine Wunde klafft. Sie rennt so schnell, dass er kaum nachkommt.

Ihrem Geschwätz will Viktor ebenfalls nicht folgen.

Immer wieder stolpert sie über die Schuhspitzen ihrer Stiefeletten. Doch das scheint sie nicht im Geringsten zu stören.

»Gebt mir meinen Schatz zurück. Maisy, wo bist du?«

Ein scharfer Schmerz durchzuckt ihn bei ihren Worten. Waltraud. Kaum gefunden, auch schon wieder verloren. Keinen Moment lang will er daran denken, was ihr passiert ist, welche Qualen sie erleiden musste. Sobald er diesen aussichtslosen Feldzug hier beendet hat, macht er sich auf den Weg zu ihr ins Klinikum. Er wird ihre Hand in seine nehmen und sie nicht mehr loslassen.

Der Geruch von Marisas Parfüm erinnert Viktor an das verdörrte Gestrüpp in den zersplitterten Tontöpfen seiner Großmutter. Wie er diese welken Blumen mit ihren hängenden Köpfen gehasst hat!

»Viktor, versorge diese bedauernswerten Pflänzlein doch bitte mit Wasser«, sagte sie immer zu ihm. »Tu mir den Gefallen. Das ist ja wohl nicht zu viel verlangt.«

Wieder kickt er seine Schuhspitzen in die Erde. Der Matsch bleibt an Marisas Hosenbeinen kleben. Aber das scheint sie kaltzulassen.

»Maisy, meine Süße. Wir finden dich. Versprochen.«

Okay, die arme Haut hat immerhin ihr fünfjähriges Kind verloren und leidet. Trotzdem möchte er ihr am liebsten den Mund verbieten. Mit Gefühlen hat Viktor sich schon immer schwergetan. Zwar weiß er theoretisch Bescheid über die reichhaltige Palette der Empfindungen, doch körperlich fühlen kann er das kaum.

In einem jedoch ist sich Viktor sicher: Als er selbst noch ein winziger Stöpsel knapp vor der Volksschule war, hätte es ihm nichts ausgemacht, einfach so zu verschwinden. Voller Freude wäre er mit seinem Entführer in ein anderes Leben entwischt. Hauptsache, weit weg von seinem Vater. Und der strengen Großmutter.

Der steile Weg hinauf zum Kreuzbergl treibt ihm Schweißtropfen auf die Stirn. Dass sie damit auch unbedingt hatte anfangen müssen. Die flache Promenade am Friedelsteg, entlang des Wörthersees, hätte völlig gereicht. Unter dem Kragen seines Poloshirts sammelt sich klebrige Feuchtigkeit. Marisa hingegen läuft keine Spur atemlos den Pfad immer höher und höher hinauf, trotz ihres unpassenden Schuhwerks.

Einmal hält Viktor nach Luft ringend an. Kopfüber gebeugt, die Hände an den Hüften abgestützt, steht er sekundenlang da. »Frau Burger«, schnappt er, »wir sollten Herrn van Hals anrufen. Vielleicht weiß er …« Doch weiter kommt er nicht, da sich das durchgedrehte Mutterwesen neben ihm zwischenzeitlich in einen selbstgesteuerten Panzer verwandelt hat.

»Herr Arnold, oder darf ich Viktor sagen?« Hektisch kommt ihre Frage, die er sich hütet zu beantworten. »Wir nehmen jetzt den direkten Weg in den Wald. Dort werden wir, so laut es eben geht, nach meinem Kind rufen – Maisy!«

Wie zur Bekräftigung ihrer Worte schleudert Marisa den Namen ihrer Tochter lauthals durch die Nacht.

In der Ferne ertönt der klagende Ruf eines Nachtvogels. Warum war damals seine Liebesgeschichte mit Waldi so verdammt schiefgegangen?

»Viktor!«, ermahnt Marisas Stimme ihn scharf.

Unsanft in die trostlose Gegenwart zurückgerissen, antwortet er, ohne groß nachzudenken: »Frau Burger, machen Sie sich keine Sorgen. Wir finden Ihre Kleine. Das wäre doch gelacht. Ich kenne das Kreuzbergl besser als jeder andere.«

Kaum ausgesprochen, bereut Viktor seine Worte.

Natürlich war er schon oft hier, wie jedes andere Klagenfurter Kind auch.

Seine Großmutter hatte Semmeln mit Leberwurst bestrichen

und in Tupperwarebehältern für ihn auf den Spielplatz mitgenommen. Dazu hatte es Gurkensalat in Rexgläsern gegeben, gespickt mit durchdringendem Knoblauch und kratzigen Dillkräutern.

Regelmäßig hatte er seine Jause hinter einem Baum verschwinden lassen oder in den Teich bei der großen Schaukel geworfen. Einzig den honigsüßen Melissensaft mit Zitrone hatte er gern getrunken.

»Herr Arnold? Bitte zeigen Sie mir den genauen Weg.«

Wohin? Hab ich etwas Entscheidendes verpasst?, fragt er sich missmutig. »Hier gibt es so viele Möglichkeiten. Aber wir nehmen jetzt diesen Pfad«, improvisiert er.

Keuchend schiebt er sich hinter Marisa die Anhöhe hinauf. Den Kampf gegen das Schwitzen hat er längst verloren. Wenn er bloß wüsste, wohin es hier geht?

Er kennt den Weg nicht. Kein einziges Mal ist er diesen Fitnessparcours entlanggelaufen. Außer dem Tennis betreibt er keinen Sport.

Wenn das vorbei ist, schwört sich Viktor, diese Nacht, in der alles schiefgeht, was nur schiefgehen kann, werde ich einiges in meinem Leben ändern müssen.

Marisa Burger dreht sich zu ihm um. Ihre Finger fächeln fahrig durch die Nachtluft. »Wohin, glauben Sie, könnte sich Maisy verirrt haben?«

Keinen blassen Schimmer. Woher soll er das wissen? Vielleicht nach Viktring oder ins Strandbad? Doch das wird er der verzweifelten Mutter nicht auf die Nase binden.

Stattdessen machen seine Zähne eine knirschende Kaubewegung. »Hinter dem Schweizerhaus gibt es ein dunkles Waldstück. Nicht weit vom Schießplatz. Dort sehen wir zuerst nach.«

11

Hat Seppi ihm eine Handvoll Drogen verpasst?

Irgendetwas muss der alte Lump ihm in den Schnaps geschüttet haben. Anders kann Gerald sich diesen grauenvollen Zustand nicht erklären. So elend war ihm noch nie. Es ächzt und stöhnt nur so in seinem Kopf. Kalter Schweiß rinnt den Rücken hinab, macht seine Finger glitschig und die Oberlippe nass. Seine Knie klackern aneinander wie die Knochen eines Skeletts.

Ihm ist speiübel.

Die bleichen Gebeine im Karner von Maria Wörth fallen ihm ein. Dorthin war er als Volksschulkind mit seinen Eltern gefahren. Einen Ausflug zu den Kulturgütern Kärntens machen, nannte sein Vater das Unternehmen. Während seine Mutter in der Kirche eine Kerze stiftete, hatte sein Vater ihm begeistert von den Skeletten erzählt und ihn an die Hand genommen. Es roch ekelerregend nach Weihrauch.

Gerald hatte sich gesträubt und sich an die Dirndlkleidschürze seiner Mutter geklammert. »Ich will bei dir in der Kirche bleiben!«

»Tu, was dein Vater sagt.« Die eiskalten Finger seiner Mutter hatten seine Hände vom Stoff gelöst. »Dummer Bub.«

Fluchend hatte sein Vater ihn aus der schützenden Dunkelheit der Kirche hinein in die grelle Helligkeit des frühen Nachmittags gezerrt. Unbeeindruckt von der Angst seines sechsjährigen Sohnes schleppte er ihn durch das Dickicht vor der Kirche und über den alten Friedhof hin zum Totenhaus.

»Ich will die Leichen nicht sehen«, jammerte Gerald.

»Leichen sind das längst keine mehr, und jetzt zeige ich dir, was aus dir wird, wenn du nicht tust, was ich dir sage«, nuschelte sein Vater und zog eine flache, silbrig glänzende Flasche aus der Innentasche seiner Jacke. Der beißend scharfe Geruch, vermischt mit dem der verwelkenden Friedhofsblumen, ist jetzt wieder in Geralds Nase, die Stimme seines Vaters klingt in seinem Ohr.

»Los, trink. Runter mit dem Schnaps, aber flott. Sonst machst du mir hier noch schlapp.«

Betäubt vom ersten Alkohol seines Lebens war Geralds Blick über die blassen Knochen geeilt und hatte sich dann auf einen dunklen Punkt jenseits der Gebeine geheftet. Ohne etwas anderes wahrzunehmen, hatte er so lange dort hingestarrt, bis alles andere verschwamm.

Die Hand seiner Mutter hatte ihn vom Karner weggerissen, mit den Worten: »Jetzt kippt der Bub uns auch noch um.«

Der Zorn in der Stimme seiner Mutter galt jedoch nicht seinem Vater, sondern ihm, dem verweichlichten Waschlappen, wie sie ihn nannten.

An diesem Tag hatte er nichts mehr zu essen bekommen. Doch längst schon graust ihn nicht mehr vor dem Schnapsgeschmack auf seinen Lippen.

Es ist so kalt hier. Erfolglos tasten seine Finger nach einer Decke. Wo ist er bloß gelandet? Sosehr Gerald sich auch bemüht, es gelingt ihm nicht, seine Körperteile unter Kontrolle zu bringen. Da ist mehr im Busch als nur so ein lausig kleiner Kater, den er mit links wegstecken würde.

Bis jetzt hat er sich nicht getraut, die tonnenschweren Lider von den Augen zu heben. Zu sehr fürchtet er, was ihn erwartet.

Er ist so unendlich müde. Traumfetzen vermengen sich mit seinen Ängsten und aufflackernden Erinnerungen.

Dann ist Gerald schlagartig hellwach.

Erschrocken reißt er seine Augen auf. Sein Herz hämmert gegen seine Rippen. Die Luft bleibt ihm weg. Endlich hat er geschnallt, wo er gelandet ist: im Knast. Hier sitzt er auf dem Bett in einer muffigen Zelle, während draußen ein Kadaver in seinem Kofferraum vor sich hin modert.

Gerald beugt sich über den Boden und erbricht sich heftig.

Im Türschloss scharrt ein Schlüssel.

Stunden scheinen vergangen zu sein. War da jemand, oder hat er sich getäuscht? Verzweifelt trommeln Geralds Fäuste gegen die Zellentüre.

»Aufmachen! Hilfe! Aufmachen!«

Wie viel wissen sie? Haben sie sein Auto bereits gefunden

und den Kofferraum geöffnet? Erschöpft sinkt er zurück auf die Pritsche und dämmert weg.

»Wieder bei Bewusstsein, Herr Ibounig? Da, trinken Sie einen Schluck.«

Ein dickbäuchiger Polizist mit einem Glas Wasser in der Hand beugt sich über ihn. Doch Gerald ist so hinüber, dass er darauf nichts antworten kann. Der ganze Raum dreht sich vor seinen Augen.

Mit zwei gierigen Schlucken leert er das Glas Wasser. Er merkt nicht, dass er längst wieder allein im Zimmer ist.

Seine nächste Erinnerung ist das Hochschrecken aus einem grauenvollen Alptraum: Ein mächtiger Hirsch verfolgt ihn durch den nächtlichen Wald. Er läuft um sein Leben. Gerade noch gelingt es ihm, sich in sein Auto zu retten. In Panik startet er den Motor. Nichts wie weg von hier. Doch bevor er aufs Gas treten kann, knallt etwas gegen die Seitenscheibe. Erschrocken sieht er mitten hinein in zwei angstvoll aufgerissene Augen. Ein junges Mädchen mit hellem Haar steht neben ihm, nur durch das Glas von ihm getrennt. »Nimm mich mit«, formen ihre Lippen. Er kann sie nicht allein im Zauberwald lassen. Irgendwo treibt sich der gefährliche Hirsch herum.

Gerald ist ein anständiger Mann. Er wird jetzt die Beifahrertüre öffnen, sie einladen, mitzufahren, und sie nach Hause bringen.

Doch nichts dergleichen geschieht.

Er reißt sich von ihrem flehenden Blick los und brettert den Hang hinunter, weg von ihr und dem Hirsch, raus aus dem Wald.

Aus dem Nichts springt nur Sekunden später ein zartes Reh vor sein Auto. Es geht so schnell, dass er das Lenkrad nicht mehr verreißen kann. Überall ist Blut.

Aus Geralds geöffnetem Mund kommt ein gurgelnder Laut. Ihm ist hundeelend. Er zittert unkontrolliert.

Als er sich ein wenig beruhigt hat, torkelt er abermals zum Ausgang. Wieder und wieder reißt er an der verschlossenen Tür der Ausnüchterungszelle. Er muss sofort hier raus.

»Aufmachen! Aufmachen!«

Egal, wie laut er ruft, niemand hört ihn.

Kraftlos kauert er auf dem Boden und kriecht dann benommen zu der Pritsche zurück. Gerade als er versucht, sich auf die Matratze zu ziehen, wird die Tür geöffnet.

»Was soll der Radau?«

Ein verärgerter Polizist steht vor ihm.

»Auto, ich muss zu meinem Auto!«

»Gar nichts müssen Sie. Sie bleiben hier, bis wir Sie vernehmen. Schlafen Sie erst einmal Ihren Rausch aus.«

»Nein!« Gerald steht auf. Er schwankt auf den Polizisten zu und versucht, sich an ihm festzuhalten.

»Sofort loslassen!«, bellt dieser ihn an. Mit einer heftigen Bewegung macht er sich frei und geht einen Schritt von ihm weg. »Was ist denn in Sie gefahren? Hat der Alkohol Ihr Hirn völlig durchweicht?«

Gerald antwortet nicht. Er muss zu seinem Auto! Dazu ist ihm jedes Mittel recht. Blöd nur, dass er kaum einen klaren Gedanken fassen kann.

Der Nebel in seinem Kopf lässt sich nicht vertreiben. Instinktiv spürt er: Nicht Seppi hat ihm etwas in den Schnaps gemischt. Wozu auch? Waltraud war es. Sie muss ihn betäubt haben. Der wird er es gehörig heimzahlen.

Die verschwommene Erinnerung an seine blutende Frau auf dem Küchenboden wischt er mit einer Handbewegung weg. Dafür ist später noch Zeit genug.

»Lassen Sie mich raus! Ich muss zu meinem Auto.«

»Wozu das Theater? Falsch geparkt? Das Schlimmste, was Ihnen passieren kann, ist der Abschleppdienst. Also regen Sie sich nicht so auf.«

Wenn der wüsste, denkt Gerald, während er an beiden Armen gepackt, hochgehoben und zurück zum Bett gebracht wird.

»Telefonieren. Ein Anruf, den darf ich doch machen?«, verlangt er mit schwerer Zunge.

Genervt zieht der Polizist sein Diensthandy aus der Hosentasche. »Wenn's denn unbedingt sein muss. Aber fassen Sie sich kurz. Und nur ein Versuch.«

Fahrig tippt Gerald die Nummer ein. Er verwählt sich dreimal, bevor es klappt. Zum Glück wird abgehoben. »Seppi«, stammelt er und versucht, sich auf die Wörter zu konzentrieren, die ihm immer wieder davonlaufen. »Du musst mich holen. Das Auto.«

Es will einfach nicht klappen. In seinem Kopf frisst ein kleiner gelber Pac-Man alle Sätze auf.

»Alter«, Seppi klingt ungehalten, »was soll das Ganze? Ich schlafe noch.«

»Bitte hol mein Auto.« Gerald schwitzt vor Anstrengung, denn so benebelt, wie er sich fühlt, ist ihm doch eines klar: Der Wagen muss weg von der Straße.

Der Polizist neben ihm gibt jemandem ein Zeichen, das er nicht deuten kann. Noch einmal setzt er an, um Seppi zu überzeugen. Doch da ist nur noch ein Tuten. Sein Freund hat aufgelegt. Vor Entsetzen schlägt Gerald die Hände vors Gesicht. Was soll er jetzt bloß tun?

Als er das nächste Mal aus seinem Dämmerzustand hochschreckt, sickert bereits Helligkeit durchs Fenster seiner Zelle.

Zuerst hat er sie nicht bemerkt, aber dann setzt er sich kerzengerade auf. Zwei Polizisten stehen neben seinem Bett und reichen ihm seine Schuhe und einen dunklen Pullover.

»Den hat jemand hier vergessen. Ziehen Sie ihn drüber. Ihrer ist nicht mehr zu gebrauchen.«

Immer noch verschwimmt die Welt vor seinen Augen. Trotzdem glaubt er, in dem Polizisten, der ihm den Pullover reicht, denjenigen zu erkennen, der ihn telefonieren ließ.

»Sind das Ihre Autoschlüssel?«, fragt der Beamte mit einem lauernden Unterton und reicht Gerald das abgegriffene Plastiketui, in dem auch seine Ausweispapiere stecken.

»Glaub schon.«

»Nun gut. Wir machen jetzt eine kleine Ausfahrt. Nachdem es Ihnen so wichtig ist, den Wagen korrekt abzustellen, bringen wir Sie hin. Einem pflichtbewussten Bürger wie Ihnen wollen wir nichts in den Weg stellen. Los geht's.«

Sekunden, in denen Gerald krampfhaft überlegt, ob das gut

oder schlecht ist, verstreichen. Ein unbestimmbares Gefühl macht sich in ihm breit. Es kommt ihm so vor, als würden die Polizisten ihn höhnisch angrinsen. Er muss sofort etwas unternehmen, um sie von seinem Auto abzulenken. Sie sollen ihn bloß hinfahren und ihn die Kutsche, ohne große Aufmerksamkeit, wegstellen lassen.

Also nimmt er all seinen Mut zusammen, konzentriert sich und sagt laut: »Nachdem ich den Wagen umgeparkt habe, bitte ich Sie, mich auf die Krankenstation zu bringen. Meine Frau hat versucht, mich zu vergiften. Man muss sie verhaften. Ich wurde Opfer eines Mordanschlags.«

Erleichtert beobachtet er die Wirkung seiner Worte.

12

»Wach auf!«

Mit glühenden Wangen steht Kathi über Willi gebeugt und rüttelt ihn unsanft.

Erschrocken fährt er hoch.

»Du musst sofort mitkommen. Maisys Opa ist aufgewacht.«

Begeistert zieht sie ihn zum Krankenzimmer, um dann enttäuscht an der Tür stehen zu bleiben. Ein breiter, weiß bemantelter Rücken versperrt ihnen den Zutritt.

Der Raum ist voll mit Ärzten und Pflegern, die an dem alten Mann herumhantieren. Ihre drängenden Stimmen füllen das Krankenzimmer auf beunruhigende Weise aus.

Kathi dreht sich zu Willi und beißt sich in die Oberlippe. »Wäre ich doch bloß länger herinnengeblieben! Jetzt kriege ich keine weiteren Infos mehr aus ihm heraus.«

»Mach Platz«, sagt Willi hektisch und zieht Kathi von der Tür weg. Da kommt der Tross auch schon auf sie zugelaufen.

Mit erschrocken aufgerissenen Augen beobachten sie, wie Maisys Opa in seinem Bett an ihnen vorbeigeschoben wird. Graue Haarsträhnen kleben auf seiner feuchten Stirn.

»Der OP ist bereit«, hört Willi eine Schwester zu den Ärzten sagen. Dieselbe Schwester sagt kurz darauf zu ihnen: »Es macht keinen Sinn, hier zu warten, Kinder. Geht nach Hause, schlaft euch aus. Kommt gegen Mittag wieder, dann können wir euch sagen, wie es Herrn Burger geht.«

Bevor die freundliche Krankenschwester nachfragen kann, ob einer von ihnen mit Maisys Opa verwandt ist, zieht Willi Kathi zum Ausgang.

»Ich …«, beginnt sie, aber Willi fällt ihr ins Wort: »Jetzt nicht. Wir besprechen das draußen.«

Vor dem Krankenhaus malen die Lichtkegel der Straßenlaternen Kreise auf den regennassen Asphalt. Es weht ein frischer Wind, der den Duft von Gewürzen und Gräsern vor sich herträgt. Wie oft nach einem Gewitter riecht die Luft gereinigt.

Doch Kathi wirkt auf Willi aufgepeitscht, aufgewühlt bis in ihr Innerstes. Als hätte sie jemand gegen den Strich gestriegelt. Zudem rasselt ihr Atem vergleichbar mit dem einer Asthmatikerin.

»Jetzt hol erst einmal tief Luft«, sagt Willi und erntet einen bösen Blick.

»Spiel hier nicht den Oberlehrer.« Sie stößt ihn in die Seite.

»Au! Ist ja gut. Jetzt sag schon, was hat dir der Alte erzählt?« Willi versucht, cool zu wirken, doch seine Ungeduld verrät ihn. Es kribbelt unangenehm in Armen und Beinen.

»Wir müssen sofort aufs Kreuzbergl rauf. Maisy ist sicher irgendwo dort oben im Wald. Das ist mir auf einmal sonnenklar. Ich habe ihn zwar kaum verstanden, aber ihr Opa hat irgendetwas von Kreuzbergl, Wald und Geheimnissen gestammelt.«

»Warum sollte Herr Burger wissen, dass der Entführer mit Maisy dort oben ist?«

»Was weiß denn ich? Vielleicht ist Maisy ja gar nicht entführt worden. Hast du Geld dabei?«

»Geld?« Willi starrt sie verständnislos an. Kathi macht ein Gesicht, als würde sie gern so lange an seinen roten Locken reißen, bis er seine umständliche Art aufgibt.

»Ja«, schreit sie, »Geld. Womit sollen wir sonst das Taxi bezahlen, wenn ich keinen Cent mithabe?«

»Ich hab auch nichts dabei«, antwortet Willi bekümmert und dreht wie zum Beweis seine Hosentaschen linkisch nach außen.

»Ich pack es nicht. Stopp! Hör sofort auf damit. Du bist so was von …« Sie schnaubt laut durch die Nase. »Na, dann laufen wir eben. Los, komm. So weit ist es von hier zum Schießplatz nun auch wieder nicht.« Sie zieht ihn mit sich.

»Schießplatz?«, wiederholt Willi irritiert und bleibt stehen.

»Maisy hat mir erst letzte Woche erzählt, dass sie mit ihrem Opa dort war, und dabei ganz geheimnisvoll getan. An dem Tag hat sie ein Bild gemalt von einer Blumenwiese mit ganz vielen bunten Schmetterlingen, sich selbst und ihrem Opi darauf. Und wenn sie von der Ballettschule die Tschabuschniggstraße immer geradeaus läuft, kommt sie zur Treppe, die in den Wald führt und an die ein Weg anschließt, der direkt zur Schießstätte führt.

Denk nach, hast du eine bessere Idee? Vielleicht irre ich mich ja, aber wir sollten es wenigstens versuchen.«

Willi kratzt sich nachdenklich hinter dem Ohr. »Na ja«, sagt er zögernd, »es gibt da tatsächlich eine Wiese mit wilden Blumen. Die ist, wenn ich es richtig in Erinnerung habe, sogar irgendwo in der Nähe der Schießstätte, aber ein Stück weiter hinten, tiefer im Wald. Man geht zuerst endlos an den Sonnenbänken entlang, du weißt schon, dort, wo die Bäume aufhören und die Wiesen beginnen, und dann biegt man ab.«

Kathi hat offensichtlich keinen blassen Schimmer, was er meint. Also packt Willi sie kurzerhand am Arm, und sie laufen los. Vor dem Eingang zur Notaufnahme bleibt er kurz stehen, zieht sein Handy aus der Kapuzenjacke und tippt hastig eine Nummer ein. Als er hochsieht, bemerkt er, dass Kathis Gesicht von einem feuchten Film überzogen ist.

»Wenn wir beim alten Schießplatz sind, durchkämmen wir Stück für Stück das dahinterliegende Gelände. Aber wir sind nur zu zweit. Der Kriminalinspektor muss einen Suchtrupp schicken. Ohne die finden wir sie nie.«

13

Dieser Mann ist sein Untergang.

Enttäuscht macht Peter Grohar einen Schritt vom Fenster weg. Aus der Nacht ist ein grauer Tag geworden. Regnerisch und nebelverhangen.

Van Hals' blutunterlaufene Augen unterstreichen die eigentümliche Stimmung des frühen Morgens.

»Kaffee?«

Ohne seine Zustimmung abzuwarten, hält ihm der Inspektor einen Becher mit einer trüben Flüssigkeit unter die Nase. Angewidert schüttelt er den Kopf. Sein Henkersmahl hätte er sich anders vorgestellt.

»Trinken Sie schon. Eine kleine Stärkung wird Ihnen nicht schaden. Draußen erwartet Sie jemand.«

»Maisy? Sie haben die Kleine gefunden? Julia?«

»Sie selbst wissen besser als jeder andere, ob Maisy und Julia gefunden werden können oder nicht.«

Ohne nachzudenken, nimmt Peter einen Schluck des heißen Gebräus und zuckt zusammen.

Es macht ein scharrendes Geräusch, als er die Handschellen umgelegt bekommt. Unabhängig davon, ob es ihm passt, ist er nun gezwungen, seinem Besucher gegenüberzutreten.

Eine Welle des Unwillens überschwemmt ihn. Er ist so müde geworden.

»So.«

Mit van Hals' fester Stimme im Rücken wird er am Ende des Korridors in ein Zimmer geschoben. Zuerst kann er nichts erkennen, dann nehmen die Möbelstücke langsam Form an. Sein Blick begegnet dem von Rosl.

»Du?«

»Ja, Peter. Ich bin's.«

Eine eiskalte Hand greift nach seiner Kehle und drückt zu.

»Herr Grohar, Ihre Schwester ist aus dem Jauntal hierhergekommen. Sie wollte unbedingt mit Ihnen reden.«

»Stiefschwester«, kann Peter sich nicht zurückhalten zu sagen.

»Peter. Was machst du bloß wieder für Sachen? Ist es nicht schon genug, was du der kleinen Ljubica angetan hast?«

Ohne auf seine abwehrende Handbewegung einzugehen, fährt sie fort: »Damals konntest du das ja nicht ahnen, dass die Arme unter schwerem Asthma litt. Deswegen habe ich dir auch vergeben.«

Rosl steht auf und streicht ihm, ohne dass er es verhindern kann, übers Haar. Die Luft scheint auf einmal mit Elektrizität aufgeladen. Peter möchte nur noch tauchen. Nichts anderes als unter der Luftmatratze hindurch durch das kühle Wasser des Sees schwimmen.

»Du«, beginnt er. Dann kann er nicht weiter und hält von einem inneren Zwang getrieben den Atem an, bis seine Lungen vor Luftmangel zu bersten drohen.

»Herr Grohar, es geht einzig darum, Leben zu retten. Verraten Sie uns doch, wie und vor allem wo wir Maisy finden können.«

Van Hals steht vor ihm. Wieder kann er die gerösteten Kaffeebohnen riechen. Rosl und van Hals tauschen bedeutungsvolle Blicke aus.

»Warum bist du hier? Das wäre nicht notwendig gewesen.«

»Du bist mein kleiner Bruder, für den ich sorgen muss, egal was du getan hast. Daran lässt sich nichts ändern. Hast du übrigens keinen Anwalt?«

Wenn er eines in den langen Jahren seiner Haft gelernt hat, ist das, seine Emotionen unter Kontrolle zu bekommen. Also drückt er seine Schultern nach unten, streckt seine Wirbelsäule durch. Bevor er zu einer Antwort ansetzen kann, wird die Tür aufgerissen.

»Wer ist Chefinspektor van Hals?«

Ein Mann mit fahler Haut, auf der sich blaue Adern abzeichnen, beherrscht plötzlich den Raum. Seine Augen sind von einem durchsichtigen Blau, hinter dem sich nichts verbergen kann.

Hinter ihm steht ein Polizist und hebt entschuldigend seine

Schultern. »Ich konnte Herrn Dr. Burger nicht daran hindern hereinzustürmen.«

»Mein Kind! Gibt es etwas Neues? Haben Sie Maisy gefunden? Wo ist meine Frau?«

Van Hals springt auf und drängt den Mann sanft, aber bestimmt wieder in Richtung Tür. »Wenn Sie so freundlich wären, kurz draußen zu warten. Ich bin in fünf Minuten bei Ihnen. Mein Kollege bringt Ihnen inzwischen einen Becher kräftigen Kaffee.«

Er wirft dem Polizisten einen Blick zu und macht eine Handbewegung, die Peter nicht deuten kann. Sie hat etwas Flüchtiges, dennoch Bedeutsames.

Von wegen kräftiger Kaffee. Automatensuppe.

»Schau, Peter, das hast du angerichtet. An dieser Verzweiflung bist nur du schuld.« Rosls Stimme ist glasklar. »Wäre es nach mir gegangen, hätten sie dich in der Anstalt behalten. Dort gehörst du hin.« Sie bricht ab und wischt sich eine Träne aus dem Augenwinkel.

»Wie bitte?«

Ohne dass van Hals ihn daran hindern kann, stürzt sich Dr. Burger auf Peter. Seine Fäuste sind überall, seine Spucke macht Peters Gesicht nass.

»Aufhören!« Der Chefinspektor und sein Kollege zerren den aufgebrachten Vater von Peter weg.

»Ich«, stammelt er und lässt sich auf einen Sessel fallen.

Und dann ist da wieder die Hand seiner Schwester, die ihm übers Haar streicht. »Sag uns einfach, was du getan hast. Wir sind hier, um dir zu helfen.«

Eiskalte Ruhe erfasst Peter. Er senkt seinen Blick fügsam zu Boden. Rosls Augen brennen Löcher in seinen Nacken.

»Herr Chefinspektor?«

»Ich höre.«

Es ist, als würden in seinem Inneren Holzfäller Scheit um Scheit um die Wette zerteilen. Der Schmerz ist scharf wie ein Beil.

»Ich habe etwas mitzuteilen. Es betrifft die beiden verschwundenen Mädchen.«

Van Hals geht zum Schreibtisch und zieht ein Post-it von der Lampe.

Gerade als er eine Nummer in sein Diensthandy einzutippen beginnt, steht Peter auf. »Ich brauche keinen Rechtsanwalt, um meine Aussage zu machen. Ich bin schuldig. Ich gestehe alles.«

Maisys Vater schreit auf. Rosl gibt einen schrillen Laut von sich. Der Polizist hustet. Van Hals knallt seine Faust auf die Tischplatte. Der Wind rüttelt an der Fensterscheibe. Jemand klopft hartnäckig an die Tür.

Dann breitet sich Stille im Verhörzimmer aus.

14

Maisy ist nicht feige.

Auch wenn ihr die Tränen aus den Augen schießen, weiß sie, sie muss raus aus der Grube. Sie wird das schaffen – koste es, was es wolle.

Es gilt nicht, hier auf dem Boden zu liegen und aufzugeben. Über ihr scheint es langsam hell zu werden, sie kann ihre Umgebung jetzt besser erkennen. Und obwohl die Wurzeln ihr schon einmal einen Strich durch die Rechnung gemacht haben, wird sie es wieder versuchen. Es ist ihre einzige Möglichkeit, von hier wegzukommen.

Sie muss es nur geschickter als beim ersten Versuch anstellen.

Mit einem Aufseufzen hängt sie das Ballettköfferchen über ihre Schulter. Ihre Arme, die Beine, Hände und Füße – alles tut so weh.

So gut es geht, wischt sie den Schmutz aus ihrem Gesicht und richtet sich auf. Es knackt laut im Unterholz. Erschrocken zuckt sie zusammen. Fest umklammert sie mit beiden Händen die höchste Wurzel über sich, die sie auf den Zehenspitzen gerade noch erreichen kann, und stellt vorsichtig einen Fuß in die unterste Schlaufe. Sie muss es angehen, als wären es die Sprossen einer Leiter. Ängstlich hebt sie den zweiten Fuß in die nächste Schlaufe. So verharrt sie einige Zeit, bis sie sicher ist, dass die Wurzeln ihr Gewicht halten können. Dann klettert sie weiter.

Drei Sprossen schafft sie, fast hat sie ihr Ziel erreicht. Tränen der Freude und der Anstrengung fließen über ihre Wangen. Als sie behutsam ihren Fuß hebt, erkennt sie mit Entsetzen, dass die nächste Wurzel zu klein für ihre Füße ist. Ihre Finger sind steif vor Kälte und klamm. Wenn nicht gleich was passiert, verliert sie den Halt.

Maisy schreit vor Wut und Enttäuschung laut auf.

Sie ist so kurz vor der Freiheit und weiß einfach nicht weiter.

Nur nicht runterschauen, sonst liege ich gleich wieder auf dem nassen, dreckigen Boden, denkt sie.

Da lösen sich die Finger ihrer rechten Hand, und Maisy droht hinunterzufallen. »Nein!«, schreit sie auf und greift verzweifelt in die lehmige Wand.

Tatsächlich findet sie dort Halt.

Wenn das so ist, denkt sie, dann könnte es mit den Füßen auch funktionieren.

Mit aller Kraft rammt sie ihre Schuhspitze tief in die Erde. Schon greifen ihre Hände nach der nächsten Sprosse. Ein Fuß ist in der Wand, der andere baumelt in der Luft. Krampfhaft umklammert sie die Wurzel mit ihren eiskalten Fingern und zieht sich in die Höhe. Beide Beine schweben nun in der Luft. Ihr ganzes Gewicht hängt an der obersten Wurzel. Mit Wucht haut sie ihre Schuhe wieder in die matschige Erde, lässt mit der rechten Hand die Wurzel los und krallt sie in den Grubenrand. So stemmt und robbt sie sich in die Höhe, verliert beide Schuhe dabei und zieht sich Kratzer an Armen und Beinen zu.

Dann, endlich, ist es hell. Es riecht nach Blumen, Regen und Tau gleichzeitig.

Maisy liegt mit dem Gesicht im hohen Gras und atmet tief ein. Nur ihre Beine hängen noch über dem Abgrund. Mit letzter Kraft robbt sie vorwärts, bis sie erschöpft neben dem Grubenrand auf der Erde liegt.

Sie kann es nicht fassen. Sie hat es geschafft. Sie ist heraußen.

Glück, Angst und Erschöpfung vermengen sich zu einem einzigen Gefühl.

»Mama!« Ohne Schuhe und völlig verdreckt läuft sie auf die Bäume zu. Sie muss den Weg nach Hause finden. Sie will zu ihrer Mama.

Immer wieder fällt sie hin, doch immer wieder richtet sie sich auf und rennt weiter.

Das Ballettköfferchen hat sie verloren, es bleibt am Grubenrand zurück.

15

»Frau Burger, wo ist eigentlich Ihr Ehemann? Sollte der nicht eigentlich an meiner Stelle mit Ihnen nach Ihrem Kind suchen?«

Viktor Arnolds hingekeuchte Worte lassen Marisa abrupt innehalten. »Der gute Thomas schläft vermutlich selig in Grado im Bett seiner heiß geliebten Assistenzärztin.« Sie reibt ihren schmerzenden Rücken an einem Baumstamm. Ein Stück Rinde verhakt sich in ihrem Pullover. Als sie sich missmutig losmacht, hört sie, wie die Wolle zerreißt. Als sie das Loch betastet, bleiben ihre Finger am Harz kleben. »Auch das noch. Der Pulli ist ruiniert.«

Viktor sieht sie scharf an und schüttelt den Kopf.

Zornig stampft sie mit den Absätzen ihrer Stiefeletten in den morastigen Boden. Unwillkürlich stellen sich Schuldgefühle ein. Wie kann sie den Verlust eines dummen Kleidungsstücks bejammern, wenn ihr kleiner Schatz verloren gegangen ist?

»Das macht überhaupt keinen Sinn. Dem Vater ist seine Tochter doch nicht gleichgültig? Warum hilft er denn nicht bei der Suche?«

Nachdem sie ihre klebrigen Finger oberflächlich mit Gras gereinigt hat, knetet Marisa mit der linken Hand ihren verspannten Nacken durch und wischt mit der rechten ein lästiges Insekt von ihrer Wange. Dann hebt sie ihr Gesicht und schaut Viktor Arnold unverwandt in die Augen. »Ganz einfach, weil ich es ihm nicht gesagt habe. Er weiß weder, dass Maisy verschwunden ist, noch, was mit Michael passiert ist.«

»Ist Michael denn nicht sein Vater?«

Verächtlich spuckt Marisa aus. Eine eigentümliche Stimmung erfasst sie. Es ist ein wenig so, als wäre sie nach einer mühsamen Klettertour am Ziel angekommen. Sie fühlt sich erleichtert, weil sie es endlich ausgesprochen hat.

»Das packe ich nicht. Wenn Sie es ihm schon nicht gesagt haben, warum hat die Polizei ihn nicht verständigt? Oder das Krankenhaus. Er ist immerhin der Vater und hat ein Recht darauf, zu wissen, was mit seinem Kind und seinem alten Herrn passiert ist. Ihr Verhalten ist im höchsten Maß verantwortungslos.«

Jetzt kehrt er wohl den Sozialarbeiter hervor, denkt Marisa spöttisch. Als wenn ihn das was anginge.

»Auch wenn er Sie betrügt, ist das noch lange kein Grund, so zu handeln.«

Die diffuse Abneigung gegen ihn verwandelt sich in Zorn. Die ganze Zeit, die sie nebeneinander durch den Wald liefen, hatte sie schon den Eindruck, dass er gar nicht wusste, wohin sie unterwegs waren. Er hatte ganz einfach geblufft, als er sagte, er kenne den Weg, wohin auch immer.

Und jetzt versucht er ihr ein schlechtes Gewissen zu machen? Doppelmoral nennt sie das.

»Meine Beweggründe gehen Sie überhaupt nichts an. Das ist allein meine Angelegenheit. Aber zu Ihrer Beruhigung, natürlich habe ich dem Chefinspektor die Handynummer meines Mannes gegeben. Sogar den Namen des Hotels in Grado hat er. Wenn die ihn nicht erreichen, ist das ja wohl kaum meine Schuld«, schnauzt sie zurück.

Im selben Moment weiß sie, dass das so nicht stimmt. Sie hätte Thomas sofort verständigen müssen.

»Also, was stehen wir hier so herum? Wenn Sie mich nicht weiter begleiten wollen, ist mir das egal. Ich komme auch ohne Sie zurecht.«

Wieder weiß sie, dass das gelogen ist. Abgesehen davon, dass sie keine Ahnung hat, wo auf dem Kreuzbergl sie sich gerade befinden, mag sie nicht allein durch den dunklen Wald streifen.

»Na, wenn das so ist, macht sich eben jeder selbst auf den Weg«, sagt Viktor Arnold gedehnt.

Bevor Marisa etwas dagegen einwenden kann, zerschneidet ein schriller Schrei die Nacht.

»Maisy!« Marisa läuft los. Ihre Stiefeletten verfangen sich im Unterholz. Vor ihr fliegt kreischend ein Vogel hoch, und sie stoppt, geblendet von der über den Baumwipfeln aufgehenden Sonne. »Was für eine verdammte Scheiße!«, flucht sie wütend. »Ich dachte allen Ernstes, dass es Maisy war, die geschrien hat.«

»So kann man sich irren.« Arnolds Handy klingelt.

»Gehen Sie schon dran. Es könnte wichtig sein«, faucht Marisa aufgebracht.

Kopfschüttelnd wendet sich Viktor Arnold von ihr ab und entfernt sich ein paar Schritte. Ungeduldig bis zum Zerbersten sieht Marisa ihn hinter den Bäumen auf und ab gehen und dabei heftig gestikulieren.

Dann steht er wieder vor ihr, mit einem selbstgefälligen Grinsen im Gesicht. »Ihr Mann, sagt der Gruppeninspektor, ist in Klagenfurt aufgetaucht und jetzt auch irgendwo hier im Wald unterwegs. Die Suchtrupps der Polizei bewegen sich von Osten her in unsere Richtung, daher sind wir noch keinem begegnet. Van Hals meint aber, dass es ja ganz gut ist, wenn nicht alle in derselben Gegend suchen, und ich schließe mich seiner Meinung an.«

Dass Tom hier ist, hat ihr gerade noch gefehlt.

»Was Sie mir da erzählen, ist völliger Blödsinn. Und auf Maisys Vater kann ich gerne verzichten. Übrigens, warum ruft van Hals Sie und nicht mich an?«

»Was sind Sie bloß für eine egoistische Besserwisserin? Es geht Ihnen nur um sich selbst. Er ruft mich an, weil Sie kein Handy dabeihaben, was glauben Sie denn? Ich habe ihn natürlich darüber informiert, dass wir uns auf die Suche machen. Und Sie tun gut daran, ausnahmsweise mal den Rat der Polizei anzunehmen.«

Marisa schaut verstockt zur Seite. Viktor Arnold ist ihr inzwischen mehr Last als Hilfe. Auf seine blöden Kommentare könnte sie verzichten – wenn er nicht der Einzige wäre, mit dem sie überhaupt reden kann. Immerhin sucht er schon stundenlang an ihrer Seite nach Maisy.

»Maisy«, schreit sie verzweifelt in den Wald. »Hallo! Hallo!«

Eine Mädchenstimme erreicht ihr Ohr. Marisa bleibt abrupt stehen. Dort vorne hat sie etwas schimmern sehen. Es bewegt sich. »Ich komme!«, brüllt sie und rennt ins Dickicht hinein.

»Marisa!« Nicht Maisys Arme umfangen sie, sondern Kathis.

»Aber ich dachte …« Enttäuscht schluchzt Marisa auf und lässt sich auf den feuchten Waldboden fallen. Verzweifelt hämmern ihre Fäuste auf den moosigen Untergrund ein. Kathi und Willi kauern neben ihr.

»Keine Angst. Wir finden sie bestimmt. Es ist jetzt schon hell, und das erhöht die Chancen, sie zu finden.«

Marisa kann nicht sagen, wer so beruhigend auf sie einredet, denn anstatt sich bei diesen Worten zu entspannen, verkrampft sich ihr ganzer Körper. Was ist ihrem Kind während der Nacht zugestoßen? Wird sie es jemals wiederfinden?

Wieder hört sie ein Geräusch. Dann wird es ganz still. Sogar die Vögel haben aufgehört zu singen.

Marisa springt auf, Viktor schreit und Willi nimmt Kathis Arm. Gemeinsam laufen sie in Richtung der Schreie.

»Dort vorne ist sie!« Marisa stolpert über Wurzeln, zerkratzt sich ihr Gesicht an Sträuchern. Dann hat sie die Baumgrenze erreicht. Umgeben von dichten dunklen Bäumen breitet sich vor ihnen eine Lichtung aus. Mitten im Grün leuchtet rosarot Maisys Ballettkoffer. Marisa erkennt ihn sofort.

»Maisy!«

Doch von Maisy keine Spur.

16

»Aufmachen. So öffnen Sie doch endlich den Kofferraum!«

Ein Polizist mit an den Enden gezwirbeltem Schnauzbart lässt den Autoschlüssel auffordernd vor Geralds Gesicht baumeln.

»Los, nehmen Sie ihn. Machen Sie schon.«

Er kommt sich vor wie ein Hund, der nach der Wurst schnappt. Kaum fasst er nach dem Zipfel, entgleitet er ihm.

Gerald befindet sich im schlimmsten Alptraum seines bisherigen Lebens. Immer noch wackelt alles in seinem Kopf, die Gedanken schwappen wie eine gallertartige Masse von einer Seite zur anderen. Abgrundtiefes Entsetzen beherrscht ihn.

Zuerst hatten die Bullen das Innere seines Wagens nach außen befördert. Als sie nichts fanden und Gerald sich einen Moment lang in Sicherheit wog, hörte er den kleineren der beiden sagen: »Dann wollen wir mal den Kofferraum unter die Lupe nehmen.«

Irgendetwas muss ihm einfallen, um das zu verhindern. Wenn er sich bloß konzentrieren könnte! Das morgenhelle Licht bereitet ihm unerträgliche Kopfschmerzen. Ebenso der Verkehrslärm, der vom belebten Südring zu ihnen dringt.

Gerald drückt verzweifelt die Fingerkuppe gegen die stechende Stelle an seiner Schläfe, als könnte er damit das Vorhersehbare abwenden. »Waren Sie bei meiner Frau? Haben Sie das Miststück endlich verhaftet?«

Die Polizisten tauschen einen Blick aus. »Ja, wir waren im Krankenhaus. Sie können von Glück reden, wenn die arme Seele das, was Sie ihr angetan haben, überlebt.«

Krankenhaus? Gerald versteht nur noch Bahnhof. Die Sache in seinem Kofferraum verhindert, dass er einen klaren Gedanken fassen kann.

»Hier wird ein Mordversuch vertuscht. Bringen Sie mich augenblicklich zu Ihrem Vorgesetzten«, beharrt er stoisch.

»Immer mit der Ruhe, Herr Ibounig. Sie wollten doch unbedingt zu Ihrem Auto. Jetzt sind wir hier und fordern Sie zum letzten Mal auf, den Kofferraum zu öffnen.«

»Nein.« Wieder steht Gerald mit seinem Vater vor dem Karner in Maria Wörth und weigert sich, die bleichen Gebeine anzusehen.

»Na, wenn Sie nicht wollen, werden wir es eben für Sie tun.«

Der dünne Polizist wedelt mit dem Autoschlüssel vor seinem Gesicht herum. Gerald schießt vor und versucht, ihn ihm abzunehmen.

»Bleiben Sie sofort stehen!«, donnert der Kollege im Hintergrund.

»Nein, bitte nicht. Ich gebe es ja zu, ich habe ein Reh angefahren.«

Hilflos muss Gerald mitansehen, wie die Polizisten den Schlüssel ins Schloss rammen und die Tür aufsperren. Vielleicht träume ich das alles ja nur, denkt er.

Dann klappt der blecherne Deckel quietschend nach oben.

Die Polizisten weichen zurück.

Ein intensiver Gestank breitet sich aus.

»Das ist doch ...« Der dünne Polizist presst seine Hand auf den Mund und beginnt zu würgen.

17

Viktor fährt erschrocken zusammen.

Das Schrillen seines Handys durchbricht die eigentümliche Stille, die sie alle erfasst hat.

»So gehen Sie doch ran!« Marisas Stimme überschlägt sich, und Viktor hört van Hals in sein Ohr krächzen: »Wir haben das Kind. Es ist einem unserer Suchtrupps in die Arme gelaufen. Der Notarzt ist schon unterwegs. Ist Frau Burger noch bei Ihnen?«

Viktor reicht Marisa stumm das Telefon.

Kathi und Willi stehen da, keiner sagt ein Wort.

»Geht es Maisy gut? – Sagen Sie mir, wo sie ist. Ich muss sofort zu meinem Kind.« Weinend sinkt Marisa auf den Boden, während die Stimme des Inspektors noch immer blechern aus dem Lautsprecher dringt.

Willi nimmt ihr sanft das Handy aus der Hand und reicht es Viktor.

»Arnold, verdammt noch mal, sind Sie noch dran?«

Trotz der Dramatik des Augenblicks kann Viktor sich ein Lächeln nicht verkneifen. »Ich höre.«

»Genaueres hat die Kleine meinen Kollegen noch nicht sagen können. Fest steht: Das Mädchen wurde nicht entführt. Niemand hat es gewaltsam festgehalten. Maisy ist in eine Grube gefallen und selbstständig herausgeklettert.«

Da ist auf einmal Lärm, der nicht zum morgendlichen Erwachen des Waldes gehört. Künstliches Licht durchbricht den anbrechenden Tag.

Einige Polizisten laufen vom gegenüberliegenden Waldrand her auf die Wiese. Viktor sieht, wie Marisa aufsteht und mit Willi und Kathi auf die Polizisten zueilt. Einer nimmt sie an die Hand und redet auf sie ein. Dann läuft die Gruppe in den Wald hinein.

Viktor steht immer noch da, mitten auf der Wiese, das Handy fest ans Ohr gepresst.

»Arnold? Da ist noch etwas. So wie es aussieht, hat Ihr Klient nichts mit dem Vorfall zu tun. Und auch nichts mit dem Verschwinden von Julia Krakolinig. Meine Kollegen haben sie gerade im Auto von Gerald Ibounig gefunden. Tot, notdürftig in eine Decke gehüllt.« Jetzt kippt die Stimme des Polizisten.

»Ibounig? Aber das ist doch …«

»Genau«, kommt es leise.

Viktor versteht, was van Hals' Worte bedeuten. Sein ganzer Körper steht schlagartig unter Strom, das Blut pulsiert in seinen Adern.

»Dann ist Peter Grohar in beiden Fällen unschuldig? Nachdem sie ihn die ganze Nacht verhört und weiß Gott was aus ihm rauszukitzeln versucht haben? Der Mann muss das sofort erfahren! So machen Sie schon.«

»Ich bin bereits auf dem Weg zu ihm.«

18

Wie in Trance steht Peter auf, faltet die Decke ordentlich zusammen und legt sie behutsam auf das schmale Bett.

Prüfend gleitet sein Blick durch den Raum und fixiert einen Punkt auf dem Plafond. Ein letztes Mal noch kerbt sich seine Stirn in scharfe Falten, dann glätten sich seine Gesichtszüge. Sanft lächelnd schlüpft er aus seinen Schuhen, betrachtet sich selbst, wie er sie unter das Bett stellt. Sorgsam einen neben den anderen. Die Socken verschlingt er ineinander und steckt sie in den linken Schuh.

Er öffnet die Schnalle seines Gürtels und zieht ihn geräuschlos durch die Laschen seiner Hose. Traurig betrachtet er das eingekerbte Leder. So lange trägt er diesen Gürtel schon.

Ein letztes Mal atmet er tief durch und geht mit dem Gürtel in der Hand bedächtig zum Holzstuhl, der geduldig unter dem vergitterten Fenster der Zelle auf ihn wartet.

Epilog

Waltraud sitzt im Rollstuhl vor dem Fenster des Krankenzimmers.

Die Welt draußen ist von dunklen Wolken verhangen. Immer noch hat sie große Schmerzen. Täglich trainiert die Physiotherapeutin ihren geschundenen Körper. Jedes Mal muss Waltraud sich aufs Neue überwinden. Am liebsten würde sie im Bett bleiben oder wenigstens den Rollstuhl nicht verlassen.

Durch die Scheiben hinaus auf die fernen Berge zu starren, sich dabei von ihren Gedanken immer weiter wegtragen zu lassen, ist ihre momentane Lieblingsbeschäftigung. Doch ständig durchbrechen Krankenschwestern, Ärztinnen, Heilmasseusen, Ergo-Psychotherapeutinnen und Psychiaterinnen ihre Traumwelt und stören sie mit ihren Forderungen, endlich aktiv zu werden. Doch sie kann nicht. Es tut so weh. Dabei geht es nicht bloß um den Heilungsprozess. Waltraud fühlt sich schuldig.

Julia würde noch leben, wäre Gerald nicht zu seinen Saufkumpanen aufs Kreuzbergl gefahren. Der Schmerz von Julias Eltern brennt in ihrem Herzen. Weil sie Gerald vor Angst beim ersten Hieb nicht verlassen hatte. Peter Grohar hätte sich nicht umbringen müssen. Das Bild, wie er an seinem Gürtel in der Zelle hängt, drängt sich gestochen scharf auf, ohne dass sie den bedauernswerten Mann jemals gesehen hätte. Dafür gibt es keinen Trost.

Schuldig fühlt sie sich auch, weil sie sich hunderte Male ausgemalt hatte, Gerald zu töten. Und es doch nicht getan hat.

»Frau Ibounig«, sagt die Heilgymnastin freundlich, aber mit Nachdruck. »Es ist Zeit zu üben.«

Langsam dreht Waltraud sich um. Tief in ihrem Inneren weiß sie, dass sie jetzt nichts anderes macht, als wieder davonzulaufen. Sie will nicht aufstehen, sie will nicht einen Fuß vor den anderen auf den Boden setzen, sie will keinen einzigen Schritt wagen, und leben will sie schon gar nicht.

»So wird das nichts«, hört sie die kräftige Frau, die sie täglich neu aus ihrer Versunkenheit reißt, aufgebracht sagen.

Waltraud ist so müde, dass ihre Augen zuklappen, so matt, dass ihre Glieder alle Spannkraft verloren haben.

Donner kracht in ihre Welt. Irgendetwas zerbricht und zerbirst in spitze Scherben. Es tut so weh.

»Mama.« Kathi steht im Zimmer und reicht ihr einen Papiersack mit Weintrauben.

Da ist ihr wunderbares Mädchen, das so viel durchmachen musste. Waltraud streckt ihre Arme aus, und Kathi schmiegt sich an sie.

»Ich komme gerade von Maisy. Stell dir vor, ihr Opa ist bei ihnen eingezogen. Marisa hat das Arbeitszimmer von Dr. Burger für ihn hergerichtet.«

Ein heftiges Klopfen an der Tür unterbricht Kathi.

»Viktor?«

»Waldi!« Ihr alter Schulfreund steht vor ihnen. »Du wirst wieder gesund, und vertrau mir, gemeinsam schaffen wir es.« Er hält ihr eine purpurrote Rose entgegen.

Waltraud und ihre Tochter wechseln einen kurzen Blick. In diesem Moment wird ihr eines klar: Wenn sie das hier jemals auf die Reihe kriegen will, muss sie jetzt handeln.

»Könnten Sie mir bitte helfen?« Ernst, jedoch getragen von einer neuen Kraft sieht sie ihre Physiotherapeutin an.

»Nichts lieber als das.«

Langsam löst Waltraud sich von Kathi, nimmt die ihr entgegengestreckte Hand und schält sich aus dem Rollstuhl. Dass es schwierig wird, weiß sie, aber es lohnt sich, dafür zu kämpfen.

»Viktor«, sagt Waltraud leise, »bitte verzeih mir. Unsere Wege trennen sich hier. Erst einmal muss ich lernen, ohne Angst mit Kathi zu leben. Was danach kommt, kann ich nicht sagen.«

Mit einem Lächeln dreht sie sich zu ihrer Tochter um: »Möchtest du Hühnchen mit Zitrone?«

»Gerne, Mama.« Kathi sieht sie ernst an. »Aber zuerst machst du deine Übungen.«

Ebenso schnell, wie es gekommen war, ist das Gewitter wieder vorüber. Nur ein Regenbogen erinnert noch daran. Und Klagenfurt leuchtet sanft im Licht der Junisonne.

Danksagung

Großer Dank gebührt dem tollen Team des Emons Verlags, Christel Steinmetz und Stefanie Rahnfeld. Meiner wunderbaren Lektorin Marit Obsen, die eine wahre Chefermittlerin ist, was meine Texte betrifft. Rotraud Schenkenberger für ihre Wege übers Kreuzbergl. Meinen engsten Freundinnen und Freunden. Meiner Familie, Mama, meiner Cousine Barbara, meinem Bruder Alfred, Sophie, Karo, Maxi und last but not least Günther.